KB023070

"특이하게 비틀린 저자의 렌즈를 통해 세상을 바라보노라면, 예전에는 숨어 있었던 수십 가지 현실들이 뚜렷이 드러난다. 야심차고 대담하며 지적이고, 상당히 시의적절한 작품이다."
— 토드 해색·로위, 『번역가의 과업 (The Task of This Translator)』의 저자

"『신이 죽었다』는 보기 드문 수작이다. 인간에 대한 깊은 공감으로 가득한, 생각거리가 많은 소설이다. 이토록 용감하고, 이토록 음울하면서 재미있고, 이토록 올바른 방식으로 독자에게 문제의식을 던져주는 책은 정말 오랜만이다. 아주 유쾌하게 읽은 책이다."
— 매트 헤이그, 『죽은 아버지들 클럽(The Dead Fathers Club)』의 저자

"데뷔작이라고 하기엔 꽤 당돌한 야심작…… 커리는 와해되어가는 인간 문명의 참상에 대해 이야기하고, 말하는 개와 문자메시지에 빠진 십대, 종말론적 사건, 사고로 내용을 가득 채우는 뛰어난 능력을 입증했다. 그는 음울하고 중대한 사안들을 직면했을 때, 김빠진 긴 글보다 유머가 훨씬 더 강력한 힘을 발휘한다는 사실을 잘 알고 있는 듯하다. 나는 여러분에게 이 점을 약속할 수 있다. 끝으로 갈수록 여러분이 웃지 않게 되리라는 점이다."
— 존 프리먼, 『샌프란시스코 크로니클』지와 『애틀랜타 저널 컨스티튜션』지

"『신이 죽었다』는 신인 작가로서는 보여주기 힘든 깊이를 드러내 보여주면서, 작가의 뛰어난 창조적 정신세계를 마음껏 들여다볼 수 있게 해주는 작품이다. 아주 오랫동안 독자의 뇌리에 남을 그런 이야기다."
― 「하트포드 쿠란트」 지

"여러 이야기로 엮인 이 소설은 자극적이며 기묘하지만, 이해하기 어렵지 않다."
― 「퍼블리셔스 위클리」 지

"소설을 통해 드러난 커리의 신선한 내면의 목소리는 새로운 길을 따라 독자를 새로운 세계로 안내한다. 전혀 두려움을 모르는 작가이다."
― 「포틀랜드 프레스 헤럴드」 지

"거친 웃음을 선사하는 소설 데뷔작…… 일관되게 독창적이며 독자가 책에 몰입하도록 만든다. 커리는 작가로서의 무게감을 훌륭하게 구축했다."
― 커커스 리뷰 (스타드 리뷰)

신이 죽었다

GOD IS DEAD
Copyright © 2007 by Ron Currie, Jr.
All rights reserved including the right of reproduction in whole or in part in any form.
This edition published by arrangement with Viking,
a member of Penguin Group (USA) Inc.

Korean translation copyright © 2011 by Sodam&Taeil Publishing Co., Ltd
Korean translation rights arranged with Viking,
a member of Penguin Group (USA) Inc. through EYA(Eric Yang Agency)

이 책의 한국어판 저작권은 EYA(Eric Yang Agency)를 통한 Viking, a member of Penguin Group
(USA) Inc.사와의 독점계약으로 한국어 판권을 '(주)태일소담'이 소유합니다.
저작권법에 의하여 한국 내에서 보호를 받는 저작물이므로 무단전재와 무단복제를 금합니다.

신이 죽었다

펴낸날 | 2011년 10월 25일 초판 1쇄

지은이 | 론 커리 Jr.
옮긴이 | 이근애
펴낸이 | 이태권
펴낸곳 | (주)태일소담
　　　　서울시 성북구 성북동 178-2 (우)136-020
　　　　전화 | 745-8566~7　팩스 | 747-3238
　　　　E-mail | sodam@dreamsodam.co.kr
　　　　등록번호 | 제2-42호(1979년 11월 14일)
　　　　홈페이지 | www.dreamsodam.co.kr

ISBN 978-89-7381-253-0 03840

- 책값은 뒤표지에 있습니다.
- 잘못된 책은 구입하신 곳에서 교환해드립니다.

신이 죽었다

론 커리 Jr. 지음

이근애 옮김

소담출판사

아버지 론 커리 Sr.에게

차 례

...find out what pleases the Lord.

...nothing to do with the fruitless deeds of darkness, but ...expose them.

...t is shameful even to mention what the disobedient do ...

...everything exposed by the light becomes visible,

...is light that makes everything visible. This is why it ...'Wake up, O sleeper, rise from the dead, and Christ ...e on you.'

...ry careful, then, how you live-not as unwise but as wise,

...ng the most of every opportunity, because the days are ...

...refore do not be foolish, but understand what the ...will is.

...not get drunk on wine, which leads to debauchery. ..., be filled with the Spirit.

...ak to one another with psalms, hymns and spiritual ...Sing and make music in your heart to the Lord,

...ays giving thanks to God the Father for everything, in ...e of our Lord Jesus Christ.

...mit to one another out of reverence for Christ.

...ves, submit to your husbands as to the Lord.

...the husband is the head of the wife as Christ is the ...the church, his body, of which he is the Savior.

...w as the church submits to Christ, so also wives ...submit to their husbands in everything.

...sbands, love your wives, just as Christ loved the ...and gave himself up for her

...make her holy, cleansing her by the washing with water ...the word,

...to present her to himself as a radiant church, without ...wrinkle or any other blemish, but holy and blameless.

...this same way, husbands ought to love their wives as ...on bodies. He who loves his wife loves himself.

...ter all, no one ever hated his own body, but he feeds ...res for it, just as Christ does the church-

...we are members of his body.

...r this reason a man will leave his father and mother ...united to his wife, and the two will become one flesh.'

...is is a profound mystery-but I am talking about Christ ...church.

...wever, each one of you also must love his wife as he ...imself, and the wife must respect her husband.

...hildren, obey your parents in the Lord, for this is right.

2 'Honor your father and mother'-which is the first commandment with a promise-

3 'that it may go well with you and that

4 Fathers, do not exasperate your children; instead, ...them up in the training and instruction of the Lord.

5 Slaves, obey your earthly masters with respect and ...and with sincerity of heart, just as you would obey Chri...

6 Obey them not only to win their favor when their ...on you, but like slaves of Christ, doing the will of Go...your heart.

7 Serve wholeheartedly, as if you were serving the Lor...men,

8 because you know that the Lord will reward everyo...whatever good he does, whether he is slave or free.

9 And masters, treat your slaves in the same way ...not threaten them, since you know that he who is bot...Master and yours is in heaven, and there is no favo...with him.

10 Finally, be strong in the Lord and in his mighty pow...

11 Put on the full armor of God so that you can tak...stand against the devil's schemes.

12 For our struggle is not against flesh and blood, but a...the rulers, against the authorities, against the pow...this dark world and against the spiritual forces of evil ...heavenly realms.

13 Therefore put on the full armor of God, so that wh...day of evil comes, you may be able to stand your groun...after you have done everything, to stand.

14 Stand firm then, with the belt of truth buckled aroun...waist, with the breastplate of righteousness in place,

15 and with your feet fitted with the readiness that come...the gospel of peace.

16 In addition to all this, take up the shield of fait...which you can extinguish all the flaming arrows of t...one.

17 Take the helmet of salvation and the sword of the ...which is the word of God.

18 And pray in the Spirit on all occasions with all k...prayers and requests. With this in mind, be alert and ...keep on praying for all the saints.

19 Pray also for me, that whenever I open my mouth, ...may be given me so that I will fearlessly make kno...mystery of the gospel,

20 for which I am an ambassador in chains. Pray ...may declare it fearlessly, as I should.

21 Tychicus, the dear brother and faithful servant in the ...will tell you everything, so that you also may know how...and what I am doing.

22 I am sending him to you for this very purpose, th...may know how we are, and that he may encourage you...

23 Peace to the brothers, and love with faith from G...

신이 죽었다

종 여러분, 그리스도께 순종하듯이, 두려워하고 떨면서
순수한 마음으로 현세의 주인에게 순종하십시오.
—에페소 신자들에게 보낸 서간 6장 5절

해 질 녘, 신은 딩카족의 젊은 여인으로 변장하고 수단의 다르푸르 북쪽에 있는 난민촌에 내려왔다. 얇디얇은 초록색 무명옷에 다 해진 가죽 샌들을 신고, 귀에는 큰 고리 귀고리를, 목에는 흑백의 구슬을 꿴 목걸이를 걸었다. 어깨에는 여벌의 옷과 사탕수수 자루 그리고 플라스틱 컵 한 개가 든 마대를 짊어졌다. 오른쪽 종아리에는 깊이 파인 상처가 드러나 있었다. 곪아서 들쭉날쭉하게 벌어진 상처에는 구더기들이 꿈틀거리며 살 속을 파고들었다. 상처를 낸 목적은 두 가지였다. 하나는 그 상처 덕분에 난민촌의 거주자들 속에 별 무리 없이 섞일 수 있었기 때문이다. 대다수 난민들은 잔자위드 민병대가 휘두른 벌채용 칼에 입은 상처가 있었다. 또 하나는 불에 덴 것 같은 강렬한 통증이 난민들의 운명에 신이 느끼는 죄책감을 덜어주었기 때문이다. 신은 무자비한 다신교적 관료주의(수단의 내란은 종교와 인종 간 갈등에서 비롯되었다 —옮긴이) 때문에 난민들에게 도움의 손길을 내밀 수 없었다.

그는 완전히 무력했다.

아니 거의 그랬다. 신에겐 사탕수수 자루가 있었고, 그 자루 속의 사탕수수는 절대 바닥나지 않았기에, 끊임없이 달콤한 낟알을 나눠줄 수 있었다. 신은 지난 몇 주 동안 황폐해진 평야를 관통하는 롤 강을 따라 걸어가면서, 사탕수수를 거저 주며 토마스 마위엔이란 남자아이를 아느냐고 물었다. 사람들은 대부분 모른다고 대답했다. 식량을 얻어 고마운 마음에 뭐라도 꼭 보답하고 싶어하는 몇몇 사람들은 그 소년을 안다고 거짓말을 하며, 며칠 전 그가 북쪽으로 향하는 것을 봤다거나, 분쟁 지역에서 멀리 떠났다거나, 동남쪽으로 가는 것을 봤다고 주장했다. 그래서 신이 사람들이 가리킨 방향대로 따라가 보면, 길라잡이였던 강은 사라지고 절망스럽게도 길을 잃는 신세가 되었다. 신은 이리저리 헤매다 멀리 돌아서 원점으로 돌아왔다. 며칠 전에 봤던 큰 돌이나 나무들을 다시 만나는 일도 종종 있었다. 정작 자신은 사탕수수를 입에 대지 않으며, 나뭇잎이나 나무뿌리, 때로는 사람들과 하이에나가 차례로 살점을 발라가고 남은 타조의 몸통을 먹었다.

자신이 창조한 태양 아래서 그는 고통스러웠다. 일사병과 콜레라에 걸린 신은 누런 풀들이 힘없이 길게 자란 들판에 고꾸라졌다. 원피스가 정숙하지 못하게 치켜 올라갔으나 탈수로 마비된 몸을 가리는 것조차 힘들었던 터라, 배고픈 들개 두 마리가 나타나 멀찍이서 입맛을 다시며 주변을 돌기 시작했어도 신은 그들을 쫓기 위해 손 하나 까딱할 힘이 없었다.

잔자위드 민병대가 등장하면서 그는 구원받았다. 들개 두 마리는 잔자위드 일당이 다가오는 소리를 듣고 황급히 도망쳤으나, 여전히 몸이 마비된 신은 풀숲에 누워, 말 여러 마리와 랜드로버 여러 대가 무슨 거대하고 끔찍한 기계처럼 우르르쿵쾅 굉음을 울리며 앞을 가로막은 모든 생명체를 쫓고 지축을 뒤흔드는 것을 듣고 있을 수밖에 없었다. 신은 잔자위드 민병대 덕분에 들개들로부터 무사했고, 마비된 몸 덕분에 잔자위드 민병대로부터 무사했다. 만약 일어나 달릴 힘이 있어 도망쳤더라면, 잔자위드 일당의 눈에 띄어 쉽게 붙잡혔을 것이다. 그리고 그들의 눈에 그가 이 우주의 창조주가 아닌 목이 길고 우아하며 눈이 아몬드같이 생긴 호리호리한 딩카족 여인으로 보였다면, 민병대는 그가 외상성 장애로 죽을 때까지 계속해서 겁탈했을 터였다.

그러나 민병대가 근처를 지나갈 때 신은 발각되지 않았다. 그들 눈에 띄지 않은 것이다. 새들의 무리가 하늘을 뒤덮고,

설치류들이 안전한 굴을 찾아 황급히 달아나고, 모기 떼와 매미들조차 날갯짓을 했다. 디젤 엔진의 굉음과 재빠른 말발굽 소리 위로 반자동 화기의 폭발음이 터져 나왔다. 조악한 편자가 달린 금이 간 말발굽이 신의 머리에서 한 뼘도 안되는 곳의 바닥을 밟았다. 신은 여전히 몸을 움직이지 못했고, 아무 소리도 내지 않았다.

이윽고 잔자위드 일당은 순식간에 나타났던 것처럼 순식간에 사라졌다. 그들이 지나간 자리에는 고요함만이 남아서, 절대자인 신조차도 이것이 현실인지 믿기 어려울 지경이었다. 그는 잠이 들었다.

정신이 들었을 땐 여전히 날이 밝았고, 비록 애를 써야 했지만 천천히 몸을 움직일 수 있음을 알게 되었다. 신은 몸을 일으켜 잔자위드 민병대가 지나간 길을 따라갔다. 북쪽을 향한 길에 난 풀들은 짓밟혀 뭉개졌고, 오두막은 불탔으며, 온갖 생명체들의 사체가 깔려 있었다. 그렇게 다시 롤 강의 둑에 도달했을 때, 신은 수심이 얕은 강에 첨벙 뛰어들어 게걸들린 듯 물을 마셨다. 흙 맛과 똥 맛이 났지만 전혀 신경 쓰지 않았다.

그날 이른 오후, 타이어 자국이 난 흙길을 따라 난민촌에 들어간 신은 유일하게 눈에 들어온 사람들에게 다가갔다. 타마린드 나무 아래 흙먼지 속에 늙은이 한 쌍이 함께 앉아 있었다. 늙은이들 뒤로 펼쳐진 텅 빈 난민촌에는 짚으로 엮은 지붕과 타르를 칠한 찢어진 방수천으로 만든 허술한 오두막들이 다닥다닥 붙어 있었다.

"쿠두알(kudual, 수단의 인사말−옮긴이)." 신이 두 늙은이에게 인사말을 건넸다. "배고프세요? 배고파 보이세요."

남자는 쭈그리고 앉아 졸고 있었는데, 몸통 아래에 접힌 맨다리가 마치 구부러진 막대기 같았다. 늙은 여자가 느릿느릿 눈을 치켜뜨더니 고개를 끄덕였다. 신은 바닥나지 않는 사탕수수를 여자에게 건넸다. 여자는 육포처럼 까맣게 쪼그라든 한 손을 내밀어 적은 양을 집은 뒤, 두 손으로 사탕수수를 가슴에 꼭 안고 조심스럽게 고개를 끄덕이며 고맙다는 말을 작은 목소리로 중얼거렸다.

"더 가져가세요." 신이 말했다. "괜찮아요. 사탕수수는 많아요."

늙은 여자는 한 치의 망설임도 없이 그렇게 했다. 여자는 사탕수수를 바닥에 내려놓은 뒤, 신의 손을 꼭 쥐고 입을 맞추었다. (도울 방법이 이것밖에 없는 자신의 한계에 무안하고 상심했던 신은 여자의 행동에 몸 둘 바를 몰랐다.) 그러고 나서 여자는 앙상한 팔꿈치로 남편을 쿡 찔러 잠을 깨웠다.

"가서 땔감 좀 찾아봐요. 끓일 물도 준비하고. 먹을 게 생겼어요." 여자가 말했다.

남자는 분에 넘치는 축복을 받아본 적 없는 사람처럼, 기쁜 소식을 듣고서도 느릿느릿 몸을 편 뒤 일어섰다. 신은 남자가 텅 빈 난민촌 안으로 들어가는 것을 지켜보았다.

"저래 봬도 한때는 저 사람이 소를 오백 마리나 쳤지." 여자가 말했다.

"할머니, 뭣 좀 여쭤볼게요." 신이 말했다. "토마스 마위엔이란 남자아이를 아세요? 열다섯 살인데, 키가 꽤 커요. 몇 년 전 잔자위드 일당에게 끌려갔다가 도망쳤어요."

"글쎄, 모르겠네." 여자가 대답했다. "그렇다고 여기 없다는 뜻은 아니고."

"여기 다른 사람은 없는 것 같은데요." 신이 말했다. "잔자위드가 또 공격했나요?"

여자는 이가 빠진 붉은 잇몸을 드러내며 웃었다. "아니, 오늘은 아니야. 오늘은 귀하신 몸이 와 계셔서 우린 무사해."

"그 사람이 누군데요?"

"아자크, 거물이지. 망고처럼 퉁퉁하고 희끄무레하더군. 우리를 보러 아메리카에서 왔다지. 가는 데마다 주변을 돌면서 웃는 낯으로 악수를 하더군."

미국에서 왔다고. 순간 신은 아자크가 누구인지 그리고 어떻게 그를 이용해 토마스를 찾을 수 있을지를 깨달았다.

여자는 계속 말을 이어갔다. "내일 그 양반이 돌아가면……." 여자는 손을 들어 비행기가 하늘로 올라가는 시늉을 했다. "잔자위드가 다시 올 거야."

"그 사람, 지금 어디 있어요?" 신이 물었다.

"난민촌 서쪽에 있지." 여자가 말했다. "그래서 여기에 아무도 안 보이는 거야. 다들 바보처럼 춤추고 노래하면서 그 양반 가는 곳마다 졸졸 따라다니고 있지."

✸

콜린 파월은 강렬한 태양을 피해 냉방기를 튼 시보레 서버번 안에 앉아 있었다. 고개를 숙인 채 나지막한 목소리로 위성 전화기에 대고 통화 중이었다. 맞은편에는 파월 장관의 랠프로런 리넨 재킷을 무릎 위에 올려놓은 국무부 고위관료가 가죽시트에 앉아 있었다. 밖에서는 보안요원들이 서버번 주위를 둘러싸고 철통같이 감시하고 있었다. 검은색 부츠에 카키색 바지와 조끼를 입고, 빛이 반사되는 선글라스를 끼고, 허벅지에는 SIG 소어 P229 권총이 든 권총집을 차고 있었다. 기관단총 H&K MP5를 각자 한 자루씩 든 모습은 위협적이었다. 요원들은 기쁨의 환호성을 지르며 노래를 부르는 딩카족 난민들을 찬찬히 훑어보고, 귓속의 작은 수신기로 정보를 교환하며(종종 짧은 농담도 주고받으며), 35도의 열기 속에서 땀 한 방울 흘리지 않고 로봇같이 위엄 있는 자세를 유지했다.

파월이 욕설을 내뱉으며 전화를 끊었다. "말 좀 해봐." 그가 관료에게 말했다. "제길, 왜 항상 백악관의 최하위 말단직원을 통해 메시지를 전달해야 하지. 어째서 4년이 다 돼가는 동안, 그 망할 놈의 백인 녀석과 직접 대면한 게 겨우 세 번밖에 안 되느냐 말이야. 게다가 그 중에 두 번은, 우라질, 크리스마스 파티에서였다고."

"글쎄요, 장관님." 관료가 말했다. "작년 2월, 워싱턴포스트지와의 인터뷰에서 하신 실언 때문이 아닐까요? 그런데 저, 오늘 밤 기자회견을 위한 핵심 단어들을 살펴봐야 합니다만……."

"내가 그 이유를 말해주지." 파월이 말했다. "내가 검기 때문이야."

관료는 확신 없는 목소리로 말했다. "글쎄요. 장관님, 그럴지도 모르겠습니다."

"애초에 내가 이 일을 맡게 된 것도 바로 그 때문이라고." 파월이 말했다. "내가 검기 때문에. 기분 더럽지 않나, 어? 내가 검기 때문에 이 일을 맡은 거고, 내가 검기 때문에 내 상관이 나랑 이야기하려 하지 않는 거라고."

"장관님, 솔직히 말씀드려도 된다면, 장관님을 묘사하기에 '검다'란 단어가 적절한지 잘 모르겠습니다." 관료가 말했다.

파월은 눈을 휘둥그레 뜨고 사나운 눈빛으로 노려보았다. 사무엘 잭슨의 영화를 수백 시간에 걸쳐 보고 또 보면서 완성한 눈빛이었다. "아하, 그래?"

자신이 소위 똥구덩이 속에 발을 들였다는 걸 깨달은 관료는 곧바로 수습하려고 애썼다. "그게 제 말은, 물론 인종적으로 보자면 장관님은 흑인이시죠. 물론입니다. 저는 장관님의 출중한 외모를 더 중히 여겼습니다. 위협적이지 않은 온화한 잿빛 피부라서……."

"집어치워! 우라질, 내 피부는 칠흑처럼 검어!" 파월은 한 손을 휙 들어 서버번을 둘러싼 딩카족 무리를 가리켰다. "저 밖에 있는 사람들은 내 형제자매야. 내 가족이란 말이야."

"물론 그렇습니다, 장관님." 관료가 말했다. "죄송합니다."

"사과를 받아들이지. 괘씸하지만 말이야. 재수 없는 놈!"

"괜찮으시다면 오늘 밤 기자회견을 위한 단어들 얘기로 돌아가도 되겠습니까?"

"어디 늘어놔봐."

"알겠습니다. 오늘 밤 우리는 수단 정부에 대해 그리고 그들에 대한 우리의 입장을 이야기할 겁니다. 이곳의 인도주의적 상황을 고려할 때, 우리의 입장을 대표하는 핵심 단어들은 이런 것들입니다. 물론 이것으로만 국한되는 건 아닙니다. '일관된', '요구', '단호한', '잔자위드 진압', '정의 구현' 그리고 '해결책'입니다."

"알았어." 파월 장관이 말했다.

"수단 정부를 대표하는 핵심 단어는 이런 것들입니다. 물론 이것으로만 국한되는 건 아닙니다. '부인', '회피', '책임', '군국주의', '인종차별주의' 그리고 장관님이 사용하실 마지막 으뜸 패는 이겁니다. '얼버무리기'."

"대체 그게 무슨 뜻이야?"

"애매모호하게 하거나 헛갈리게 하는 겁니다. '부인' 그리고 '회피'와 직접적으로 연결돼 있습니다. 절 믿으십시오, 장관님. 이것으로 하원의 코를 납작하게 만드실 수 있을 겁니다."

"자네가 그렇게 말한다면, 좋아. 내가 나가서 잔재주 좀 부려보지. 남부 출신 시골 촌뜨기가 여기서 벌어지는 일에 관심 있는 것처럼 보이게 만들어보자고."

갑자기 밖이 시끄러워졌다. 파월이 고개를 들어 창밖을 내다보니, 요원 두 명이 보기 드물게 미모가 빼어난 흑인 아가씨를 저지하느라 한바탕 소동이 벌어지고 있었다. 요원들은 여자가 서버번에 접근하는 것을 막으려고 몸싸움 중이었다. 한 명은 여자의 초록색 옷을 움켜쥐고, 다른 한 명은 한 팔로 여자의 목을 조른 채 교과서에 나온 대로 '멈춰. 움직이지 마!'라며 단호하게 정지명령을 내렸다. 여자는 방탄 창 너머에 있는 파월을 애타게 불렀다. 또 다른 요원이 권총을 뽑아 여자의 머리를 겨눈 채, 몰골사나운 몸싸움에 합류하려 하고 있었다.

파월 장관이 서버번의 문을 홱 열어젖히자, 뜨겁고 건조한 공기가 방망이질 치듯 엄습해왔다. "이봐, 자네들, 대체 무슨 짓이야?" 파월이 고함쳤다. "여자를 놓아줘."

여자의 숨통을 조르던 요원이 손의 힘을 풀었다. "장관님, 이 여자가 차량으로 달려들었습니다." 그가 말했다.

파월은 성난 몸짓으로 요원에게 가까이 다가오라고 말했다. "주변에 백 대가 넘는 카메라가 안 보이나?" 그가 어금니를 꽉 물고 속삭였다. "저 여자가 심한 부상을 입은 게 안 보였던 모양이지. 어색한 억양 없이 영어를 완벽하게 구사하는 것도 못 알아차리고. 이런 곳에선 보기 드문 일이라는 생각이 안 드나, 이 멍청한 친구야!"

"예, 장관님. 정말 그런 것 같습니다."

"그렇다면 여자를 풀어줘. 그리고 저 여자한테 말할 기회를 주게."

요원이 뒤로 돌아서서 동료들에게 손짓을 하자, 모두 옆으로 물러섰다. 여자는 땅바닥에 떨어진 자루를 들어 올린 후, 흐트러진 옷매무새를 정돈하고 서버번으로 다가갔다.

파월이 미소를 지어 보였다. "아가씨, 무슨 일인가요?"

"장관님!" 여자의 커다란 두 눈에 눈물이 그렁그렁했다. "장관님의 도움이 필요해요."

✳

"우리는 군국주의의 종말을 보게 되기를 학수고대합니다." 파월이 말했다. "잔자위드를 진압하고 해산시켜 사람들이 난민촌을 안전하게 떠나 각자의 집으로 돌아갈 수 있기를 바라 마지않습니다."

기자회견을 위해 세운 거대한 천막 아래, 신은 파월의 바로 오른쪽 옆에 앉아 카메라를 마주 보고 있었다. 파월의 왼쪽에는 수단의 외무장관 무스타파 오스만 이스마일이 앉아, 미소를 억지로 짓느라 애쓰고 있었다. 국무부 수석 관료는 카메라에 잡히지 않는 곳에 서서, 파월 장관의 한마디 한마디에 귀를 쫑긋 세웠다.

"저는 이스마일 장관에게 폭력은 반드시 근절되어야 한다는 메시지를 일관되게 전달해왔습니다." 파월은 그 자리에 모인 기자들에게 말했다. "해결 방법은 수단 정부가 정의 구현을 위해 행동하느냐 하지 않느냐에 달려 있습니다."

파월이 이스마일 쪽을 돌아보자, 이스마일은 창끝에 걸린 파월의 머리를 상상하면서 얼굴에 자비와 협력의 미소를 용케 지어 보일 수 있었다.

"그런 취지에서, 이스마일 장관이 선의의 표시로 10년 전 자자워드에게 납치돼 강제로 노예가 되었던 토마스 마위엔의 행방을 찾는 데 도움을 주겠다고 약속했습니다. 여기 제 옆에 앉은 토마스의 누이, 소라가 남동생을 찾아달라며 우리에게 도움을 요청했습니다. 저는 소라가 토마스와 다시 만날 때까지 다르푸르를 떠나지 않겠다고 소라에게 약속했습니다. 따라서 우리는 계획된 일정보다 좀 더 오래 이곳에 머물 것입니다."

파월의 연설이 점점 엉뚱한 방향으로 흘러가자, 관료의 왼쪽 눈꺼풀이 씰룩거리기 시작했다. 당장이라도 단상으로 뛰어 들어가 탁자 위 마이크 다발을 날려버리고 싶은 충동을 억누르느라 안절부절못하는 꼴이 마치 발작적으로 춤을 추는 듯했다.

"지금 이 순간에도 수단 인민해방군의 여러 부대가 토마스를 찾기 위해 이 지역을 샅샅이 뒤지고 있습니다. 그를 무사히 누나의 품으로 돌려보내주십시오. 그러면, 아니 그렇게 된다면 우리는 수단 정부가 지금까지 보여준 부인과 회피를 고수하지 않을 것임을 확신할 수 있습니다. 그제서야 비로소 우리는 수단 정부가 더 이상 행동의 모든 결과를 얼버무리며 회피하려 하지 않을 것임을 확신할 수 있습니다."

"감사합니다." 파월이 자리에서 일어나며 말했다. "오늘은 여기까지입니다." 그가 일어서자 기자들이 벌 떼처럼 우르르 일어서서 두 손을 흔들며 시선을 끌지 못해 안달 나서 아우성 쳤다. 고위 관료가 뛰어 들어와 소리를 질렀다. "질문은 안 받습니다! 질문은 안 받아요!" 파월은 카메라 플래시가 터지는 몇 초 동안 신에게 한쪽 팔을 두르고 자세를 취했다. 이윽고 몸을 돌려 이스마일에게 손을 내밀었다.

서 있던 이스마일은 잠시 동안 파월이 내민 손을 죽은 다람 쥐나 개가 방금 싸놓은 똥 덩어리인 듯 쳐다보았으나, 파월 장관이 자신을 사무엘 잭슨처럼 노려보자 마지못해 손을 내밀어 악의에 찬 악수를 했다. 그러고 나서 옆에 있던 수행원들을 데리고 돌아서서 자리를 떴다.

보안요원들이 어두컴컴해진 천막 밖으로 기자들을 몰아내자 관료가 파월을 돌아보았다. "외람된 말씀입니다만, 장관님." 그가 말했다. "제정신이십니까? 내일은 인도네시아에 가 계셔야 합니다. 장관님, 인도네시아는 지금 이미 내일 날짜입니다."

"인도네시아가 어디 가는 건 아니잖아!" 파월이 말했다.

"그뿐만이 아닙니다." 관료가 말했다. "장관님, 그뿐 아니라, 도가 지나치더라도 용서하십시오. 하지만 우리의 임무는 외국 정부에게 이래라저래라 명령하는 것이 아닙니다. 우리 임무는 그들을 설득하고 확신시키는 겁니다."

"염병할!" 파월이 말했다. "나는 장군이야, 잊지 마. 그리고 장군은 명령을 내리지. 지금처럼 말이야. 자네에게도 명령을 내리겠어. 날 내버려둬!"

관료의 위성 전화가 날카로운 소리로 시끄럽게 울어댔다. 그가 재킷에 손을 집어넣었다. 전화기를 찾아 두 손으로 꽉 쥐고 귀에 댔다.

"네?" 그의 얼굴이 새파래졌다. "예, 각하……각하, 전 모르는 일입니다……. 저 역시 깜짝 놀라서……장관께서 왜 전화를 꺼놓으셨는지 모르겠습니다……. 각하, 맹세컨대……맹세컨대 저는 행정부의 충실한 공복으로써……각하, 아무래도 직접 통화를 하심이……예, 각하! 여기 있습니다."

관료가 파월에게 전화기를 내밀었다. "대통령 각하십니다." 파월이 전화기를 물리치며 손을 흔들었다. "자네가 받아놔!" 그가 말했다.

✱

랜드로버 뒷좌석, 무스타파 오스만 이스마일 옆에 앉은 보좌관은 그날 아침까지만 해도 미국인들의 방문 기간 동안 수단 정부 대표팀이 머물 엘 패셔와 난민촌 사이의 도로가 얼마나 울퉁불퉁한지 전혀 알지 못했었다. 그러나 이날 밤, 은빛 초승달 아래 진흙이 바짝 말라버린 평야를 달리면서, 방금 전에 부러진 팔뚝 뼈에 도로의 균열과 자갈로 인한 미세한 진동이 천 배는 더 크게 느껴지는 것 같았다.

이 젊은 보좌관은 이스마일이 전문가처럼 단 몇 초 만에 눈하나 깜짝하지 않고 자신의 오른쪽 팔뚝의 바깥 뼈를 두 동강내는 동안, 다음과 같은 몇 가지 교훈을 얻었다.

1. 이스마일의 저 유명한 미소는 상어의 미소와 견줄 만하다.

2. 이스마일은 몸이 호리호리하지만 엄청나게 힘센 장사다.

3. 이스마일이 외국의 외교관, 특히 미국에서 온 외교관에게 모욕을 당했을 때, 말을 거는 것은 현명한 행동이 아니다.

고통에는 가르침이 뒤따른다. 이러한 교훈들을 완전히 몸으로 터득한 보좌관은 감히 어떤 소리를 낼 생각조차 못했다. 심지어 차량이 좌우로 덜커덕거리고 위아래로 심하게 흔들리면서 이제 막 부러져 삐죽삐죽한 뼈가 다른 뼈를 건드려도 신음 소리조차 내지 않았다.

이스마일이 마침내 고통스러운 침묵을 깼다.

"네가 라흐만에게 전화해야겠다." 이스마일이 보좌관에게 말했다. "부하들을 풀어서 내일 오후까지 그 애를 찾으라고 전해."

보좌관은 명령을 전달하면서 직접적으로 위협을 가해야 할지를 물어볼까 말까 고민했으나, 최근의 경험을 보건대 사실 암시된 위협이 더 진지하게 받아들여질 수 있다는 생각을 했다.

"예, 장관님." 보좌관은 이를 악물고 말했다.

"남자애를 파월에게 넘기는 거야." 이스마일이 말했다. "그럼 파월이 흡족해하며 여길 떠나겠지. 비행기 바퀴가 활주로를 뜨는 순간, 잔자위드의 족쇄를 풀어줄 거야. 난민촌의 딩카족이 모조리 죽으면 그때 다시 족쇄를 씌우는 거지."

✳

"난 내 결정에 의문을 가져본 적이 없답니다." 콜린 파월이 신에게 말했다. "어렸을 때도, 베트남에 있을 때도, 합참의장일 때도. 올바로 가고 있는지 수차례 의심해볼 만도 했는데. 67년 동안 고속으로 출세하면서 내가 내린 결정을 단 한 번도 의심해본 적이 없어요. 그런데 이리로 오는 비행기에서 전화 한 통을 받았죠. 간단한 전화 한 통이었어요. 30분 정도 통화를 했을까. 그런데 갑자기 확신이 들더군요. 강력한 확신이. 내가 방금 전까지 내렸던 모든 선택이 틀렸다는 확신이 들었어요."

파월은 천막으로 만든 기자회견장의 먼지투성이 바닥에 책상다리를 하고 앉았다. 신은 간이침대에 누웠다. 파월이 엘패서의 호텔로 돌아가지 않겠다고 관료에게 이야기한 뒤, 가져오라고 주문한 것이었다. 밖에서는 천막을 빙 둘러 경비를 선 보안요원들 너머로, 딩카족들이 소곤거리는 소리와 모닥불이 타닥거리는 소리 그리고 평원에서 계속 불어오는 바람의 한숨 소리가 들렸다.

"알마와 결혼한 건 빼고 말입니다." 파월이 말했다. "그건 옳은 결정이었어요. 하지만 다른 건 아니었습니다."

신은 파월이 자신감에 위기를 겪게 된 것이 자신 때문이라는 책임감을 뼈저리게 느꼈으나, 다리에 생긴 벌어진 상처가

곱은 데다 죄책감에 시달리면서 지칠 대로 지쳐서 제발 잠을 잘 수 있게 파월이 조용히 해줬으면 하고 바랐다.

그러나 죄책감이 우세했기에, 어쩔 수 없이 신이 물었다. "누구한테서 온 전화였나요?"

파월은 몸을 움직이며 한숨을 쉬었다. "어려서부터 오랫동안 알고 지낸 리타라는 여자였어요. 리타의 오빠인 키스와 나는 친구 사이였죠. 키스는 살해당했어요. 무슨 일이 있었는지 아는 사람은 나뿐입니다. 하지만 나는 얘기하지 않았어요."

잠시 동안 두 사람 모두 말이 없었다.

"리타는 지금 사우스캐롤라이나의 양로원에 있는데, 간암으로 투병 중이에요." 파월이 말했다.

"리타에게 말했나요?" 신이 물었다.

"했답니다."

"지금 기분이 어떤가요?"

파월이 고개를 들었다. "끔찍해요." 그가 말했다.

"리타는 틀림없이 고마워할 거예요." 신이 말했다. "오빠에게 무슨 일이 있었는지 마침내 알았으니까요."

"자문해봤습니다." 파월이 말을 이었다. "어떻게 하면 국가 안보 문제를 다루며 대통령을 보좌하는 첫 흑인이 되는가? 어떻게 하면 미국의 첫 흑인 합참의장이 되는가? 어떻게 하면 미국의 첫 흑인 국무장관이 되는가? 스스로 내린 답은 이래요. 가능한 한 모든 면에서 백인처럼 행동한다는 겁니다."

신은 아무 말도 하지 않았다. 대신 그가 늘 해왔고, 그에게 유일하게 허락된 일을 했다. 불쌍히 여기고 또 불쌍히 여기는 것이었다.

"역사상 백악관에서 가장 높은 자리까지 올라간, 가장 영향력 있는 검둥이." 파월이 말했다. "그게 나요."

그러나 그날 밤 늦게—모닥불이 스스로를 모두 태워버리고 모락모락 연기가 나는 잿더미의 진하고 달콤한 향이 공기 중에 짙게 깔린 뒤, 난민들의 소곤거리는 소리가 하나둘 잦아들고 대신 그 자리를 별이 반짝이는 밤하늘 아래서 같은 꿈을 꾸는 4만 명의 부드러운 숨소리가 차지한 뒤, 그리고 신이 열에 들떠 잠에 빠지고 심지어 보안요원들 몇몇이 천막 밖에서 경계태세를 늦추기 시작한 뒤—파월은 자신이 오늘 정치적 자살 행위나 다름 없는 짓을 했으며 그것이 뒤늦게 찾아온 인종적 자존심 때문만이 아니라 더 단순하고 더 현실적인 것, 즉 '속죄의 기회'를 얻기 위해서였음을 시인해야 했다.

리타의 음성에서 그가 들은 것은 고마움이 아니었기 때문이다. 그랬다. 소리에서 전기신호로 전환돼 전화선을 따라 수천 마일을 이동한 뒤, 지상에서 위성으로 전송되어 이 위성에서 저 위성으로 반사되고, 그 후 파월의 전화로 발신되어 다시 소리로 전환된 리타의 음성에는 다른 건 아무것도 섞이지 않은 순수한 비통함이 있었다. 키스의 죽음에 대한 새삼스러운 비통함은 물론, 그밖에도 상황을 바로잡기엔 너무 늦어버렸다는 인식에서 오는 비통함이었다.

그런데 지금 여기에 아름답고 이상한 아가씨, 자신의 남동생을 찾는 것 외에는 아무것도 바라지 않는 소라가 있다. 파월에겐 잠시 동안이나마 소라가 남동생을 찾도록 도울 힘이 있다. 그러니 만약 시도하지 않는다면, 그는 천벌을 받을 터였다.

✳

몇 주 뒤 (애정을 받고자 하는 욕구가 지나쳐 속이 빤히 들여다보인 탓에 콜린 파월에게 제대로 애정을 받지 못했던) 국무부 고위관료는 워싱턴 정가의 온갖 칵테일파티와 흡연실에서 벌어지는 잡담에 초대되어, 저 국무장관의 몰락에 대한 목격담을 몇 번이고 되풀이하게 된다.

"그건 너무나 갑작스러워서, 마른하늘에 날벼락 같은 일이었어." 호크앤 더브 술집에서 열린 비공식 모임에서 국무부의 젊은 대변인들을 앞에 두고 그는 이렇게 서두를 뗐다. 그때쯤엔 이미 수도 없이 되풀이해서 무슨 말을 할지 생각할 필요가 없기 때문에, 단순히 거기 모인 사람들(특히 나이가 아직 어려서 무관심하게 줄담배만 피워대던, 그날 밤늦게 무릎 뒤에 희미하게 오각형 모양의 모반이 있음을 고위관료가 알게 되는 젊은 금발 미녀)의 집중된 관심을 온전히 누릴 수 있게 된다. "그 일은 비행기를 타고 수단으로 가는 중에 예고도 없이 시작되었지. 파월이 어릴 때 알고 지냈던 어떤 늙은 여자한테서 전화가 온 거야. 모든 일의 발단은……." 관료가 말한다. "전화 한 통이었어."

그곳에 모인 사람들은 설마 하는 표정으로 일제히 못 믿겠다는 소리를 낸다. 예닐곱 명은 이야기가 잠시 중단된 틈을 타 맥주를 홀짝이거나 코즈모폴리턴을 뒤적인다.

"세상에, 어떻게 그 여자는 보안이 된 전화에 연결되었죠?" 금발 미인이 묻는다.

"파월의 아내가 연결시켜줬지." 고위관료가 말한다. "그 여자가 먼저 집으로 전화한 게 틀림없어."

또 다시 여기저기에서 '설마 그럴 리가.' 하는 불신의 소리가 들린다. 유리잔이 짤랑거린다. 담배에 불이 붙는다.

"에이, 말도 안 되는 소리 그만해요." 누군가가 말한다.

고위관료는 눈썹을 추켜올리고 어깨를 으쓱해 보인다.

여우같이 생긴 이목구비가 어딘가 친숙해 보이는 대변인이 맞장구를 친다. "아니, 지금 손가락만 한 번 튕기면 온 이목이 집중되고, 최초의 흑인 대통령이 될 수도 있었던 사람이 어린 시절 애인에게 걸려온 전화 한 통 때문에 인생을 종 쳤다는 겁니까?"

고위관료는 빙그레 웃는다. "나는 지금 파월이 전화를 받은 다음 날, 처음으로 내게 아무짝에도 쓸모없는 염병할 놈이라고 했다는 얘기를 하려는 거야. 그리고 그게 마지막이 아니었다고."

✳

난민촌 너머에서 동이 트자 주변이 밝아지면서 공기가 뜨거워졌다. 신은 군지급용 담요로 몸을 감싸고 천막 입구에

쪼그리고 앉아 있었다. 감염균이 피로 흘러 들어갔다. 신은 열 때문에 몸을 부들부들 떨면서, 눈부시게 밝은 빨강과 초록 색 옷을 입은 여인들이 플라스틱 양동이를 머리에 이고 물을 나르는 것을 바라보았다. 다른 여인들은 달개 지붕집들이 빽빽이 들어선 곳까지 길게 뻗어 끝이 잘 보이지 않는 식량 배급 줄에 앉아 있었다. 파월이 국무부 관료와 보안요원 두 명을 대동하고 나타나자, 여인들이 술렁거리며 자리에서 일어났다. 파월이 천막에 다다를 때까지 환호와 박수 소리가 파도처럼 그의 뒤를 따랐다. 그가 미소를 짓고 있는 게 보였다.

"소라!" 파월이 두 손으로 신의 두 손을 움켜잡으며 말했다. "토마스를 찾았어요."

어린 소년 둘이 웅크리고 앉아 '콩 통조림'이라고 적힌 찌그러진 양철통에서 새어 나오는 물로 서로를 씻겨주며 낄낄거렸다.

파월은 신의 두 손을 다급히 꽉 쥐었다. "소라? 저들이 남동생을 찾았어요. 지금 이리로 오고 있답니다."

신은 파월의 어깨 너머로 어떤 십대 소녀가 끌고 가는 앙상한 암소 한 마리를 보았다. 암소는 힘겹게 소녀와 보조를 맞추고 있었다. 한 걸음 내딛을 때마다 갈빗대에 거죽이 팽

팽하게 늘어났다. 양쪽 콧구멍에는 초록빛 거품이 부글거리고, 젖통은 속이 빈 장갑처럼 덜렁거렸다. 신이 그 모습을 지켜보는 동안, 암소는 반 발 앞으로 내딛었다가 비틀거리며 뒤로 물러서더니, 선 채로 숨이 끊어졌다. 잠시 동안 암소는 선 자세를 유지했다. 이윽고 지독히 느린 속도로, 마치 중력을 기억하고 있으나 이에 응하지 않겠다는 듯, 서서히 주저앉기 시작했다. 앞다리가 꺾이고 궁둥이가 한쪽으로 기울더니, 나머지 몸뚱이가 중력에 끌려 먼지 바닥에 쓰러졌다.

순식간에 파리 떼가 소의 입과 눈 주변에 꼬였다. 소녀는 긴장중(정신분열증으로 인해 오래 움직이지를 못하는 증상—옮긴이) 환자가 깜짝 놀랐을 때 보일 만한 무표정한 얼굴로 죽은 암소를 쳐다보았다. 식량 배급 줄에 선 여인들의 환호성과 소년들의 낄낄거리는 웃음소리 위로 소녀의 것임이 분명한 높고 지속적인, 하지만 슬픔이 정제된 소리가 들려왔다. 그러나 땅바닥에 몸을 던져 두 팔로 죽은 동물을 껴안은 소녀의 얼굴은 아무런 변화도 없이 무표정했다.

낄낄거리는 소리와 환호 소리 그리고 첨벙거리는 소리와 박수 소리가 계속 이어졌다. 신은 자신 역시 죽어가고 있음을 확실히 느꼈고, 그래서 안도감을 느꼈다.

"소라." 파월이 말했다. 얼굴에 미소가 사라졌다. 그는 근심 어린 표정으로 신의 얼굴을 들여다보았다. "눕는 게 좋겠어요. 토마스는 곧 이리로 올 겁니다."

신은 보안요원들이 이끄는 대로 순순히 천막으로 돌아갔다. 그들은 간이침대에 신을 조심스럽게 눕히고 담요를 덮어주었다.

파월의 구겨진 양복 안에서 전화벨이 울렸다. "자네가 의료막사에 가서 사람을 찾아보게." 그는 전화기를 찾느라 주머니 속을 뒤지며 보안요원에게 말했다. "가능한 한 빨리 이리로 데리고 오게."

파월은 전화기를 꺼내 귀에 대고는 몸을 돌렸다. "네." 그가 말했다. 침묵이 흘렀다. "이런, 안타깝지만 저를 해고하실 수 없습니다. 제가 그만뒀으니까요."

✳

"제가 정말 어리석었습니다." 파월이 말했다. 소라의 심기를 불편하게 만들지 않기 위해 천막을 나온 그는 성난 발걸음으로 목적지도 없이 난민촌 안을 성큼성큼 걸어 다니며, 전화기에 대고 목청을 높였다. 보안요원 한 명과 점점 늘어나는 딩카족의 파월 숭배자들이 그 뒤를 따랐다. "정치적인 입장에서, 이 순간 우리가 해야 할 올바른 일이 우리가 해야 할 현명한 일이기도 하다는 것을 각하의 그 아둔한 머리로 이해할 수 있을 거라고 생각했던 제가 바보군요."

잠시 침묵.

"아둔한 머리라고 했습니다."

잠시 침묵.

"정치적으로 현명한 일이죠. 여기서 제가 하려는 일을 밀어주신다면, 사람들은 단 한 번이라도 말만 번지르르한 외교적 수사를 뛰어넘어 행동하는 대통령을 보게 될 테니까요. 아무리 작은 일일지라도 뭔가 옳은 일을 행동으로 옮기는 대통령을요."

잠시 침묵.

"까다롭고 복잡하다는 말 하지 마십시오. 일개 조지타운 학부졸업생 주제에, 순진한 제가 어떻게 세상을 바꾸겠습니까? 우리가 까다롭고 복잡하게 만들기 때문에 까다롭고 복잡한 것일 뿐이죠."

잠시 침묵.

"무슨 일이 있었냐고요? 무슨 일이 있었는지 알고 싶으십니까?"

잠시 침묵.

"좋습니다. 제가 가상의 상황을 하나 말씀드리죠. 잘 들으십시오. 마지막에 퀴즈가 나갈 테니까요."

잠시 침묵.

"각하가 브롱크스에서 자란 흑인 소년이라고 해보십시오. 여덟 살 소년에게 가장 더운 여름이 왔다고 상상해보십시오. 전쟁은 끝났고, 동네 사람들 모두가 직업을 잃었습니다. 백인들이 유럽과 태평양에서 돌아와 일자리를 찾고 있기 때문이죠. 그렇게 매일 뜨거운 열기 속에서 사람들이 빽빽하게 몰려와 다른 사람들을 밀어냅니다. 그때 참을 만큼 참은 누군가가 돌을 집어 들어 유리창을 깼다고 해봅시다. 누가 그 이유를 알겠습니까? 무정부주의자일지도 모르고, 노동조합의 선동가일지도 모르죠. 아니면 그저 무료해서 그랬는지도요. 그 후 일주일 동안, 매일 아침 눈을 뜨면 최루탄 냄새가 진동합니다. 각하가 사는 구역의 건물 3분의 1이 모두 불타서 폭삭 주저앉았습니다."

"이보다 훨씬 더 심한 꼴을 보고 사셨기에, 이 상황을 그리 대수롭지 않게 여기신 각하의 어머니는 아들을 상점에 심부름 보냅니다. 같은 건물에 살고 각하보다 나이가 좀 더 많은 키스라는 소년을 함께 보내죠. 키스는 열네 살로 각하가 말썽에 휘말리지 않게 보호할 책임이 있습니다. 그런데 상점이 있던 자리에 상점은 없고 새카맣게 그을린 토대만 남았죠. 두 사람은 할 수 없이 캡스 식료품점에 가기 위해 북쪽으로 열여섯 블록을 걸어갑니다. 돌아오는 길에 우유와 오렌지가 점점 더 무겁게 느껴지자 키스는 지름길로 가고 싶어 합니다. 둘은 몸을 숙여 골목으로 들어갑니다. 키스가 각하에게 철망 울타리를 넘어가라고 말합니다. 그러면 식료품을 넘겨줄 테니 뒷마당을 가로질러 가자고 합니다. 그러나 각하가 울타리를 절반쯤 올라갔을 때 경찰이 바지 엉덩이 부분을 잡아 끌어내립니다."

　"경찰은 포장도로에 각하를 사정없이 내던지고는 군홧발로 목을 누릅니다. 흙냄새와 밍크 오일 냄새가 납니다. 옆얼굴이 자갈들 사이에 낍니다. 각하는 고개를 돌리려고 애를 쓰지만, 경찰은 더 세게 목을 누르며 말합니다. *야, 인마! 가만히 좀 있어!*"

"두 번째 경찰이 키스에게 말합니다. *조무래기들이 뭘 하려고? 무단침입하려고?* 그러자 주먹보다 입이 훨씬 거친 탓에 항상 이기지 못할 싸움에 말려드는 키스가 *엿이나 먹어!* 라고 합니다. 이윽고 야구방망이로 소고기 옆구리를 칠 때 나는 듯한 소리가 반복해서 들립니다. 키스가 울부짖더니, 이어서 비명을 지르고 곧 조용해집니다."

"*제길!* 부츠 신은 발로 각하의 목을 누르고 있던 경찰이 말합니다."

"경찰은 각하를 낚아채 일으켜 세우고는 울타리에 얼굴을 밀어붙입니다. 두 번째 경찰이 뒤에서 각하를 누릅니다. 그는 벌벌 떨고 있습니다. 손가락으로 울타리 철망을 움켜잡고 몸을 가까이 기울여 각하의 귀에 속삭입니다. *우라질 검둥이 꼬마, 어디 가서 입만 뻥긋 해봐.* 뺨에 닿는 그의 숨결은 뜨겁고 축축하고, 양파 냄새 같은 고약한 냄새가 납니다."

"그들은 각하를 놓아주죠. 각하는 집까지 쉬지 않고 달려가고, 각하의 어머니는 무슨 일이 있었는지, 뭐가 잘못되었는지, 키스는 어디 있으며 식료품은 또 어디 있는지 알고 싶어 합니다. 하지만 각하는 말하지 않습니다. 퇴근한 아버지가 똑같은 질문들을 하지만, 말하지 않습니다. 며칠 후, 경찰이 찾아옵니다. 그들이 식탁에 앉아 어머니가 내놓은 커피를 들이켜며 똑같은 질문을 하지만, 그들의 목소리가 끔찍하게도 익숙해서, 각하는 아무 말도 하지 않습니다."

"각하는 평생 비밀을 지킵니다. 어찌나 잘 지켰던지, 얼마 후 없었던 일처럼 느껴지기도 하고, 다른 사람이 들려준 이야기 같기도 하고, 또는 단순히 꿈에 불과한 것처럼 느껴지기도 합니다."

"반세기가 지난 어느 날 밤, 각하가 외교적 임무 때문에 세네갈로 날아가는데, 잠이 오지 않습니다. 영화를 봅니다. 영화를 보다 보니 자신이 지구상에서 가장 강력한 나라 역사상 가장 힘 있는 흑인인데도, 어째서 상황이 전혀 바뀌지 않는 건지 생각하게 됩니다. 오랜 세월 까맣게 잊고 있었던 키스가 생각나고, 그때의 일이 마치 어제 있었던 듯 생생하게 다가옵니다. 키스의 두개골을 내려친 야경봉의 축축한 냄새, 뜨거운 포장도로 위에서 으깨진 오렌지 냄새. 생생합니다. 실제로 일어난 일이었습니다. 꿈이 아니었습니다."

"그러고 나서 각하는 자신이 비행기 안에 있는 유일한 흑인이라는 사실을 깨닫습니다."

잠시 침묵.

"기분이 어떠시겠습니까? 무슨 말을 하시겠습니까? 어떻게 행동하시겠습니까? 우라질, 부족함 하나 없이 태어나 세상을 다 가진 당신이라면 어찌시겠습니까?"

잠시 침묵.

"그렇다고 상상하고 어디 한번 이야기해보십시오."

✳

한낮이 되자 군 지프차 다섯 대와 최신형 랜드로버 한 대가 먼지를 일으키며 한 줄로 난민촌에 들어섰다. 난폭한 차량 행렬에 아이들은 뿔뿔이 흩어졌다. 파월은 행렬이 기자회견장 천막 앞에 멈추는 것을 지켜보았다. 더러운 작업복을 입고 한 손에는 자동 소총을 든 성난 표정의 남자들이 지프차에서 무더기로 쏟아져 나왔다. 이스마일은 랜드로버에서 내렸고, 그 뒤로 (오른 팔뚝에 엉성하게 만든 임시 부목을 댄) 보좌관이 내렸다. 그리고 마지막으로 키는 크지만 등이 구부정한 소년이 차에서 내렸다. 소년은 너덜너덜하게 해진 반바지에 샌들을 신고 있었다.

세 사람은 파월에게 다가왔다. 이스마일이 소년에게 손짓을 했다. "인사드려." 그가 말했다.

"저는 토마스 마위엔입니다." 소년은 애써서 영어로 말했다. 그리고 나서 이스마일을 쳐다본 뒤, 두 눈을 땅바닥에 내리깔았다. "소라의 남동생이요."

"자네가 누군지 잘 안다네." 파월은 소년을 껴안은 다음, 천막 안으로 그를 데리고 들어갔다.

"만족하십니까, 파월 장관님?" 이스마일이 뒤에서 외쳤다.

"여기서 기다리십시오." 파월이 말했다.

안은 어둡고 시원했다. 공기 중에 떠다니는 먼지들이 트인 입구로 새어 들어온 햇살을 받아 선명하게 보였다. 의사 한 명이 간이침대 옆에 서서, 주사액의 흐름을 조절하기 위해 밸브를 만지고 있었다.

"소라." 파월이 말했다. "토마스가 왔어요."

신은 눈을 뜨더니 몇 차례 깜빡인 뒤 약하게 기침을 했다.

파월이 의사를 옆으로 끌고 갔다. "치료하는 데 시간이 얼마나 걸립니까?" 파월이 물었다. "우린 가능한 한 빨리 떠나야 합니다. 오늘요."

"그건 안 됩니다." 의사가 파월에게 말했다. "항생제를 서너 차례 투여해야 합니다. 여행하기엔 몸 상태가 아주 안 좋습니다. 한 주나 두 주 후라면 몰라도. 지금 당장은 안 됩니다."

일어나 앉은 신은 열 때문에 눈이 흐려져서 못 알아보는 것이라고 생각하며, 간이침대 발밑에 선 형상에 초점을 맞추려고 애썼다. 소년이 어쩔 줄 몰라하며 선 채로 이쪽 발에서 저쪽 발로 무게중심을 옮기는 동안, 신은 오랫동안 소년을 쳐다보았다.

"너는 토마스가 아니구나." 마침내 신이 아랍어로 말했다.

"토마스 맞아요." 소년이 확신 없는 목소리로 희미하게 말했다.

"아니야. 얼굴이 비슷하고 토마스처럼 키가 크지만, 너는 토마스가 아니야."

소년은 두 손을 꼭 쥐고 말했다. "제발요."

"너를 데려온 사람들 때문이구나. 내 동생인 척하라고 시켰니?"

"네."

"하지만 넌 토마스가 아니야. 토마스가 아니잖아."

소년이 파월과 의사를 돌아보았다. "아니에요."

"저들이 협박했니? 군인들이?"

"네."

신은 잠시 동안 소년을 응시한 다음 말했다. "내가 볼 수 있게 천천히 돌아보렴."

소년이 천천히 몸을 돌렸다. 아주 오랫동안 아주 단단히 생가죽끈에 묶여 있었던 터라, 그의 손목과 발목 그리고 목에 줄무늬 모양의 흉터가 있었다. 고된 노동과 영양실조로 뒤틀린 등에는 울퉁불퉁 새살이 돋은 흉터들이 십자 모양으로 교차돼 있었다.

"어디서 왔니?" 신이 물었다.

"오늘 아침까진 하미드라는 사람 밑에서 염소를 돌봤어요."

"그럼 그 전에는? 그 전에 넌 누구였지?"

"몰라요." 소년이 말했다. "잊어버렸어요."

죄책감이 목구멍에 차올라, 신은 목이 멨다. 신은 이 소년이나 난민촌에 있는 다른 사람들―늙은 나이에 갑자기 혼자가 된 사람들, 남편을 잃고 배고픈 아이들을 떠맡은 젊은 여인들―이 토마스만큼이나 자신의 사과를 받을 자격이 있으며, 이들이 자신의 태만한 죄를 고백하고 용서를 빌기 위한 제단이 되리라는 것을 순간 확실히 깨달았다. 신은 간이침대에서 슬그머니 내려와, 기도하는 무슬림처럼 소년 앞에 양쪽 무릎을 꿇었다. 마음의 가책에서 나오는 낯선 눈물에 두 눈이 따가웠다. 신이 막 입을 떼려고 할 때, 소년이 몸을 구부려 신의 어깨에 손을 얹었다.

"이러지 마세요." 소년이 말했다. "일어서세요." 소년은 이스마일과 군인들이 당장이라도 들이닥칠까 봐 두려워하며, 겁먹은 표정으로 천막 안을 둘러보았다.

신이 고개를 들었다. "미안하구나." 신이 말했다.

"제발, 이러지 마세요." 소년은 신의 어깨를 다급히 잡아당기며 또 한 번 말했다. "약한 모습은 저들을 화나게 만들 뿐이에요."

＊

파월이 돌아오겠다는 약속을 남기고 소년을 데리고 떠난 지 대여섯 시간이 지난 후, 신은 천막 안에서 나는 케케묵은 냄새에서 벗어나 신선한 공기를 마시기 위해, 팔에 꽂은 주삿바늘을 빼고 비틀거리며 밖으로 나갔다. 멀리 동쪽 지평선을 응시하던 신의 눈에 작은 점 같은 첫 번째 비행기가 포착되었다. 곧이어 열두 대가 합류하더니, 체체파리 떼처럼 빈틈없는 원형 여러 개를 만들며 천천히 날아왔다.

난민촌에 거주하는 사람 대부분은 하루 중 가장 뜨거운 열기를 피하기 위해 각자의 달개 지붕집이나 타마린드 나무 아래 자리를 잡고 있었다. 사람들이 자리에 앉기 시작할 무렵, 저 멀리에서 괴상한 점들이 다가온다는 소식이 난민촌에 퍼졌다. 동쪽에 불길한 먼지구름이 일어나고 곧이어 비행기들이 가까이 다가와 공격대형을 형성하자, 날씨를 확인하듯 하늘을 올려다본 엄마들은 아이들을 깨우고 살림살이를 챙겼다. 신은 엉덩이를 바닥에 대고 웅크리고 앉아, 담요를 양쪽 어깨까지 바짝 당겨 덮고 기다렸다. 딩카족 사람들은 점점 더 다급하게 이리저리 뛰어다녔다. 마지막으로 물을 마시기 위해 우물로 달려가고, 그들이 소유한 몇 마리 안 되는 염소와 당나귀의 고삐를 풀어주었다. 어떤 여자는 서둘다가 샌들 한 짝을 잃어버렸지만, 나머지 하나를 벗으려고 멈추기는커녕 절뚝거리며 가능한 한 빠른 속도로 어린 딸의 손목을 잡고 질질 끌었다. 늦게서야 자리에서 일어난 사람들은 간신히 일어서서, 살림살이를 모두 내팽개친 채 뛰기 시작했다.

비행기의 날개 끝에서 햇빛이 반짝였다. 신은 비행기 대형 뒤를 바짝 따라오는 먼지구름에서 자동기관총의 연속적인 총격 소리를 희미하게 들었다. 땅이 미세하게 떨리기 시작했다.

난민촌 사람들은 이제 오도 가도 못하는 신세가 됐음을 깨닫고, 다시 한 번 백 가지 다른 지방의 언어로 신을 부르짖었다. 신은 울고 웃었다. 그에겐 수많은 이름이 있었지만 어느 것 하나에도 대답하지 못했다.

비행기 부대가 머리 위를 휙 지나갔다. 동체가 앞으로 기울더니 탑재물을 떨어트렸다. 신은 하늘을 올려다보지 않았다. 그는 먼지구름을 지켜보았다. 먼지구름 속에서 몸집이 큰 검은 말들이 유령처럼 모습을 드러냈다. 가죽이 거품으로 번지르르하고, 성난 말들은 콧구멍을 벌름거렸다. 말을 탄 사람들은 흉학한 칼을 휘두르거나 소총으로 난민들을 겨냥했다. 그들은 체크무늬 스카프로 모두 얼굴을 가렸다. 폭탄이 슉 소리를 내며 아래로 떨어졌다. 땅이 요동쳤다. 신은 두 눈을 감고, 자신이 기도를 올릴 누군가가 있다면 좋겠다고 생각했다.

...ple treasury.

...also saw a poor widow put in two very small copper

...ell you the truth,' he said, 'this poor widow has put in ...han all the others.

...these people gave their gifts out of their wealth; but she ...her poverty put in all she had to live on.'

...ne of his disciples were remarking about how the temple ...dorned with beautiful stones and with gifts dedicated to ...But Jesus said,

...for what you see here, the time will come when not one ...will be left on another; every one of them will be thrown

...cher,' they asked, 'when will these things happen? And ...will be the sign that they are about to take place?'

...replied: "Watch out that you are not deceived. For ...will come in my name, claiming, 'I am he,' and, 'The ...near.' Do not follow them.

...en you hear of wars and revolutions, do not be ...ned. These things must happen first, but the end will ...me right away.'

...en he said to them: 'Nation will rise against nation, ...ngdom against kingdom.

...ere will be great earthquakes, famines and pestilences ...ious places, and fearful events and great signs from ...

...ut before all this, they will lay hands on you and ...ute you. They will deliver you to synagogues and ...s, and you will be brought before kings and governors, ...on account of my name.

...s will result in your being witnesses to them.

...t make up your mind not to worry beforehand how you ...fend yourselves.

...I will give you words and wisdom that none of your ...aries will be able to resist or contradict.

...u will be betrayed even by parents, brothers, relatives ...ends, and they will put some of you to death.

...men will hate you because of me.

...t not a hair of your head will perish.

...standing firm you will gain life.

...hen you see Jerusalem being surrounded by armies, ...ll know that its desolation is near.

...en let those who are in Judea flee to the mountains, let ...n the city get out, and let those in the country not enter ...

...this is the time of punishment in fulfillment of all that ...en written.

...w dreadful it will be in those days for pregnant women

and wrath against this people.

24 They will fall by the sword and will be taken as ... to all the nations. Jerusalem will be trampled o... Gentiles until the times of the Gentiles are fulfilled.

25 'There will be signs in the sun, moon and stars. ... earth, nations will be in anguish and perplexity at th... and tossing of the sea.

26 Men will faint from terror, apprehensive of what ... on the world, for the heavenly bodies will be shaken.

27 At that time they will see the Son of Man com... cloud with power and great glory.

28 When these things begin to take place, stand up ... up your heads, because your redemption is drawing n...

29 He told them this parable: 'Look at the fig tree an... trees.

30 When they sprout leaves, you can see for yourse... know that summer is near.

31 Even so, when you see these things happening, y... that the kingdom of God is near.

32 'I tell you the truth, this generation will certainly ... away until all these things have happened.

33 Heaven and earth will pass away, but my wo... never pass away.

34 'Be careful, or your hearts will be weighed do... dissipation, drunkenness and the anxieties of life, and ... will close on you unexpectedly like a trap.

35 For it will come upon all those who live on the fa... whole earth.

36 Be always on the watch, and pray that you may ... to escape all that is about to happen, and that you ... able to stand before the Son of Man.'

ese people gave their gifts out of their wealth; but sh... her poverty put in all she had to live on.'

1 Now the Feast of Unleavened ... called the Passover, was approachi... 2 and the chief priests and the tea... the law were looking for some wa... rid of Jesus, for they were afrai... people.

3 Then Satan entered Judas, called Iscariot, on... Twelve.

4 And Judas went to the chief priests and the office... temple guard and discussed with them how he migh... Jesus.

5 They were delighted and agreed to give him money.

6 He consented, and watched for an opportunity ... Jesus over to them when no crowd was present.

7 Then came the day of Unleavened Bread on w...

다리

그리고 해와 달과 별들에는 표징들이 나타날 것이다.
—루카복음서 21장 25절

대니 키친은 엄마 집에 갈 때 늘 이용하던 길로 차를 몰았다. 201번 도로 양옆으로 지평선까지 뻗어 있고, 잡초가 마구잡이로 자란 풀밭을 통과하는 길이었다. 늦은 오후인데도 해가 두둥실 높이 떠 있고, 멀리 2차선 아스팔트 도로에서는 휘발유라도 쏟아진 듯 아지랑이가 피어올랐다. 키 큰 풀과 갈대 그리고 부들이 산들바람에 고개를 숙이자, 그 사이사이로 딸기 밭과 옥수수 밭이 보였다. 지금은 옥수수 키가 허리 높이밖에 안 되지만, 대니가 이곳을 떠나 채플힐에서 학교를 다니고 있을 8월 말쯤이면 3미터 정도로 훌쩍 자랄 터였다.

대니는 서둘지 않았다. 사실 제한속도보다 느린 시속 80킬로미터로 느긋하게 운전했다. 열린 창문으로 불어온 바람에 머리카락이 엉클어졌다. 금발의 머리카락 뭉치가 뺨을 때리더니, 입꼬리 한쪽 촉촉한 부분에 달라붙었다. 대니는 머리카락을 귀 뒤로 넘기지 않고, 소리 내어 웃으면서 혀로 머리카락을 모아 입안에서 머리카락을 빨아보았다. 그날 아침 머리카락 끝을 제대로 헹구지 않은 탓에 약간 씁쓸한 샴푸 맛이 났다.

대니가 모는 그랜드엠의 뒷좌석에는 반짝거리는 흰색 학사모와 졸업가운이 구겨진 채 아무렇게나 놓여 있었다. 일찌감치 바닥에 떨어진 졸업장은 이미 잊혀서, 펩시콜라 캔과 반납일이 지난 비디오테이프 그리고 지난해 겨울에 묻었다가 이젠 말라서 떨어진 흙 사이에서 굴러다녔다.

대니는 한 달에 두 번 엄마의 부탁을 받고 고기를 받아 가던 쇼스 농장을 지나쳤다. 나이 많은 농장주 캐롤은 곳간에서 스테이크용 소고기와 얼린 돼지고기, 흰 치즈와 샌드위치용 햄을 팔았다. 전부 이 일대에서 도축하고 자르고 보존 처리해서 옮겨놓은 것이다. 캐롤은 소년 시절부터 이 일을 해왔고, 아버지에게서 농장을 물려받았으며, 이제 70대 중반이 되었다. 그의 목초지를 월마트로 바꾸고 싶어 하는 개발업자에게 캐롤이 땅을 모조리 팔지도 모른다는 소문이 돌았다. 똥 냄새와 피비린내가 나긴 했지만, 대니는 그곳을 좋아했고, 느릿하고 우스꽝스러운 캐롤을 좋아했다. 그런 의미에서 캐롤은 단순히 농장을 운영하는 농장주가 아니라, 일종의 농장 그 자체였다. 대니가 소들에게 안녕이라고 인사를 외치고 그들을 향해 자동차 경적을 울렸으나, 소들은 대니를 알아보지 못하고 그저 느릿느릿 풀 뜯기에 여념이 없었다.

대니는 다시 한 번 소리 내어 웃고는 계속 차를 몰았다.

한 손으로 운전대를 톡톡 두드리며 박자를 맞추고, 다른 손으로는 좌석 사이에 놓인 콘솔 안에 있는 담뱃갑을 집었다. 담배에 불을 붙이고 죄의식 없이 깊이 들이마셨다. 대니는 자신의 가장 강력하고 가장 직관적인 확신이 자리 잡은 마음 깊은 곳에서부터, 자신에게 결코 나쁜 일이 일어나지 않을 것이라고 믿는 소녀, 아니 다 큰 어른이기 때문이다. (대니는 자신이 다 큰 어른이라고 생각했다. 이제는 스스로를 성숙한 여성으로, 여대생으로 생각할 필요가 있었다. 그리고 아마도 같은 맥락에서 이제는 자신을 소개할 때뿐만 아니라 다른 사람에게 자신을 특정 이름으로 불러달라고 부탁할 때에도 성과 이름을 모두 말할지를 고려할 때였다.) 그렇다고 해도 대니는, 한때 미친 듯 과속을 하거나 줄담배를 피워대던 다른 열여덟 살 소녀들과 자신이 크게 다르지 않다는 것쯤은 알 정도로 세상 이치에 밝았다. 그러나 분명 다른 점이 있었다. 대니는 자신의 깨끗한 피부와 하얀 치아 그리고 날씬하면서 강한 두 다리를 믿었다. 그것들을 믿지 못할 어떤 이유도 아직

까지 발견하지 못했다. 그래서 그 이유를 발견할 때 까지 대니는 안전했고, 그에 따라 행동했으며 그 문제에 대해 골치 아프게 이러쿵저러쿵 복잡하게 생각하지 않았다.

예를 들어 일주일 전 벤과 섹스를 할 때 대니는 부둥켜안고 있는 것을 여전히 어색하게 느끼면서도, 절정에 가까워진 벤의 양어깨가 긴장하면서 떨리는 것을 느낄 수 있었다. 그러자 벤이 속도를 늦추고 몸을 빼더니 대니의 귀에 속삭였다. "네 안에 하고 싶어."

대니는 벤 아래서 몸을 움직이며, 무슨 말인지 모른다는 듯이 "뭘?"이라고 물었다.

항상 그렇듯 수줍음을 많이 타는 벤은 당황해하며 고개를 푹 숙였다. "알잖아."

"알지." 대니는 한 손으로 벤의 턱을 들어 억지로 시선을 맞췄다. "하지만 자기가 그 말 하는 걸 듣고 싶어."

"됐어." 벤이 말했다. "관둬."

소년의 수줍음에 마음이 움직인 대니는 성적으로 흥분해서라기보다 모성애에 가까운 감정에 가슴이 부풀어 오르는 것을 느꼈다.

"오, 벤. 자기가 하고 싶으면 뭐든지 해도 돼."

그러자 벤은 용기를 얻어 실행에 옮겼다. 대니의 엄마라면 무모하다고 했을 것이다. '무모하다'는 엄마가 딸의 행동에 대해 자주 쓰는 표현이었다. 하지만 대니는 걱정하지 않았다. 그녀는 세상 물정을 잘 알았다. 열여덟 살 생일도 되기 전에 아기와 자기 자신을 떠맡아야 했던 엄마처럼 되지는 않을 터였다. 벤이 절정에 휩싸인 동안에도, 대니는 몸 안에 들어온 근육들이 움직이는 것을 느낄 수 있었다. 부드럽게 그러나 단호하게 벤을 밀어냈다. 벤이 일을 끝마치고 그녀 위로 쓰러지자, 대니는 그를 옆으로 밀고 그의 이마에 가볍게 입술을 문지른 다음 일어서서 욕실로 갔다. 화장지에 손을 대기도 전에 몸 밖으로 빠져나와 허벅지 안쪽으로 흘러내린 액체는 무력하고 차갑고 무해한, 그저 닦아내 버려야 할 지저분한 것이 되었다.

침대로 돌아온 대니는 눕지 않고 대신 침대 모서리에 앉아 한쪽 다리를 엉덩이 아래에 접어 넣었다. 벤이 손가락 끝으로 대니의 등을 쓰다듬었다. 그는 급수탑 위에서 벌어진 파티와 모닥불에 대해 뭐라 이야기했지만, 대니의 귀에는 아무것도 들리지 않았다. 대니의 마음은 다가올 가을과 대학이 있는 노스캐롤라이나로 이사할 일, 그리고 이곳을 벗어나 다른 곳에서 살아갈 날들에 대한 생각으로 달려가고 있었다. 그러면서 이곳에 있는 것 중에 나중에 추억하며 울 만한 것을 단 하나도 떠올리지 못했다.

여자 친구들이 그들의 무모함이 별 탈 없이 지나갔음을 알려줄 찌르는 통증과 생리를 고대하며 며칠 동안 최악의 상황에 마음을 졸이는 동안, 대니는 한순간의 걱정도 없이 고등학교에서의 마지막 일주일 동안의 일상을 계속해나갔다. 고적대 연습과 졸업생 장기자랑에도 참석했다. 교내 신문인 '팬더프레스'에 실을 유언장을 작성했고, 매트 보우처드의 졸업생 캠프에 갔다가 술에 취해 벤이 아닌 누군가와 키스를 했다. 그리고 생리가 시작됐을 땐 시작했는지도 몰랐다.

대니는 포장도로를 벗어나 소방차 진입로로 들어섰다. 그날 상징적인 통과의례를 성공적으로 해내기 위해 가야 할 두 곳 중 첫 번째 장소로 향했다. 맥그래스 연못으로 내려가는 비탈면에 구불구불한 자갈길이 나 있었다. 봄이면 비탈면이 유수에 침식되어 조금씩 더 가팔라지면서 길이 훨씬 더 위험해졌다. 울퉁불퉁한 화강암과 나무 사이를 누비는 길은 여러 지점에서 급격히 꺾이곤 했다. 대니는 내려가면서 쉬지 않고 브레이크를 밟았다. 반 마일쯤 내려가자 나무들의 간격이 벌어지더니 갑자기 연못이 시야에 들어왔다. 물이 프로판 불꽃처럼 파랬다. 수면은 미풍을 타고 일어난 물결의 흰 포말들로 점철돼 있었다. 대니는 공공 선착장 근처의 옆길로 들어가 평지에 차를 세웠다.

차에서 내린 대니는 뒤로 돌아가 트렁크를 열었다. 트렁크 문이 홱 팅겨 올라가자, 추억이 될 만한 물건들이 수북히 담긴 식료품점용 비닐 봉투를 꺼낸 뒤 다시 트렁크를 닫았다.

선착장 왼편에 있는 호리호리한 흰색 자작나무 숲 아래, 불법이지만 불을 피울 수 있는 구덩이가 있었다. 그 둘레엔 검게 그을린 돌들이 반원형으로 쌓여 있었다. 안에는 언제 지폈는지 알 수 없는 불의 잔해들이 있었다. 맨 밑에 깔린 재는 지난밤 내린 비로 물이 흥건해 질퍽질퍽했고, 그 위에는 반쯤 타다 만 나뭇가지와 검게 그을린 맥주 캔 몇 개 그리고 녹아내린 운동화 한 켤레가 있었다. 대니는 비닐 봉투에서 라이터 충전통을 꺼낸 뒤, 봉투를 뒤집어서 지금까지 살아온 삶의 잡동사니들이 구덩이로 떨어지는 것을 지켜보았다. 조금의 망설임이나 악의 없이, 어떤 감상에도 젖지 않고, 오로지 하루 온종일 느꼈던 따뜻하고 지속적인 기대감만을 안고,

대니는 사진과 아기 신발 그리고 각종 상장 위에 충전통의 가스를 절반 가량 붓고, 성냥을 그어 잡동사니 더미 위에 던졌다.

하지만 현실은 영화와 달랐다. 불이 붙기도 전에 성냥불이 꺼져버렸다. 대니는 성냥을 하나 더 그었다. 한 손을 둥글게 만들어 위태로운 불꽃을 보호하며, 무릎을 꿇고 판다 인형의 털에 성냥머리를 가져다 댔다. 가스가 즉시 점화되었다. 잡동사니가 들썩이자 대니는 얼른 뒷걸음쳤다.

담배에 불을 붙이고 물건들이 타는 것을 지켜보면서, 대니는 연못을 가끔 곁눈질로 힐끗거렸다. 나란히 헤엄치던 아비새(북미산 물새로 물고기를 잡아먹으며 사람 웃음소리 같은 소리를 낸다—옮긴이) 두 마리가 동시에 잠수를 하더니, 수면 아래로 자취를 완전히 감췄다. 그걸 보고 있자니, 아주 어렸을 때 이 연못에서 본, 쾌속정을 타고 아비새 한 마리를 쫓던 어떤 남자가 생각났다. 어떤 이유에서인지 그 새는 날지 못했다. 아마도 날개 한 쪽이 부러진 모양이었다. 쾌속정이 다가오는 것을 본 새는 물 아래로 잠수한 후 1, 2분이 지나 50미터쯤 떨어진 곳에서 수면 위로 올라왔다. 남자가 다시 쫓아오자 아비새는 다시 물속으로 들어갔다. 대니는 엔진의 소음을 떠올렸다. 남자가 수면 위로 떠오르는 새를 기다리는 동안 엔진이 얼마나 씩씩거리는 포식자처럼 공회전했는지, 이윽고 새가 숨을 쉬려고 수면 위로 떠올랐을 때 얼마나 시끄럽게 으르렁거렸는지 대니는 기억할 수 있었다. 그 소리는 연못을 가로질러 대니와 엄마가 일광욕을 즐기며 누워 있는 곳까지 들렸다. 대니는 뱃머리에 달린 크롬이 햇빛을 받아 다이아몬드처럼 반짝거리면서, 힘들게 도망치는 새를 계속해서 바짝 추격하던 것이 기억났다. 추격이 한 시간 동안 계속되면서, 힘이 빠진 아비새는 잠수 시간이 점점 줄어들었고 수면에 떠오를 때마다 쾌속정과의 거리가 점점 짧아져, 마지막으로 새가 수면 위에 떠올랐을 때는 남자가 배 밖으로 총을 겨누고 있었다. 새는 지칠 대로 지쳐서 더 이상 잠수할 수 없게 되었고, 결국 그것이 그 새의 마지막이 되었다.

대니가 기억하기에 어릴 때 울었던 건 그 때가 유일했다. "엄마, 왜 저래요?" 대니가 계속 흐느껴 울자, 배에 탄 남자를 냉정한 표정으로 흘끗 쳐다본 엄마는 고개를 저은 후 말했다. "아가, 엄마도 모르겠구나. 저런 짓 하는 남자들이 꼭 있단다." 그래도 대니는 이해할 수 없었다. 게다가 어째서 엄마가 죽은 새를 보고도, 혹은 슬퍼하는 딸을 보고도 눈물 한 방울 흘리지 않는 건지 이해되지 않았다.

그러나 엄마가 자신의 행동—어린 날의 추억거리를 제멋대로 없애버리는 짓—을 보고 눈물을 한두 방울 흘리리라는 것을 대니는 알았다. 그런 생각은 하나도 즐겁지 않았다. 이런 행동은 자기 자신을 위한 것이었다. 이 일이 자신 이외의 다른 사람에게 어떤 영향을 미칠지는 전혀 고려하지 않았다. 게다가 대니가 이것을 즐기고 있으며, 이 행동이 오래되어 낡고 쓸모없는 것들을 벗어버리고 미래를 맞이하기 위한 대니 나름의 의식이라는 것을 엄마는 이해하지 못할 터였다.

그런데 뭔가가 부족했다. 어떤 족쇄도 없이 완전히 새 사람이 되어 다음 날 눈을 뜨고 싶은데, 거의 다 타서 불꽃은 사그라지고 물건들은 재가 되었으나 이것만으로는 아무래도 충분치 않았다. 자동차로 돌아간 대니는 뒷좌석에서 학사모와 졸업가운 그리고 졸업장을 가져와서, 다시 한 번 일말의 망설임도 없이 구덩이 속으로 물건들을 던져 넣었다. 학사모와 졸업가운이 불에 타 녹으면서, 지독한 화학약품 냄새가 코를 찔렀다. 가짜 가죽 장정으로 처리된 졸업증서는 타는 데 시간이 더 오래 걸렸다. 대니는 나뭇가지로 졸업증서를 구덩이 속으로 밀어 넣었다. 졸업증서를 태웠다는 건 알면 엄마가 그저 우는 정도가 아니라 욕설을 퍼부을 게 뻔하다는 걸 대니는 알았다. 엄마는 고등학교 때 대니를 임신했고, 학교를 졸업하지 못했다. 엄마는 졸업장 그 자체를 목표로 여겼지만, 대니에게 졸업장은 더 큰 목표를 향해 나아가기 위한 수단에 불과했다. 대학에 가기 위한 수단이자, 졸업장 덕에 열릴 모든 문을 열기 위한 수단이었다. 대니는 상징과 상징주의, 징후와 예감을 중요하게 여기긴 했지만, 그 종이 한 장은 그녀에게 별 의미가 없었다.

예를 들어, 오늘은 완벽하게 아름다운 날이었다. 환한 햇살과 따뜻한 미풍, 느릿느릿 풀을 뜯는 소들과 짝을 이룬 아비새 한 쌍, 이 모든 것이 길조임이 틀림없었다. 위로받을 필요는 없었지만, 대니는 이런 길조들을 기분 좋게 받아들였다.

졸업장이 다 타서 재 조각으로 날릴 즈음, 아비새 한 쌍이 연못 깊은 곳에서 다시 떠올랐다. 새는 물결의 움직임을 따라 위아래로 까닥거리며, 머리에서 꼬리까지 몸을 흔들어 물을 털어낸 다음, 양 날개를 펼쳐 연못의 수면 위를 미끄러져 갔다. 점점 더 속도를 내다가, 마침내 얇은 두 발만이 물살을 가를 정도로 몸이 떠올랐다. 새들은 제트기의 랜딩기어처럼 두 발을 들어 올려 폭신폭신한 아랫배에 당겨 넣은 뒤, 이윽고 가파르게 날아올라 공중에서 큰 원을 그리며 방향을 틀어 나무숲 너머로 사라졌다.

아비새 한 쌍을 쳐다보면서, 대니는 노스캐롤라이나로 당장 떠나는 것에 대해 다시 생각했다. 왜 당장 떠나지 않는 걸까? 지금 여기를 떠나 가을 학기가 시작되기 전에 채플힐의 새 아파트에서 새 친구들과 지낼 수 있는데, 왜 여름 내내 팬케이크하우스에서 일하면서 이 곳을 벗어나지 않는 걸까? 그렇게 충동적으로 행동했다간, 엄마는 말할 것도 없이 다른 여자 친구들을 경악하게 만들 것이 분명했다. 현실적인 계획도 없이 달랑 몇백 달러를 손에 쥐고 짐을 싸서 떠난다고? 아는 사람 하나 없고 가보지도 않은 곳으로? 너무 막연하고 위험하잖아! 그러나 남들은 주저할지 몰라도, 불확실과 위험은 오히려 대니를 흥분시켰다. 게다가 채플힐이라고 기름진 아침을 서빙하는 일자리가 없을까? 거기라고 그녀가 사랑하고 그녀를 사랑할 사람이 없을까?

이런 생각들은 대니가 어떤 징후에서 영감을 받아 불현듯 깨닫게 되는 인식과는 다른 것이었다. 다음 날 당장 여기를 떠나지 못하게 대니를 붙잡는 것이 과연 무엇인가?

답은 물론 '그런 건 없다'였다. 전혀 없었다.

그래서 대니는 결정을 내렸다. 이제 여자 친구들(하나도 변하지 않은—신이 그들을 사랑하지만, 그들은 여전히 소녀일 뿐이다—친구들)을 만나기 위해 대니가 갈 두 번째 장소인 벤턴 다리의 밥스 드라이브인 식당(차를 타고 들어가는 식당—옮긴이)은 졸업식 뒤풀이가 아니라 송별회가 될 터였다. 어쩌면 남자애들 중에 벤도 있을지 모른다. 우연히 놀러 온 척하면서 태연히 그리고 무심하게 굴겠지만, 사실은 대니를 한 번이라도 봤으면, 그리고 운이 좋다면 몇 마디 이야기를 나눠봤으면 하고 바랄지 모른다. 그러나 이제 끝났음을, 진짜로 끝났음을 벤은 알아야 했다. 그는 고등학교를 1년 더 다녀야 한다. 그리고 이 시점에서 1년 더 학교에 다니지 않아도 된다고 해도, 어쨌든 두 사람의 관계는 끝이었다. 벤은 물론이거니와 대니 자신도 인정하기 슬픈 일이지만, 대니는 벤을 사랑하지 않았다. 사람들은 말과 행동으로 문제를 복잡하게 만들지만, 때때로 상황은 사실 이렇게 단순하다.

대니는 다시 차에 올랐다. 자갈 때문에 타이어가 몇 차례 헛돌았으나, 이내 진입로를 향해 올라갔다. 벤을 보고 싶지 않았고, 그와 이야기하고 싶지 않았다. 다만 떠난다는 사실에 신이 났다. 대니는 다음 날이나 그다음 날 자신의 친구들 중 한 명에게 벤이 이 소식을 전해 듣고, 혼자서 정리할 시간을 갖는 게 더 쉬울 거라고 생각했다. 그런 종류의 슬픔은 친구나 가족들과 떨어져서, 특히 상처를 준 장본인과 멀리 떨어져서 혼자 정리하는 것이 최선이라고 대니는 믿었다. 벤이 자신을 사랑한다는 것을 알지만, 벤의 사랑이 그녀에게 무엇을 원하는지도 알았다. 목공소 직원의 아내가 되어 다섯 아이를 키우고 볼품없는 머리를 하고, 하지정맥류 말고는 자신의 것이라고 부를 만한 것 하나 없이 살아야 했다. 그 때문에 대니의 마음 한구석엔 벤을 미워하는 마음이 있었다. 그리고 자신이 벤의 사랑에 굴복해 그가 원하는 사람이 됐을 때 겪게 될 자신의 고통보다 자신이 떠난 후 벤이 겪을 고통이 더 작고 더 짧을 거라는 걸 알았다.

큰길에 도착한 대니는 밥스 드라이브인 식당을 향해 계속 동쪽으로 달렸다. 계곡 반대편에 있는 언덕들 너머에 밝게 빛나는 파란 하늘을 배경으로 점점 멀어지는 검은 점 두 개가 왼쪽에 보였다. 호수에서 더 높이 더 멀리 날아가 이제는 거의 모습이 보이지 않게 된 아비새 한 쌍이었다.

대니는 미소를 지으며 가져갈 것과 두고 갈 것에 대해 생각했다.

밥스에서 곧바로 집으로 돌아가 짐을 싸기로 했다. 오래 걸리지 않을 터였다. 여행 가방 하나, 청바지와 블라우스, 양말과 브래지어, 팬티, 캐롤라이나의 뜨거운 여름을 나기 위한 미니스커트 몇 벌. 일기장과 잡지 몇 권, 애지중지하는 낡은 책 『나를 있게 한 모든 것들』과 목욕용품, 칫솔과 데오도란트, 머리끈과 콘택트렌즈 케이스와 세척액. 엄마가 묻겠지. *너 뭐 하는 거니?* 그러면 대니는 이렇게 대답할 거다. *저 떠나요, 엄마. 전 이제 다 큰 어른이에요. 그리고 오늘 모든 징후가 정남쪽을 가리키고 있어요.* 그처럼 간단하다. 엄마는 슬퍼할지도 혹은 약간 두려워할지도 모른다. 그녀의 아기가 떠나간다니. 하지만 엄마가 그런 감정 못지않게 기뻐하고 자신을 대견해할 것이라고 대니는 생각했다. *가라, 딸아.* 잠시 생각한 후 이렇게 말할지 모른다. *세상에 나가서 내가 하지 못했던 모든 일들을 하렴.*

전 벌써 떠났어요. 태양 아래 바람에 출렁이는 옥수수와 부들 그리고 딸기 밭을 가로지르며 대니는 생각했다. 벤턴은 연못에서 그리 멀지 않았다. 이윽고 벤턴의 중심가로 이어지는 마지막 모퉁이를 돌았다. 직선으로 쭉 뻗은 도로 중간에 있는 다리가 눈에 들어왔는데, 열 대 정도 되는 차량

이 다리의 입구에 한 줄로 멈춰 서 있었다. 강 저편에는 반대편 차선의 자동차들이 밥스 드라이브인 식당까지 줄지어 있었다. 그리고 다리 위에는 푸른 등을 깜빡이는 주경찰 소속 순찰차 두 대가 검정색 세단 한 대를 사이에 두고 서 있었다. 보행자 도로를 마주한 검은 세단은 운전석 문이 활짝 열려 있었다.

대니는 차를 세우고 밖으로 나갔다. 다른 구경꾼들 틈에 끼어 검정색 세단의 주인으로 보이는 검은 옷을 입은 사람에게서 눈을 떼지 않은 채 느린 걸음으로 다리를 향해 다가갔다. 검은 옷을 입은 남자는 난간 바깥쪽에 있는 좁은 턱에 서 있었다. 큰 모자를 쓴 경찰관 두 명이 남자 뒤에 서서, 조심스럽게 간청하는 듯 허공에 두 손을 들고 있었다. 경찰관들은 남자의 등에 대고 이야기하고 있었다. 남자가 신은 검은 구두의 앞코는 난간 밖으로 나와 있고, 구두 굽만이 난간 턱에 닿은 상태였다. 두 팔을 등 뒤로 뻗은 남자는 두 손으로 난간 꼭대기를 잡고 있었는데, 어찌나 꽉 쥐었던지 멀리서도 손가락 관절들이 툭 불거진 것이 보였다.

대니는 더 빠른 속도로 더 가까이 다가갔다. 얼빠진 표정으로 자신들이 안전거리라고 생각하는 위치에 멈춰 서서 남자를 손가락으로 가리키고 있는 사람들을 하나둘 제치고 더 멀리까지 갔다. 계속 앞으로 나아간 대니는 마침내 난간에 선 남자가 사제라는 것을 알게 되었다. 그가 경찰관들 쪽으로 아주 잠깐 고개를 돌렸을 때, 목에 흰 깃이 얼핏 보였기 때문이다. 사제는 나이가 많았다. 머리숱이 풍성했지만 완전히 백발이었고, 깃 위의 피부는 늘어지고 털은 희끗희끗했으며, 꽉 조인 깃 때문에 세로로 생긴 쭈글쭈글한 주름들 사이에 늘어진 살이 목깃에 끼어 있었다.

대니는 계속 걸어가, 도로와 다리가 만나는 지점의 강철 이음매를 지나갔다. 가장 용감한 구경꾼들도 마치 눈에 보이지 않는 장벽이 앞을 가로막기라도 한 것처럼, 그곳에 멈춰 서서 두 손으로 입을 가리고 있었다. 대니는 이 장벽도 통과해, 한 걸음을 내딛고는 다시 한 걸음을 내딛었다. 이제 경찰관들의 말이 들렸다. 공포가 깃든 목소리였다. "신부님, 제발 이러지 마십시오!" 경찰관들은 두 손을 벌린 채 무기력하게 애원했다. 사제는 그들에게 눈길 한 번 주지 않고 발아래로 흐르는 강을 내려다보았다. 여름의 열기에 말라버린 강물은 가늘게 흘렀고, 쩍쩍 갈라진 강바닥이 훤히 드러났다. 이끼 낀 바위가 녹색으로 반짝거리고, 죽은 물고기 몇 마리가 태양 아래서 썩고 있었다.

다리 건너편의 밥스 드라이브인 식당에서는 대니의 친구들과 여러 소년, 소녀들이 모두 자동차 덮개 위로 올라가서, 양손을 이마에 대고 차양을 만들어 이쪽을 쳐다보았다. 소년 한 명이 다른 소년을 돌아보며 뭔가 이야기했다. 다시 앞을 돌아본 소년은 미소를 짓고 있었다.

조무래기들! 대니는 생각했다. *이게 재밌니?*

아주 키가 큰 경찰관과 보통 키의 또 다른 경찰관의 잘 다린 경찰복과 커다란 검정색 권총에서 경찰의 힘과 통제력이 느껴졌다. 그러나 그들의 눈빛은 이러한 환상이 거짓임을 말해주었다. 그들에겐 힘도 통제력도 없었다. 그들은 두려워하고 있었다. 고작 한 발짝밖에 떨어져 있지 않았지만, 신부에게 손을 댈 엄두를 내지 못했다. "신부님, 제발……."

대니는 더 가까이 다가가, 순찰차가 있는 곳까지 갔다. 두 다리가 저절로 앞으로 걸어나갔다. 경찰관들을 쳐다보았다. *어떻게든 해봐요.* 대니는 말하고 싶었지만 입을 다물었다. 자신이 목소리를 입 밖에 내는 순간, 늙은 사제를 다리 난간에서 떨어지지 못하게 유일하게 붙들고 있는 현실이라는 연약한 덩굴손이 잘려나갈까 봐 두려웠다. 곧 벌어질 일이 현실일 리 없기 때문이었다. 그럴 리 없었다. 현장에 끼어들어 혼란을 일으키지 않고 조용히 입 다물고 있으면, 아마도 현실이 알아서 상황을 제자리로 돌려놓을 터였다. *제발 좀 어떻게든 해봐요.*

대니는 멈춰 섰다. 사제는 강바닥을 내려다보던 눈을 들었다. 어디선가 갑자기 나타난 유령 같은 구름 뒤로 해가 그날 처음으로 모습을 감추었고, 지상은 어둑어둑해졌다. 대니가 언덕 너머를 힐끔 돌아보니, 텅 빈 하늘이 보였다. 다시 시선을 돌리니 키가 큰 경찰관의 번쩍거리는 부츠 근처의 포장도로에, 가지런하게 나란히 놓인 늙은 사제의 모자와 철사테 안경이 보였다. 앞으로 대니가 캐롤라이나 주뿐만 아니라 어딜 가더라도 쫓아다닐 장면이었다.

오랜 세월 동안, 세상이 끝나고 스스로 재건된 후로도 꽤 오랫동안, 대니는 사제를 잡으려고 손을 뻗은 꿈을 꿀 것이고, 손가락 사이로 빠져나가던 검은 면 셔츠 소매의 풀 먹인 감촉을 느끼며 깰 것이다.

대니는 사제의 시선을 따라서 위를 올려다보았다. 파란색 말고는 아무것도 보이지 않았다. 다시 돌아봤을 때 사제는 이미 그 자리에 없었다. 꽤 오랜 시간 동안, 모든 것이 그렇게 얼어붙어 있었다. 이윽고 유령 같은 구름 뒤에서 태양이 다시 모습을 드러냈고, 지상은 환해졌으며 만물이 다시, 그러나 천천히 움직이기 시작했다.

fore the LORD Almighty says this: 'Because you
 listened to my words,
 summon all the peoples of the north and my servant
dnezzar king of Babylon,' declares the LORD, 'and
ring them against this land and its inhabitants and
 all the surrounding nations. I will completely destroy
d make them an object of horror and scorn, and an
ing ruin.

ill banish from them the sounds of joy and gladness,
rs of bride and bridegroom, the sound of millstones
light of the lamp.

whole country will become a desolate wasteland, and
tions will serve the king of Babylon seventy years.

when the seventy years are fulfilled, I will punish the
Babylon and his nation, the land of the Babylonians,
r guilt,' declares the LORD, 'and will make it
 forever.

 13 I will bring upon that land all
the things I have spoken against it,
all that are written in this book and
prophesied by Jeremiah against all
the nations.

y themselves will be enslaved by many nations and
ngs; I will repay them according to their deeds and the
their hands.'

is what the LORD, the God of Israel, said to me:
rom my hand this cup filled with the wine of my wrath
ke all the nations to whom I send you drink it.
en they drink it, they will stagger and go mad because
word I will send among them.'

I took the cup from the LORD's hand and made all
ons to whom he sent me drink it:
salem and the towns of Judah, its kings and officials,
 them a ruin and an object of horror and scorn and
 as they are today;
raoh king of Egypt, his attendants, his officials and
people,
 all the foreign people there; all the kings of Uz; all the
f the Philistines (those of Ashkelon, Gaza, Ekron,
people left at Ashdod
m, Moab and Ammon;
 the kings of Tyre and Sidon; the kings of the
nds across the sea;
an, Tema, Buz and all who are in distant places;
 the kings of Arabia and all the kings of the foreign
who live in the desert;
he kings of Zimri, Elam and Media;
 all the kings of the north, near and far, one after the

of them, the king of Sheshach will drink it too.

27 "Then tell them, 'This is what the LORD All
the God of Israel, says: Drink, get drunk and vom
fall to rise no more because of the sword I will send
you.'

28 But if they refuse to take the cup from your han
drink, tell them, 'This is what the LORD Almighty
You must drink it!

29 See, I am beginning to bring disaster on the ci
bears my Name, and will you indeed go unpunished
will not go unpunished, for I am calling down a swor
all who live on the earth, declares the LORD Almigh

30 "Now prophesy all these words against them and
say to them: " 'The LORD will roar from on high;
thunder from his holy dwelling and roar mightily aga
land. He will shout like those who tread the grapes
against all who live on the earth.

31 The tumult will resound to the ends of the earth,
LORD will bring charges against the nations; he wi
judgment on all mankind and put the wicked to the sw
declares the LORD.

32 This is what the LORD Almighty says:
Disaster is spreading from nation to nation; a mighty
is rising from the ends of the earth.'

33 At that time those slain by the LORD
everywhere-from one end of the earth to the other. Th
not be mourned or gathered up or buried, but will be lik
lying on the ground.

34 Weep and wail, you shepherds; roll in the du
leaders of the flock. For your time to be slaughtered ha
you will fall and be shattered like fine pottery.

35 The shepherds will have nowhere to flee, the leader
flock no place to escape.

36 Hear the cry of the shepherds, the wailing of the le
the flock, for the LORD is destroying their pasture.

37 The peaceful meadows will be laid waste becaus
fierce anger of the LORD.

38 Like a lion he will leave his lair, and their la
become desolate because of the sword of the oppress
because of the LORD's fierce anger.

1 Early in the reign of Jehoiakim son of Josiah
Judah, this word came from the LORD :

2 "This is what the LORD says: Stand in the courty
the LORD's house and speak to all the people of th
of Judah who come to worship in the house of the LO
Tell them everything I command you; do not omit a w

3 Perhaps they will listen and each will turn from

인디언 서머

목자들아, 통곡하고 울부짖어라. 양 떼의 지도자들아, 땅에 뒹굴어라. 너희가 살해될 날이 다 차오고 있다. 그러면 너희 는 흩어지고 값비싼 그릇이 깨지듯 쓰러지리라.
─예레미야 25장 34절

우리는 모두 열 명이었다. 거실 한가운데에서 서로의 머리에 총구를 겨눈 둘을 제외한다면 여덟 명이겠지만. 이제 막 일어나려는 일이 진짜 현실인지를 의심하는 사람이 열 명 중에 나 혼자뿐일 리 없다고 나는 생각했다. 물론 우리는 꽤 취해 있었다. 유콘잭(캐나다 위스키에 여러 가지 과일 향과 당분을 섞은 50도 정도 되는 독주—옮긴이) 한 병을 거의 다 비운 뒤라서, 릭의 부모님 집과 가재도구들이 이미 괴상한 백열광을 띠고 있었다. 이 모든 일은 신이 죽었다는 공식 발표가 있고 나서 일어났다. 어린이 과찬 방지국(CAPA)이 설치되기 전의 일이었다. 우리가 술에 취했든 취하지 않았든, 이 상황은 해괴망측한 데다 비현실적으로 보였다. 꿈이었는지도 모른다. 나는 식물인간이고, 엄마가 침대 옆에 앉아 두 손으로 내 차가운 손을 어루만지는 동안 인공호흡기의 촉수 아래서 잠을 자고 있었는지도 모른다. 세상이 와해되는 장면과 가족을 잃고 절망에 빠진 나와 친구들이 집단 자살을 하려는 장면이 있는 한 편의 영화를 내 뇌가 눈꺼풀에 투영했는지 모른다. 릭이 하나, 둘, 셋을 세고, 벤과 매니가 셋이란 신호에 맞춰 서로의 머리를 날려버릴 때까지도 이 상황이 실제가 아닐지 모른다고 생각한 건 분명 나만이 아니었을 것이다. 피와 연기가 방 안에 가득 차기 직전에 나는 살짝 낄낄거리기까지 했다. 우리는 대학에 돌아가기로 돼 있었으나, 문제는 돌아갈 대학이 없었다. 상황을 이해하려고 해봤으나 상당히 어려운 일이었다.

총이 발사된 뒤 1분 동안, 아무것도 보이지 않았다. 연기가 상당히 짙었다. 꼬마들이 카우보이와 인디언 놀이를 할 때 사용하는 딱총 냄새가 났다. 그리고 그 밑으로 머리카락과 피부가 심하게 그슬린 냄새가 진동했다. 연기가 천천히 천장으로 올라가 층층이 쌓인 뒤 낮게 드리운 구름처럼 흩어지자, 방바닥에 누운 벤과 매니의 시체가 눈에 들어왔다. 그들과 오랫동안 알고 지낸 사이가 아니었다면, 나는 그들이 누구인지 못 알아봤을 것이다.

우리는 모두 한 손에 맥주를 들고 서 있었는데, 연기가 마치 도깨비불처럼 우리 몸을 휘감고 올라갔다. 릭을 제외한 우리 모두는 폭격이라도 당한 듯 보였다. 소름 끼칠 정도로

냉정했던 릭의 표정은 구름이 걷힌 후에도 전혀 변함이 없었다. 채드는 매니의 오른쪽 뒤에 서 있었는데, 잭슨 폴락이 채드의 티셔츠에 물감 흩뿌리기라도 한 듯 보였다. 나는 이전 학기에 '현대 미술의 탐구'라는 과목을 들었고, 오랜 시간 동안 추상표현주의에 대해 공부했기 때문에, 채드의 티셔츠가 교과서에 어떤 식으로 실릴지 상상이 갔다. 〈잭슨 폴락 작, 자살, 면 티셔츠에 뇌, 2005년〉

방 안은 온통 피바다였다. 벽, 책장, 액자에 넣은 가로 20 세로 25 크기의 사진에 피가 튀었다. 우리가 아직 고등학생이었을 때 찍은 릭과 친구들의 사진이었다. 전력 공급이 중단된 뒤 쓸모없이 자리만 차지하고 있는 고해상 TV 화면에 튄 피는 붉은 줄을 여러 개 그리며 느릿느릿 흘러내렸다. 릭의 엄마가 수집한 조그마한 도자기에는 흩어진 피가 점점이 찍혔다. 그리고 바닥에 홍건한 피는 덮개 없이 놓아둔 푸딩처럼 이미 엉겨 붙었다.

릭은 핏물이 고인 현장에 걸어 들어가 권총을 집어 들었다. "대걸레 가져 와!" 릭이 내게 말했다.

✳

우리 모두는 중요한 뭔가를 잃었다. 나는 엄마를 잃었다. 엄마는 인슐린 펌프에 넣을 충전제의 우편 배달이 중단된 뒤, 잠자던 도중에 돌아가셨다. 매니는 아버지를 잃었다. 매니네 아버지는 진짜 난리가 일어날 무렵에 뇌졸중을 일으키셨는데, 구급차가 오지 않아서 이층집 욕실 바닥에서 발버둥 치다 돌아가셨다. 그 후 플로리다는 상황이 그리 나쁘지 않다는 얘기를 들은 매니네 엄마는 매니의 여동생을 데리고 플로리다로 떠났다. 채드와 앨런 그리고 벤은 모두 자동차 사고로 가족을 잃었다. 신호등이 꺼지고 도로에 온갖 잔해가 쌓이기 시작하면서 교통사고가 다반사로 일어났다. 웨슬리의 아버지는 새엄마와 비행기를 타고 투산으로 골프여행을 떠났다가 결국 돌아오지 않았다. 레오의 부모님은 통조림 스프와 트윙키(속에 흰 크림이 든 노란색 스펀지케이크—옮긴이)를 찾으러 다니던 도중에 셀 주유소에서 발생한 폭발 사고로 돌아가셨다. 불길은 일주일간 꺼지지 않았고, 체리힐의 중산층 거주 지역으로 번져 콜의 가족과 잭의 엄마 그리고 쌍둥이 자매가 목숨을 잃었다. 그리고 릭은 부모님이 그들의 아우디에서 휘발유를 빼가려던 이웃집 남자의 총에 맞아 돌아가시는 것을 목격했다. 릭은 정원용 갈퀴로 뒤통수를 내리쳐 그 남자를 죽였다. 그는 미식축구 시즌이면 일요일 오후에 릭네 집에 들러 보드카 마티니를 얻어 마셨던 경제학 교수였다.

우리는 저마다의 비극을 겪은 뒤 하나둘 릭의 집으로 모여들었다. 나와 매니는 릭의 부모님이 아직 살아계셨을 때 릭네 집에 왔다. 이웃집 남자가 고급 무연휘발유 4분의 1통 때문에 릭의 부모님을 죽였을 때, 우리는 2층의 깨진 창을 막을 것을 찾느라 차고에 있었다.

우리가 그때 차고 진입로에 있어서 이웃집 남자가 다가오는 것을 봤더라면 어떻게 됐을까 가끔 궁금해진다. 만약 매니가 한때 잘 나가던 외야 라인배커(미식축구에서 상대팀 선수들에게 태클을 걸며 방어하는 수비수—옮긴이)답게 무릎으로 그를 제압했다면 어땠을까? 만약 내가 차고의 작업대에 비스듬히 세워진 공식 레지 잭슨 루이스빌 슬러거 배트로 총을 쏘려는 이웃집 남자의 손을 후려쳤다면 어땠을까? 그랬다면 릭의 부모님은 여전히 살아 계셨을 테고, 우리만 남아서 다음엔 뭘 해야 할지 스스로 결정할 일도 없었을 텐데. 어쨌든 우리는 아이들이었을 뿐이다.

그다음 날 레오와 콜이 함께 나타났고, 그날 오후 뒤이어 잭이 찾아왔다. 우리는 모두 힘을 합쳐 뒷마당에 릭의 아버지가 가꾸시던 토마토 나무 옆에 구덩이 두 개를 팠다. 방금 파낸 흙으로 덮은 두 무덤을 보며 아무 말 없이 서본 적 없다면 어색한 침묵이 뭘 뜻하는지 모를 것이다. 기도를 하자고 제안할 뻔했는데, 그렇게 멍청한 생각을 한 내 자신이 한심해서 내 엉덩이를 발로 차는 상상을 했다. 어쨌든 그건 중요한 문제가 아니었다. 릭은 이미 집으로 들어가 버렸으니까.

우리는 이웃집 남자의 시체를 도로로 끌고 가서 내버려두었다.

여러 측면에서 보면, 그로부터 몇 주간은 예전 삶과 별반 다르지 않았다. 우리는 술을 진탕 마시고, 음악을 틀거나 비디오 게임을 하면서 밤새 놀다가 다음 날은 하루 종일 잠을 잤다. 나와 웨슬리는 버려진 유홀(트럭 렌트 회사—옮긴이) 매장에서 트럭을 한 대 가져다 주말 동안 하스켈 주류 판매점의 물건들을 하나도 남김없이 모두 비워 릭의 차고에 옮겨두었다.

인디언 서머(북미 지역의 늦가을에 봄날 같은 화창한 날씨—옮긴이)가 왔다. 우리는 편자던지기 놀이를 하고 간이 의자에서 빈둥거리면서, 단지 여름 휴가가 연장된 것뿐이라고 스스로를 믿게 만들기 위해 애써 술을 마셨다.

그러나 자꾸만 새로운 현실이 찬물을 끼얹었다. 날씨는 덥고, 하늘은 높고 구름 한 점 없었지만, 진화되지 않은 불길이 계곡 전역으로 번지면서 회색빛 연무가 드리워진 탓에 우리는 검댕을 뒤집어썼다. 라디오와 텔레비전 채널들이 하나둘 꺼지며 사라져갔다. 비축해둔 식량과 술이 줄어들었다. 가끔씩 전신주의 변압기가 폭발하면서 전기 스파크가 밤하늘을 파란색 불꽃들로 수놓더니, 곧이어 릭네 집의 전력 공급이 중단되었다. 우리는 촛불을 켜고, 여름의 끝자락에 신이 난 귀뚜라미의 노랫소리에 귀 기울인 채, 따뜻한 맥주를 마시며 숙연해져갔다.

우리 중에 릭의 변화가 가장 심했다. 평소 유쾌하고\두려움을 모르던 친구였는데(고등학교 때 맥주 사 오는 건 언제나 릭의 담당이었고, 높이가 무려 18미터나 되는 무시무시한 절벽에서 할로웰의 저수지로 뛰어내린 사람은 콜을 제외하고 릭이 유일했다), 부모님을 묻고 나서부터는 입을 꾹 다물고 뻣뻣한 자세로 집 주위를 느릿느릿 활보하고 다녔다. 릭은 몸을 가누지 못할 때까지 술을 마셨고 차고의 콘크리트 바닥이나 욕조 옆 등 아무 데서나 잠을 잤다. 또 청소에 집착했다. 아니 그보다는 집에 있는 물건을 하나라도 흐트러트릴까 봐 두려워하는 것 같았다. 어느 날 아침, 나는 릭이 욕실 세면대 위의 타일을 닦으려고 아버지가 쓰시던 면도크림 통을 집어 드는 것을 복도에서 보았다. 릭은 청소 후 통을 내려놓고 왼쪽으로 약간 옮겼다가 다시 오른쪽으로 옮긴 뒤, 통을 살짝 돌리는가 싶더니, 몇 발짝 뒤로 물러나 여러 각도로 살펴본 후, 다시 위치를 조정하면서 10분을 보냈다.

릭은 며칠 동안이나 누구하고도 말하지 않고 지냈다. 우리가 꼬마였을 때부터 다른 사람들이 자신의 잘못 때문에 기분 나빠한다고 믿었던 레오는 자기가 뭘 잘못했냐고 내게 물었다.

"너 때문이 아냐, 레오." 내가 말했다. "릭은 슬퍼서 그래. 너도 알잖아, 우리 모두 얼마나 슬픈지."

그러나 그게 전부가 아니었다. 단순히 슬픔을 넘어, 우리는 영원히 계속될 현재(우리의 과거는 희미해지고, 논리적으로 볼 때 어떤 식으로든 의미 있는 미래는 불가능한 일이 되었기 때문에)에 갇혔다는 느낌을 받기 시작했다. 이 세상이 끝날 때까지, 여기 이렇게 열 명이서 술 마시고 선탠을 하며 테트리스나 하고 있어야 하는 일종의 지옥에 갇힌 느낌이었다.

사방의 벽이 점점 좁혀오고, 점점 통조림 스파게티에 물려갔다. 어느새 벙어리 좀비 같은 몰골로 휘청거리며 걸어 다니는 사람은 릭만이 아니었다.

며칠 후 숙취에 시달리며 목이 말라 잠에서 깬 우리는 싱크대가 말라버렸음을 알게 되었다. 릭에게는 최후의 보루가 무너진 셈이었다. 그는 우리를 거실로 불러 모았다. 팹스트 캔 맥주를 하나 따서 길게 들이켠 뒤 릭은 찬찬히 우리를 둘러보았다.

"제안할 게 하나 있어." 그가 입을 열었다.

우리는 주의 깊게 들었다. 모든 상황을 고려해보면 아주 정신 나간 소리는 아닌 듯싶었다. 술을 많이 마시면 마실수록 릭의 제안은 더더욱 그럴싸하게 들렸다. 우리는 몇 시간 동안, 날이 어둑어둑해질 때까지, 그의 제안을 곱씹어보았다. 아무도 피아노 의자에 있는 폭풍우용 램프에 불을 켤 생각조차 하지 않았다.

"모두 찬성하지 않으면 하지 않을 거야." 릭이 말했다. "언제나 그랬듯이, 우리는 함께할 거야."

그 후로 오랫동안, 우리는 각자 자신의 생각에 빠져 아무 말 없이 앉아 있었다. 나는 엄마를 떠올렸다. 건축 기술자가 되려던 계획(엄밀히 말해, 꿈이라기보다 내게 상당히 간절했던 염원이었다)을 떠올렸다. 결국 식량이 바닥났을 때 우리를 기다리고 있을 매드맥스(3차 세계 대전 발발로 폐허가 된 지구상에 폭력이 난무하는 이야기를 그린 영화—옮긴이)와 같은 끔찍한 시나리오를 떠올렸다.

그때 릭이 우리 이름을 차례로 호명했고, 우리는 한 명씩 돌아가면서 '찬성'을 외쳤다. 왠지는 몰라도, 어둠 속에서 그렇게 대답하기란 쉬웠다. 놀랍게도 이건 마치 피자 위에 올릴 토핑을 선택하는 것만큼이나 쉬웠다. 우리는 램프에 불을 붙이고, 거의 비어서 둔탁한 소리가 나는 맥주 캔을 부딪쳐 모두 찬성했음을 확인한 뒤, 잠자리에 들었다.

불길한 미래에 대한 그나마 가장 좋은 대안처럼 보였다.

✳

그러나 초등학교 때 발야구를 하면서 놀았던 친구들의 피를 대걸레로 닦으면서, 나는 더 이상 확신할 수 없었다. 양동이를 세 번이나 비웠지만, 바닥의 얼룩은 색이 조금 옅어졌을 뿐 오히려 주변으로 넓게 번졌다. 마치 딸기 스무디 4리터를 쏟은 듯, 분홍빛 비눗물이 송판에 줄무늬를 만들었다. 좀 더 짙은 핏자국 두 개가 현관문까지 이어졌다. 시신 두 구를 끌고 간 자국이었다. 깨끗이 닦아내려면 몇 시간은 걸릴 터였고, 우리는 아직 8명이나 남아 있었다.

다른 친구들이 문틀에 기대고 서서 벽의 얼룩을 닦거나 담배를 피우거나 또는 이런 모습을 지켜보는 동안, 나는 대걸레로 좀 더 오래 주변을 밀면서 열심히 바닥을 청소했다. 마침내 릭이 내게 팹스트 맥주를 내밀며 말했다. "그 정도면 됐어." 릭이 말했다. "곧 아무도 그런 건 신경 안 쓸 거야."

릭의 다른 손에는 제각각 다른 길이로 자른 붉은색 빨대 8개가 뭉텅이로 쥐어 있었다. "이리로 모여봐." 릭이 말하자, 우리는 느릿느릿 그의 주변으로 모여들었다. 나는 그때 처음으로 우리 몸에서 나는 냄새가 얼마나 지독한지 느꼈다. 일주일째 샤워를 못 한 데다, 이 집에 유일하게 하나 있는 스틱형 데오도란트는 릭의 아버지 것으로, 함부로 손을 댈 수 없었다.

레오와 콜이 짧은 빨대를 뽑았다. 권총 두 자루를 자신의 허리띠에 꽂아 두었던 릭이 권총을 꺼냈다. 콜은 체념과 안도의 한숨을 쉬면서 권총 한 자루를 받아들었다. 그는 총의 무게를 가늠해본 다음 눈을 동그랗게 뜨고 레오를 쳐다보았다.

콜을 본 레오는 몸을 돌려 현관을 통해 어두운 밤거리로 뛰쳐나갔다. 도망가면서 그는 새된 목소리로 자신도 우리만큼이나 슬프고 무섭지만 아무리 술을 많이 마셨다 해도 이럴 만한 배짱은 없다며 미안하다고 외쳤다.

"기다려!" 릭이 말했다. 릭은 들고 있던 권총 한 자루를 가지고 레오를 쫓아갔다.

우리 중 제일 먼저 현관 앞에 도착한 나는 거리 끝에서 어둠 속으로 사라지는 릭의 모습을 보았다. 그는 왼쪽으로 돌더니 이내 모습을 감추었다. 릭은 맨발로 아스팔트 위를 달리며, 올림픽 단거리 선수처럼 빠른 속도로 뛰었다. 숨죽인 채 귀를 기울여봤지만, 두 집 건너 있는 작은 인공 연못에서 황소개구리들이 시끄럽게 우는 소리 이외엔 다른 소리는 들리지 않았다.

15분이 지나고, 이윽고 30분이 지났다. 친구들에게 나눠줄 신선한 맥주를 가지러 차고로 간 웨슬리는 손바닥을 베여 피를 뚝뚝 흘리며 돌아왔다.

"제설기에 걸려 넘어졌어." 웨슬리가 애처롭게 씩 웃어 보이며 피가 묻은 맥주 캔을 건넸다.

"심하게 다쳤는데." 앨런이 말했다. "깨끗이 닦아내야 해. 타월이나 뭐 그런 걸로 싸매."

웨슬리가 앨런을 쳐다보았다. "제길, 뭐 하러?" 그가 물었다.

나와 웨슬리 사이에 있는 등나무 의자에 앉아 있던 콜이 맥주 한 캔을 세 번에 나누어 마신 뒤 꺼억 하고 큰 소리로 트림을 했다.

"아, 제길." 콜은 총구를 앞니로 가볍게 문 다음, 총열 주변에 여러 차례 빠른 숨을 몰아쉰 뒤 방아쇠를 당겼다. 총알은 콜의 뒤통수에 소프트볼만 한 구멍을 만들고, 뒤에 있던 창을 산산조각 냈다. 삼각형 모양으로 삐뚤빼뚤하게 잘려 창문틀에 붙어 있는 유리창 파편들에서 피와 뇌가 뚝뚝 떨어졌다.

"하느님, 맙소사!" 앨런이 말했다. 경직된 손가락에서 미끄러진 맥주 캔이 계단에 흘린 맥주 거품 위에 떨어졌다. 다른 사람들은 아무 말도 하지 않았다. 그들의 표정에선 약간의 놀라움만이 스쳐 지나갔고, 이윽고 우리는 멍한 얼굴로 릭이 돌아오기를 기다렸다.

"릭이 레오를 잡았을까?" 채드가 물었다.

"그랬을걸." 잭이 말했다. "레오가 달리기 선수는 아니잖아."

"붙잡았으면, 무슨 소리가 들렸을 거야." 웨슬리가 말했다. "총성이든지, 비명 소리든지, 뭐라도 들렸겠지."

마음을 단단히 먹기 위해 나는 맥주를 한 모금 마셨다. "얘들아, 우리가 실수하고 있는 건지도 몰라." 내가 말했다. "이제 와서 논쟁하기에는 너무 늦었을지도 모르지. 나도 알아. 그렇지만……."

웨슬리가 나를 쳐다보았다. "릭이 여기 있다면 너 그런 소리 못할걸."

"제길, 그래! 못했겠지." 내가 말했다. "릭은 제정신이 아니니까. 릭은 레오를 사냥하러 밖에 나갔어. 우리 친구인 레오를. 졸업식 때 플로리다에 있는 가족 별장에 우리 모두를 데리고 간 그 친구를. 그리고 릭은 레오를 잡으면 개새끼처럼 쏴 죽일 거야."

"우리는 여전히 친구야." 잭이 말했다. "그러니까 이런 짓도 하는 거지. 이건 일종의 신성한 행위라고."

"우리와 마찬가지로 레오도 찬성했어." 웨슬리가 말했다. "이봐, 나도 안타까워. 하지만 그 녀석도 찬성했다고. 벤과 매니는 이미 일을 치렀고, 콜은 먼저 해버렸지. 이제 누구도 물러날 순 없어."

나는 콜이 앉은 의자 옆 바닥에 떨어진 권총을 쳐다보았다. 내 시선을 알아차린 웨슬리가 총을 주워 자신의 무릎 위에 올려놓았다.

"난 그저 가족들을 보고 싶을 뿐이야." 앨런이 말했다. "이런 말 하는 거 쑥스럽지만, 난 이제 그런 거 상관 안 해. 엄마, 아빠가 보고 싶어."

모든 상황을 고려해봤을 때 어떤 종류의 것이든 사후세계가 있을 가능성이 희박해 보인다는 사실을 앨런에게 지적해줄 만한 마음도 힘도 없었다.

웨슬리는 손을 뒤집어 달빛에 비춰 보면서 이제 피가 멈춘 손바닥의 상처를 손가락으로 조심스럽게 쓰다듬으며 말했다. "지금 어떤 음식이든 먹을 수 있다면, 뭘 먹을래?" 웨슬리는 특별히 누구한테 이야기한 것이 아니었다.

나를 뺀 다른 아이들은 모두 한마디씩 했다. 침을 튀겨가며 이야기할 만한 주제였다. 채드는 에그롤 대신 소고기 데리야키를 넣은 푸푸플래터(큰 접시에 각종 육류와 해산물이 조금씩 나오는 중국식 미국 요리―옮긴이)를 원했다. 잭은 수요일마다 보데가 바에서 먹었던 코카콜라를 넣은 소 가슴살 샌드위치 생각이 간절했다. 앨런은 엄마가 해주던 라자니아를 그리워했다. 리코타 치즈와 양파 그리고 세 가지 종류의 고기를 두껍게 깔고, 그 위에 프로볼로네 치즈를 몇 겹 얹은, 거의 한나절 이상을 천천히 익혀서 치즈 테두리가 바삭해진 라자니아였다.

"제길, 애네 엄마 라자니아 정말 끝내줬는데." 채드가 말했다. "나 대답 바꿔도 될까?"

도망가, 레오. 나는 속으로 외쳤다. 친구야, 바람처럼 달려!

✳

자정이 막 지나자, 달 주변에는 유리처럼 투명하고 희미하지만 언저리가 무지개 색으로 빛나는 완벽한 달무리가 생겼다. 가을의 쌀쌀한 기운이 계곡에 내려앉으며 개구리 울음소리를 잠재우고, 우리를 따라 실내에까지 들어왔다. 우리는 의자에 앉아 있는 콜의 시신을 내버려두고, 다 타버린 초를 바꾸기 위해 새 초에 불을 붙였다.

"레오는 갔어." 15분 후 릭이 돌아와 말했다. 릭은 따지 않은 팹스트 캔을 커피테이블 위에 내려놓고는 양손으로 양 무릎을 짚고 구부정하게 서서 한동안 애써 숨을 골랐다. 시커

메진 발 옆에는 물집이 잡혔다 터져서 생긴 선명한 분홍빛 상처들이 여기저기 보였다.

"무슨 뜻이야?" 웨슬리가 물었다.

"도망갔다고." 릭이 말했다. "동네 공업단지까지 다 가봤어. 16킬로는 달렸을걸. 근데 없어."

"제길, 겁쟁이 같으니!" 웨슬리가 말했다. 채드가 동의한다는 의미로 으르렁거렸다.

"상관없어." 릭이 말했다. 그는 등을 펴고 똑바로 서서 결리는 옆구리를 주물렀다. "나 맥주 한 캔만 빨리 마실게. 그러고 나서 다시 제비뽑기해서 일을 끝내자."

"제비뽑기는 집어치우고 다음에 누가 할지 그냥 결정하는 게 나을 것 같아." 웨슬리가 나를 째려보며 말했다. "생각이 바뀌었다며 도망가는 녀석이 나오기 전에 말이야."

릭이 맥주 캔을 따서 한 모금 길게 쭉 들이켜고는 말했다. "다른 좋은 생각이 있어?" 그가 내게 물었다.

나는 릭을 잠시 쳐다본 뒤, 도대체 뭐라고 답해야 할지 몰라 잠시 고민했다. 이러나저러나 어차피 죽을 목숨 아닌가. "그래." 내가 말했다. "있어."

"이야기하고 싶어?"

"그런다고 뭐가 달라지겠어?"

그가 한숨을 쉬었다. "그렇진 않겠지. 그래도 아무튼 해보자. 밖에서."

나는 릭을 따라 현관문 쪽으로 가면서, 그의 중장비 운전수용 허리띠 버클에 권총의 개머리가 리드미컬하게 부딪히며 나는 덜그럭거리는 소리를 애써 무시하려고 했다. 릭은 고약한 냄새를 풍기며 달빛 아래 싸늘하게 식은 콜의 시체를 가리켰다.

"자기가 직접 한 거야?" 릭이 물었다.

"응."

"멋진 녀석이야, 콜은. 끝까지 배짱 두둑한 녀석이었어."

"난 모르겠어." 내가 말했다. "콜도 여기 남은 우리처럼 비참해하면서 두려움에 떨었을 거라 생각해."

"지루하기도 했지." 릭이 말했다.

"그래, 그도 그랬지."

우리는 1분간 아무 말도 하지 않았다. 이윽고 릭이 입을 열었다. "너나 나나 내가 미친 걸 알아, 그렇지? 그 문제에 대해서는 우리 둘의 의견이 일치하지?"

나는 그의 허리띠에 꽂힌 권총을 다시 한 번 힐끔 쳐다본 뒤 말했다. "떠보는 거야?"

"아니."

"좋아. 그렇다면, 맞아. 기분 나빠하지 마. 그래도 넌 여전히 내 친구고, 나는 널 사랑해. 하지만 너는 완전히 미쳤어."

릭은 슬픈 미소를 지었다. "맞아." 그는 말했다. "그런데 네가 모르는 게 하나 있어. 나는 이런 거지 같은 일이 시작되기 훨씬 전부터 이미 미쳐 있었어. 정확히 말하면, 작년 가을 첫 학기 때 누군가를 죽이고 싶다는 생각이 처음 들었어."

나는 아무 말도 하지 않았다.

"이런 식이었어. 학교 친구 몇 명이 주말에 캠핑을 함께 가자고 하더라고. 유기화학 수업을 막 듣기 시작한 터라 읽어야 할 책 분량이 엄청나게 많았어. 그래서 나는 방에 앉아서 갈까 말까 고민했지. 하이네켄 다크를 마시면서. 그때 기억이 생생해. 블라인드 사이로 햇빛이 들어오고, 복도 맞은편에 있는 녀석들 방에서 마리화나와 향냄새가 풍겨. 읽어야 할 책 300쪽과 주말 캠핑을 놓고 저울질 중인데, 난데없이 이런 생각이 드는 거야. 산에 올라가 주변에 아무도 없는 곳에서 녀석들을 죽이는 게 얼마나 쉬울까. 나는 분명히 강의 계획표를 보고 있는데, 눈앞에 보이는 건 목이 베여 나무 아래 널

브러진 두 녀석이야. 이유 같은 건 없어. 내가 좋아하는 녀석들이었어. 함께 캠퍼스를 돌아다니고, 운동도 같이 하고, 술도 같이 마시는 사이였지. 무슨 말인지 알겠어?"

나는 고개를 끄덕였다.

"그러고 나니까 정말이지, 시간 맞춰 수업에 들어가고 열심히 공부하고 맥주 값을 벌려고 서빙을 하는 일이 예전처럼 중요하게 느껴지지 않는 거야. 쉽게 말해 더 이상 예전의 내가 아니었어. 한순간에 달라졌어. 점점 심해졌지. 여자애를 방에 데려와서는 어깨를 쓰다듬으며 그 애의 목에 키스하면서도, 목을 조르는 상상을 하곤 했어. 정상적인 열아홉 살 남자애가 이름도 제대로 모르는 예쁘고 귀여운 여자애랑 섹스를 하면서 그 애의 향기를 맡고 촉촉한 입술을 맛보고 싶은 마음이 간절한데도, 또 실제로 그렇게 하고 있는 도중에, 심지어 동작 하나하나를 조심스럽게 하고 있으면서도, 머릿속에선 그 애를 목 졸라 죽이는 걸 떠올릴 때 넌 그게 얼마나 끔찍한지, 사실 웃기게 들리지만, 얼마나 우울한지 알기나 해?"

나는 고개를 끄덕였다. 나 역시 그랬었다. 파티에서 만난 여자애들을 집으로 데려와 사랑을 나눴고, 다음 날 얼굴에 햇살을 받으며 잠에서 깬 행복과 피로를 느끼며 온갖 가능성에 대한 기대로 가슴이 부풀어 오르곤 했었다. 나에게도 굉장한 경험이었기에, 이를 차단당하는 것이 얼마나 끔찍한 일이었을지 상상이 갔다.

"그 이듬해를 그렇게 보냈어." 릭이 말했다. "아무 일 없는 듯 늘 하던 것처럼. 학교에 가고, 일을 하고, 친구들과 어울리고, 여자애들을 만나면서. 두려웠어. 진절머리가 났지. 살인 욕구를 간신히 억눌렀어. 마치 스위치가 달린 회로 같아서, 그만 생각하려고 온갖 짓을 다 해봐도 계속해서 떠올라. 정상적으로 행동하고 정상적으로 보이는 사람에게는 다른 사람들이 어떻게 자신들을 기꺼이 제물로 내맡기는지를 생각했어. 일이 벌어지면 어떤 법이 적용될지를 생각했어. 때문에 신이 죽었다고 사람들이 말했을 때, 지옥이 열렸다고 했을 때, 내겐 그것이 일종의 축복과 같았어. 나는 이런 무시무시한 생각을 하고 있었으니까. 시계탑에 오르거나 맥도널드로 걸어 들어가 총을 난사하는 사람들이 이해가 됐어. 내가 그런 사람들에 더 가깝다고 생각했어. 총기 난사 후 주변에 모여 왜, 도대체 왜 이런 일이 일어나느냐며 울부짖는 사람들보다는. 거기엔 어떤 이유 같은 건 없다는 것을 아니까. 충동과 행위가 있을 뿐이야. 그밖에 다른 건 없어."

릭의 이야기를 듣는 그 짧은 순간에 그가 설명했던 그런 갑작스럽고 되돌릴 수 없는 심경의 변화가 바로 내 안에서 느껴졌다. 요즘 말로, 나는 이제 좀 났다. 제기랄, 진짜 그랬다. 엄마는 죽고, 내 꿈은 산산이 부서지고, 제일 친한 친구는 자신이 왜 그런 처량한 미치광이 괴물이 되었는지도 모르는 이런 빌어먹을 우스꽝스러운 세상과 인연을 끊어버리고 싶었다.

"누군가에게 다 털어놓으니 정말 후련하다." 릭이 말했다. "아니, 그냥 누군가가 아니지. 오, 하느님! 그게 너여서 다행이야."

"하느님?" 내가 말했다. "하!"

릭이 나에게 몸을 기울여 내 얼굴을 살폈다. "너 울어?" 릭이 물었다.

"신경 꺼!" 내가 말했다. "얼른 일이나 끝내!"

＊

웨슬리가 이번엔 자기 차례라고 우기는 바람에 우리는 그와 짝을 이룰 사람을 정하기 위해 제비뽑기를 했고, 채드가 가장 짧은 것을 뽑았다. 거실에서 마주 보고 선 두 사람은 셋을 세는 순간 한 치의 망설임도 없이 각자의 방아쇠를 당겼다. 그 후 방 안에는 암울하고 초조한 기운이 감돌았고, 우리는 연기가 사라지기도 전에 거실에서 시체들을 끌어냈다. 우리는 전혀 거리낌 없이 밖으로 나갔다. 웨슬리와 채드의 발목을 잡고 현관으로 끌고 가서 방금 도축한 돼지인 양 점판암 타일 위에 피를 흘리도록 내버려두었다.

상대방을 향해 총을 쏜 후 쓰러지며 발버둥 치다가 둘 중 한 명이 커피테이블 위로 쓰러졌다. 그 바람에 그 위에 색이며 걸쭉함이 조청과 똑같은 피가 고여, 테이블에 놓아두었던 빨대를 겨우 찾을 수 있었다. 어쨌든 네 명이 남자, 릭은 '아무려면 어때!'라면서 앨런과 잭에게 자신이 결정을 내렸다면서 다음은 그들 차례라고 말했다. 두 사람은 반발하지 않았다. 누군가 재촉할 필요도 없이, 두 사람은 방 한가운데로 걸어가 바닥에 떨어진 권총을 집어 들고 숫자를 세기를 기다렸다.

하나⋯둘⋯셋.

또 다시 굉음이 들렸다. 따뜻하고 축축한 뭔가가 거센 바람에 휘날린 빗방울처럼 내 얼굴을 강타했다. 앨런 뒤에 바짝 서 있었던 나는 노트르담 성당의 종 옆에 선 듯 두 귀가 울려서, 연기 사이로 레오와 순경 한 명이 입구에 함께 서 있는 모

습이 보였을 때 릭이 놀라서 '개새끼!'라고 중얼거리는 것을
겨우 알아들었다.

순경은 업무수행용 연발권총을 뽑아 우리를 향해 겨누고
있었다. 수염을 일주일은 깎지 않은 듯한 얼굴은 우리만큼이
나 둥글고 매끈했으며, 현장을 살피는 두 눈은 두렵고 자신
없어 보였다. 제복은 구겨지고, 파란색 셔츠자락은 삐져나왔
고, 겨드랑이 부분은 시꺼멓게 얼룩져 있었다. 경관 배지가
사라지고 없는 게 눈에 띄었다. 방을 가로질러 맞은편에 선
순경이 경찰대학에서 배운 대로 위엄 있는 자세를 유지하려
고 애쓰면서 두 손을 벌벌 떨고 있는 것이 내게는 보였다.

"학생들, 무슨 짓이야?" 순경이 물었다.

릭이 미소를 지어 보였다. "몇 살이지? 스물셋? 스물넷? 몇
살이기에 우리보고 학생들이라는 거야?" 릭은 발밑에 떨어
진 권총을 집으려고 팔을 뻗었다.

"허튼짓 마!" 순경이 말했다. 그는 권총을 릭에게 겨누었
다. "이봐, 움직이지 마!"

릭은 순경의 엄포에도 아랑곳하지 않고, 권총을 집어 들고
는 팔을 뻗어 흔들림 없이 총을 겨누었다. 순경은 침을 꿀꺽
삼켰다.

"릭." 레오가 말했다. "제발 이러지 마."

"레오, 너 무슨 생각이야?" 릭이 말했다. "어쭈, 인마 너 맘이 바뀌었지? 좋아. 죽고 싶지 않다? 그래, 충분히 이해할 수 있어. 그렇지만 맘에 안 들어. 알다시피 다른 애들은 합의를 깨지 않았잖아. 그래도 이해할 수는 있어. 그러니까 이제 가서 제길 그걸 당겨."

레오는 거친 숨을 들이마시고 난 뒤, 더 이상 억누르지 못하고 근처에 있는 모두를 당황시킬 만한 큰 울음을 터트렸다. "미안해." 그가 말했다.

"제길." 릭이 말했다. "인마, 정신 차려."

순경이 권총을 고쳐 잡았다. "총을 버려." 릭에게 말했다.

"혼자 남고 싶지 않아서 그랬어." 레오가 훌쩍이며 말했다. "그게 다야."

"네가 그렇게 달아났을 때 사실 나는 감동받았어." 릭이 말했다. "무슨 말인 줄 알아? 내 기억엔 레오 네가 이렇게 배짱 좋게 스스로 결정을 내린 건 처음이었거든. 그런데 네가 이렇게 돌아와서 완전 조졌어."

"마지막 경고다." 순경이 이렇게 말했지만, 그리 확신 있는 말투는 아니었다. 그는 바짝 마른 입술을 혀로 핥았다. "총을 내려놔."

릭이 다시 순경을 돌아다보았다. "당신, 정말 이해가 안 되는군." 릭이 말했다. "그 제복은 뭣 때문에 아직도 입고 있는 거야? 이봐, 친구. 봉사할 대상도 보호해야 할 대상도 이제 별로 남지 않은 것 같은데 말이야."

"나는 아직 해야 할 일이 있어." 순경이 말했다. "그리고 날 친구라고 부르지 마. 내가 너보다 두세 살밖에 나이가 많지 않을지는 몰라도, 어쨌든 너보다는 연장자이고 게다가 법을 집행하는 경찰관이야. 그러니 예의바르게 경관님이나 베이츠 경관이라고 불러주면 고맙겠어. 그리고 그 무기도 내려놓으면 고맙겠어."

"웃기지 마, 보이스카우트!" 릭이 말했다. "자, 이렇게 하지. 어쨌든 난 오늘 밤 죽을 거야. 당신이 날 쏘든, 아님 여기 있는 내 친구가 쏘든 사실 그건 중요하지 않아."

"난 너희들 놀음에 끼지 않아." 순경이 말했다.

"베이츠 경관, 안 좋은 소식을 전하게 돼서 안타깝지만 말이야, 당신은 벌써 끼어들었어." 릭이 말했다. "규칙은 아주 간단해. 내가 셋을 셀 거야. 셋에 동시에 쏘는 거야. 알았지?"

순경은 한 손을 바지에 문지르고는 아무 말도 하지 않았다.

레오가 나를 쳐다보았다. "제발!" 그가 말했다.

나는 어깨를 으쓱해 보였다.

릭이 둘을 세자 순경이 릭의 어깨에 총을 쏘았다. 총알 때문에 몸이 왼쪽으로 45도 돌아갔지만, 릭은 두 발을 꿈쩍 않고 서서 다시 총을 겨누었다. 겁에 질린 순경은 한 번 더 총을 발사할 기회가 있었으나 총알이 위로 빗나갔고, 곧이어 그의 목에서 피와 물렁뼈가 쏟아져 나오더니 풀장의 필터가 막혔을 때처럼 쿨럭쿨럭 소리를 내면서 고꾸라졌다. 순경이 쓰러지자, 레오는 재빨리 멀찌감치 떨어져 구석에 몸을 웅크렸다.

"릭, 너 괜찮아?" 레오가 물었다.

"레오." 릭은 어깨의 상처를 살피면서 얼굴을 찡그렸다. "너 진짜로 지금 가는 게 좋아."

"미안해." 레오가 말했다. "있잖아, 정말 미안해. 나는 그냥……."

릭은 권총을 위로 겨누고 두 발을 쏘았다. 두 번째 총성이 희미해질 즈음, 레오는 밤의 어둠 속으로 완전히 사라졌다.

릭은 바닥에 쓰러져 소파의 팔걸이에 몸을 기댔다. 천장에서 떨어진 노란색 소석고 조각들이 머리카락 여기저기에 묻어 있었다. 두세 발짝 떨어진 곳에 쓰러진 순경은 약하게 발버둥을 치다가, 목에 난 구멍에서 바람이 새는 것 같은 축축한 숨을 마지막으로 내쉰 뒤 잠잠해졌다.

나는 소파에 풀썩 주저앉아 고개를 뒤로 젖히고 천장에 난 구멍 두 개를 뚫어지게 쳐다보았다. "왜 레오를 보내줬어?" 내가 물었다.

릭은 고개를 옆으로 돌려 바닥에 침을 뱉었다. "그게 웃기지." 릭이 말했다. "화가 났을 땐 누굴 죽이고 싶은 마음이 안 들어. 이상하지. 그럴 때 누군가를 가장 죽이고 싶은 거 아니야?"

"너나 그렇겠지."

"제길!" 릭이 말했다. "되게 아프네."

✳

지금 여러분은 내가 일을 끝까지 치르지 않았다고 생각하고 있을 것이다. 지금 여기서 과거시제로 이 이야기를 들려주고 있으니 말이다. 릭이 과다출혈로 정신을 잃은 후 몰래 도망쳐 나왔거나, 그게 아니면 직접 릭을 저세상으로 보내고 나서 레오와 합류한 게 틀림없다고 생각할지 모르겠다. 내가 마음을 바꿔먹었다고, 꽁무니를 빼고 달아난 게 틀림없다고 생각할지 모르겠다.

하지만 사실은 여러분의 생각과 다르다. 나는 끝까지 일을 치렀다. 친구들과의 약속을 지켰다.

그렇다면 어린이 과찬 방지국이 이전 세계를 거의 판박이처럼 재건해놓은 현 세계에서 어떻게 내가 지금 여기 이렇게 중년의 끝자락을 바라보는 남자로 건재한 것일까? 9시에 출근해서 정해진 퇴근 시간 따로 없이 일하는 디자인 회사의 공동 창업주로, 아내와 십대 딸 한 명을 둔 가장으로, 그리고 최신형 사브를 몰며 골프 핸디캡 3타를 기록하고, 욕실 거울에 비친 얼굴을 찬찬히 뜯어보면서 한때 얼굴에 서렸던 소년의 모습이 점차 사라져가는 것을 지켜보는 중년 남성으로 어떻게 건재할 수 있을까?

그날 밤 우리가 사용했던 권총 두 자루는 릭의 아버지 소유였던 50 구경짜리 데저트 이글 XIX이고, 각각 7발을 장전할 수 있다는 점을 생각해보면 쉽게 이해가 될 것이다. 그리고 두 자루 중 한 자루가 다른 총보다 네 번 더 발사되었다는 점을 생각하면 쉽게 이해된다. 콜이 한 발 쏘았고 릭이 순경을 죽이고 레오를 겁줘서 쫓아낼 때 세 발을 쏘았다. 그렇다보니 릭과 내가 친구들의 피로 흥건한 바닥에 나란히 앉은 뒤 릭이 내 뒷목에 손을 얹어 그의 이마에 내 이마를 맞대고 나조차도 기억이 가물가물한 어린 시절의 별명으로 나를 불렀을 때, 총 한 자루는 텅 비어 있었고 덜덜 떨리는 내 손에 들린 다른 한 자루에는 여전히 총알 네 발이 있었다.

거짓 우상

너에게는 나 말고 다른 신이 있어서는 안 된다.
—탈출기 20장 3절

더시모니언 부인이 내 앞에 앉아 있다. 어찌나 신경질적으로 두 손을 비비며 주물럭대는지 아까부터 붉은색과 흰색으로 얼룩덜룩해진 두 손이 그만하라는 신호를 보내고 있다. 일반적으로 엄마들이 아빠들보다 더 힘겨워하기는 하지만, 더시모니언 부인은 다른 엄마들보다도 훨씬 더 힘겨운 시간을 보내고 있다. 그녀의 신경질적인 성향 때문이기도 하고, 또 다른 한편으론 자식을 애지중지하고 조그만 일에도 호들갑 떠는 것을 장려하는 아르메니아계 미국인의 육아 철학 때문이기도 하다. 그녀는 땀을 흘린다. 두 손을 무릎 위에서 까닥거린다. 방 안에 온통 딸기 냄새가 진동할 때까지 광택 나는 립밤을 계속 덕지덕지 바른다.

오늘 할 훈련은 '망상 떨치기'이다. 사실 아주 기초적인 훈련인데, 지난 2년간 더시모니언 부인을 지켜본 바로는 나아지는 속도보다 재발되는 속도가 훨씬 빨랐다. 내가 보건대, 훈련에서 배운 내용을 충분히 강화하지 못했기 때문인 것 같다. 그래서 우리는 어렵지 않고 똑같은 내용을 수차례 반복한다.

"더시모니언 부인." 내가 말한다. "자자, 아드님이 얼마나 신통방통한지 말씀해보세요."

그녀는 나와 눈을 마주치려 하지 않는다. 겁먹은 다람쥐 같은 그녀의 두 눈이 아들 레번에게 꽂힌다. 레번은 창가에 놓인 작은 우리 안에 앉아 따뜻한 오후의 햇볕을 받으며 색칠공부 책과 크레욜라 크레용 한 상자에 즐거워하고 있다.

"레번은 괜찮아요." 나는 부드럽지만 단호한 목소리로 말한다. "보세요. 털을 파스텔 초록으로 칠하고 선 바깥까지 색칠해서 토끼가 엉망이 됐죠. 하지만 레번은 괜찮아요. 말씀해보세요. 레번의 특별한 점이 뭔가요?"

그녀의 두 눈이 나를 향했으나, 초점은 내 뒤의 벽에 꽂힌다. "뭐라고 하든 선생님은 어차피 저를 나무라실 거잖아요. 제가 뭘 잘못했는지 말해주세요."

"그건 치료 과정이에요." 내가 말한다. "더시모니언 부인, 당신을 위한 겁니다. 모든 사람을 위해서, 특히 레번을 위해서요. 아시잖아요."

그녀는 진저리를 치며 깊은 숨을 들이마신 뒤 두 눈을 감고 한 손으로 입을 가린다. "할 수 있을지 모르겠어요, 오늘요." 손가락들 사이로 말이 새어 나온다. "오전에 한바탕 끔찍한 소동을 겪어서 아직도 기분이 아주 안 좋아요."

"그 얘길 해보세요." 내가 말한다.

그녀가 다시 눈을 뜬다. 시선이 내 등 뒤 벽에 걸린 액자에 꽂힌다. 액자에는 어린이 과찬 방지국(CAPA)의 표어인 '어린이는 다른 부류의 사람들과 마찬가지로, 소수의 승자와 대다수의 패자로 이루어진다.'라는 문구가 멋진 글씨체로 수놓아져 있다.

"커피를 사려고 상점에 들렀어요." 그녀가 말한다. "8시 15분 전에 일어나는 바람에 아침 식사를 걸렀어요. 월요일 아침마다 8시 30분에 레번이 수영강습을 받거든요."

"바로 그 대목이에요." 내가 말한다. "세 살짜리한테 수영이라뇨. 세 살배기한테는 어떤 강습도 필요하지 않습니다. 뒷마당에서 놀 때예요. 진흙 웅덩이에서 첨벙거리면서요."

비로소 그녀가 나를 똑바로 쳐다본다. 여러분이 그녀의 표정을 봤다면, 내가 레번에게 장난감으로 사슬 톱을 주라고 말하기라도 한 건가 하고 생각했을 것이다.

"고인 물이 얼마나 위험한지 알고나 하는 소리예요?" 그녀가 묻는다. "병균이 우글거린다고요. 바로 지난주에는 플로리다 주에 사는 어떤 남자애가 빗물이 고인 곳에서 수영을 한 뒤에 죽었어요. 렙토스피라병(오염된 물에 접촉하여 감염되는 병으로, 감염성 황달 또는 돼지떼병이라고도 부른다—옮긴이) 때문에요."

수많은 요즘 부모들과 마찬가지로, 더시모니언 부인도 아들을 죽음에 이르게 할 수 있는 것들의 이름과 세세한 내용을 모조리 익히고 있었다.

하지만 나는 이 이야기를 더 이상 거론하지 않는다. "아까 하던 얘기 계속합시다. 오늘 아침, 커피를 사러 갔는데요."

"오, 하느님!" 입을 가리고 있던 손이 다시 호들갑스럽게 움직인다. "그 생각만 하면 온몸이 떨려요."

그녀는 다시 입을 다문다. 나는 기다린다. 그녀는 나를 한 번 쳐다보고 옆을 한 번 쳐다본 뒤 말을 잇는다.

"시동은 켜둔 채 차에서 내렸어요. 레번을 위해 에어컨을 틀어놨죠. 보통은 절대 레번을 혼자 차에 두지 않아요. 그런 적 한 번도 없었는데, 딱 30초면 갔다 올 수 있어서, 번거롭게 내화성 덮개를 열고, 안전띠를 모두 풀고, 안전 헬멧을 벗기는 수고를 할 필요가 없어 보였어요. 특히 헬멧이요. 레번은 제가 헬멧을 벗기려고 다가가기만 해도 비명을 지르며 발작을 일으킬 정도로 헬멧 벗는 걸 싫어해요. 그래서 자동차의 시동을 켜둔 채로 문을 잠그고는 커피를 사러 들어갔죠. 그런데 밖으로 나왔을 때 여벌의 열쇠를 집에 두고 온 게 떠올랐어요."

"저는 울기 시작했어요." 그녀가 이렇게 말하자, 두 눈가는 다시 눈물로 촉촉해졌다. "자동차 회사에 전화해서 문이 열리도록 자동차에 신호를 보내달라고 했는데, 제가 하도 심하게 울어서 전화 교환수가 제 말을 못 알아들었어요. 결국 얼마 동안 레번은 안에 갇혀 있었죠. 바로 코앞에 있는데 만질 수도 안을 수도 없는 거예요. 제가 크게 당황한 걸 본 레번은 울기 시작했죠. 결국 교환수가 제 말을 알아듣고 문을 열어줬는데, 이미 그때는 교환수가 경찰서와 소방서에도 전화를 건 뒤라서 그 사람들이 모두 나타났어요. 순경 두 명이랑 구급차 한 대, 소방차 한 대가 출동했죠. 끔찍한 기분이었어요. 마시지도 못한 커피 한 잔 때문에, 아들을 위험에 처하게 하고 그 선량한 사람들을 귀찮게 했다는 사실이 그냥 끔찍했어요. 공포에 질려서 인도에 커피를 떨어트렸거든요."

나는 책상 위에 있는 상자에서 티슈를 빼서 더시모니언 부인에게 건넨다.

"아직도 끔찍한 기분이에요." 그녀는 훌쩍거리며 티슈로 눈가의 눈물을 찍어낸다.

나는 레번이 전혀 위험하지 않았고, 응급구조 서비스는 어려움에 처한 사람들을 위해 존재하며, 30초 동안 아들을 혼자 둔 것은 용서받지 못할 범죄가 아니라는 점을 지적할까 고민한다.

그러나 대신 이렇게 말한다. "더시모니언 부인, 아드님이 얼마나 신통방통한지 말씀해보세요."

그녀는 목구멍에서 뭔가 조이고 억눌린 듯한 소리를 낸 뒤, 티슈를 무릎 위에 내려놓고 말한다. "그 애는 아주, 아주 영특해요. 그렇죠?"

"틀렸어요!" 나는 주먹으로 책상을 내리치며 말한다. "레번은 지난번 웩슬러 지능 검사에서 92점을 받았어요. 미국 아동 중 중위권일 뿐이에요. 그전에 했던 일곱 번의 검사에서도 98점을 넘은 적이 없어요. 우리 대다수와 마찬가지로 레번 역시 인류의 지적 진보를 이끌 재능 있는 소수에게 일생 동안 의존해야 해요. 그는 주체가 아니라 승객이 될 겁니다."

더시모니언 부인이 몹시 불쾌한 표정으로 나를 쳐다본다.

"그런 당신은 어떤데?" 그녀가 말한다. "뒈져버려!"

나는 등받이에 등을 기대고 앉아 흐트러진 머리를 정돈한다. "저는 그저 도와드리려는 겁니다."

✳

나는 워터타운과 이 일대 여러 지역을 담당하는 어린이 과찬 방지국 소속 정신과 의사로, 케네벡 카운티에서 반드시 필요한 존재이자 동시에 가장 미움받는 존재이다. 내가 없으면, 2년 전에 내 덕분에 겨우 벗어날 수 있었던 어린이를 숭배하는 대혼란이 이 마을에 또다시 몰아닥칠 것이기 때문에 내가 필요한 것이다. 미움을 받는 이유는 내가 사람들에게 자녀들을 있는 그대로 보라고 강요하기 때문이다. 허점투성이인 그들이 언젠가는 죽을 운명이며 본질적으로 쓸모없는 피조물임을 인식시키기 때문이다.

CAPA 소속 지역 담당 정신과 의사가 되기 전에 나는 조그마한 개인 병원을 운영했었다. 아내와 곧 태어날 아기가 있었고, 의대를 다니면서 진 빚이 꽤 되었다. 그러나 형편은 그리 나쁘지 않았다. 하루하루가 낙관적이었다. 나는 사람들이 행복해지도록 그리고 감사한 마음으로 살도록 도왔다. 그들은 온갖 공포증이나 성기능 장애 또는 자살 충동 같은 문제들 때문에 나를 찾아왔고, 나는 그들을 보살폈다. 보살폈다는 표현이 맞다. 그건 일이 아니었다. 내 삶이었다. 나는 의료보험이 없는 환자들을 진료했고 하루에 열여섯 시간 일했으며, 사람들이 필요할 때면 언제나 전화를 할 수 있도록 사비를 들여 내 집에 비상 전화를 설치했다. 임신 중이었던 내 아내 로라는 나를 사랑했다. 그녀는 내가 하는 일을 믿었다. 우리는 가족을 꾸릴 준비가 돼 있었다.

하지만 세상은 어지러웠다. 경제 침체가 10년간 계속되면서 그에 따른 사회적 병폐가 만연했다. 심각한 실업난이 벌어지고, 약물 남용과 가정 폭력 그리고 절도가 나날이 늘어났으며, 인종 갈등으로 인한 폭동과 노사분규가 끊이지 않았다. 이제는 유명해진 사건으로, 성난 걸프전 참전용사들이 클리브랜드 재향군인 의료센터를 점거하면서 조직적이며 공격적인 폭동을 일으킨 일도 있었다.

그럴 즈음 수단에서 신이 죽은 것이 확인되었다는 사실이 전 세계에 알려졌다. 누가 보더라도, 수단의 회교 정부와 남쪽의 기독교 부족인 누에르족 사이의 무장 투쟁을 직접 관찰하기 위해 신이 인간의 몸을 빌린 것이 틀림없었다. 누에르 부족 난민들과 케냐로 도망가던 중에 지뢰밭 주변에 두른 철책에 걸려 꼼짝 못하게 되었고, 같이 가던 사람들이 도와주려고 했으나 정부군의 비행기에서 폭탄이 빗발쳐서 어쩔 수 없이 그를 내버려두고 도망간 것이다. 그는 죽었고, 도적들이 옷을 벗겨 갔다. 카포에타라는 국경도시 근처에서 벌거숭이가 된 시신은 적도의 뜨거운 태양에 누렇게 그을렸다.

수천 명이 떼죽음당하는 가운데 그의 죽음은 한낱 사소한 죽음에 불과했다. 만약 그의 시체를 먹은 들개들이 갑자기 희랍어와 히브리어를 뒤죽박죽 섞어 말하지 않았다면, 그리고 마치 유리 표면을 걷는 것처럼 백나일(청나일 강과 함께 나일 강의 주요 지류 중 하나—옮긴이)강 수면을 걸어 다니기 시작하지 않았다면, 사람들은 그의 죽음을 알아차리지 못했을지 모른다.

물론 신이 죽었다는 소식은 전 세계를 충격의 도가니로 몰아넣었다. 공황 상태에 빠진 시민들은 지구촌 곳곳에서 폭동을 일으키는가 하면 나쁜 짓을 일삼았다. 계엄령이 선포되고, 미국의 각 도시에 주방위군이 주둔했다. 수녀들과 성직자들 사이에서 자살이 유행병처럼 번졌고, 리틀데비 케이크같이 기분을 돋우는 음식을 구하려고 상점을 약탈하는 일도 비일비재했다. 나를 비롯한 대다수 사람들은 종말이 가까워졌다고 믿었다. 한순간에 우리가 폭발해버리거나 또는 눈 깜짝할 새 간단히 사라져버릴 거라는 생각에, 사람들은 한동안 자신의 집에서 몸을 웅크린 채 움찔움찔 놀라며 숨어 지냈다.

얼마 후 이상한 일이 벌어졌다. 아무 일도 일어나지 않은 것이다. 점차 우리는 여전히 아침엔 해가 떠오르고 밤에는 해가 저물며, 밀물과 썰물이 주기에 맞춰 반복되고, 우리와 우리가 알고 지낸 사람들이 여전히 살아 숨 쉰다는 것을 깨닫게 되었다. 텔레비전 뉴스 앵커와 자칭 전문가라는 사람들이 수많은 이론을 제시했는데, 일반 사람들 대부분이 이해한 요지는 이랬다. '신은 우주를 창조하고 우주가 잘 돌아가도록 관리해왔다. 하지만 이제 그가 존재하지 않는다는 사실에도 불구하고 우주는 계속해서 덜컹거리며 돌아갈 것이다.'

사람들은 그들의 은신처에서 나왔고 각자의 일상으로 돌아갔다. 주방위군은 철수했다. 로라와 나는 안도의 한숨을 쉰 뒤 곧 다가올 출산에 대비해 다시 계획을 세우고, 아기 이름 목록을 작성하고, 아기 방을 위한 벽지 가격을 알아보고, 모빌과 아기 옷을 다시 사기 시작했다. 한동안 눈에 띄는 변화라고는 일요일에 할 일이 절대적으로 부족해졌다는 것뿐이었다.

그러다가 진짜 문제가 시작되었다. 나를 찾아온 환자들에게서도 발견되었다. 신의 죽음에 뒤이어 나타난 영적 공허였다. 최근 믿음의 대상을 잃은 여러 사람들이 다시 그 대상을 찾고 있었다. 불가지론자들이 무신론자에 합류해 그들의 돈을 과학에 쏟아 부었지만, 항상 그렇듯이 그들은 뭘 어떻게 해볼 수도 없이 수적으로 열세였다. 아프리카 인구 대부분을 비롯해 수많은 사람들이 신의 몸을 먹은 들개들에게 바치는 사원을 지었다. 찬송가책에는 개가 짖거나 낑낑대는 소리가 음성기호로 적혀 있었다. 그러다 이제 막 태동하기 시작한 혼란을 틈타 여기 루이지애나 주 아차팔라야 유역의 습지 밖에서 '어린아이'라고 알려진 일종의 세속적인 전도사가 등장했다. 그 '어린아이'라는 건 사실 코코아색 피부를 가진 세 살배기 사내아이였다. 아이는 전혀 흠 잡을 구석이 없이 차분했고, 옥스퍼드 영어 사전을 통째로 삼킨 듯 풍부한 어휘를 구사했다. 처음엔 마을 회관과 오페라 극장에서 복음을 설파하더니, 곧 인기가 높아지면서 원형경기장과 스타디움에서 설파했는데, 그 아이가 전하는 메시지는 실로 단순했다. '신은 우리를 버렸다. 어린아이를 통해 구원받을 수 있다.'

물론 그 아이가 말한 어린아이란 아이 전체를 가리켰다.

금방이라도 어린아이를 숭배할 태세였던 미국은 그의 이야기를 아주 열심히 경청했다. 곧이어 심리학 역사상 유례없는 현상이 벌어졌다. 사회와 경제가 불안정하자 불안해진 어른들은 머리 위에는 여전히 핵폭발에 대비한 덮개를 친 채, 자신들을 보호해줄 신이 존재하지 않는 상태에서 그들의 어린 자녀들에게 기대어 위안을 얻고 안내를 받고자 했다.

정신과 의사였던 나는 언론에서 이런 이상한 행동들을 주목하기 훨씬 전부터 그런 사례들을 목격하기 시작했다. 아내 없는 실직 가장 리키 메이시스는 내가 무료로 치료했던 사람이었는데, 고지서 요금을 모두 지불할 돈이 없어서 어떤 요금을 지불해야 할지 고민하고 있었다.

"그러니까 어떤 게 더 중요한지 우선순위를 매겨야죠." 그가 내게 말했다. "처음엔 그렇게 어렵지 않아요. 만약 텔레비전을 살 것이냐 아니면 전기세를 낼 것이냐 하는 문제로 고민하는 거라면, 분명히 전기세를 낼 거예요. 전혀 어려운 문제가 아니죠. 하지만 이번에 결정해야 할 문제는 이런 겁니다. 이번 주 식량을 사야 할까 아니면 밖으로 나가 일을 찾을 수 있도록 자동차를 고치는 데 수백 달러를 써야 할까?"

"까다로운 문제로군요." 내가 동의했다. "그래서 어쩌실 겁니까?"

"모르겠어요. 그 돈을 어디에 쓰는 게 좋을지 부에게 물어봤어요." 부는 리키의 네 살 난 아들로, 리키 2세이다. "부는 제가 '헝그리 헝그리 히포(유아용 보드게임의 일종으로 가장 빨리 가장 많은 구슬을 따는 하마가 이기는 게임이다─옮긴이)' 열 세트를 사야 한답니다."

"귀엽네요." 내가 말했다. "물론 그런 건 어린아이라서 누릴 수 있는 호사죠. 메이시스 씨에겐 어려운 결정이 아닐 텐데요."

"모르겠어요, 선생님." 리키가 말했다. "부는 정말 영리한 아이예요. 아주 영특하단 말입니다. 그리고 전 그런 쓰잘머리 없는 걱정하는 거 이제 진절머리가 나요. 헝그리 히포를 사는 게 맞는 거 아닌가 하는 생각이 들어요."

이런 현상은 급속도로 악화되었다. 실적이 영 나빴던 데다 죽어버리기까지 한 신은 물러나고, 그 자리에 만질 수 있고 티 없이 순수하며 이루 말할 수 없이 귀여운 아이들이 등장했다. 이런 현상이 더 위태롭게 확대되면서 사람들은 두 부류로 갈라졌다. 덜 극성적인 대다수 어른들은 신이 죽기 전에 부모들이 자녀들의 응석을 받아주던 것과 별반 다르지 않게 행동했다. 아이들의 투정을 받아주고, 미소도 지어 보였다. 쓰레기 매립지에는 잘라낸 빵 껍질과 손도 안 댄 채소요리들이 넘쳐났다. 장난감 상점인 토이저러스의 주가가 3주 만에 90퍼센트나 상승했다. 작은 사무실이나 계산대 뒤 대신 처키 치즈(가족용 유흥 시설로 놀이기구와 비디오게임이 마련돼 있고, 피자와 음료수를 판매한다─옮긴이) 매장이나 동네에 있는 체험 동물원에서 어른들이 시간을 보내게 되면서 나타난 최악의 결과라고 해봐야 생산성이 약간 하락한 게 전부였다. 이런 문제는 정부의 적극적인 개입 없이도 어느 정도 해결 가능한 것이었다. 수적으로는 적지만 정도가 더 심한 부류만 없었다면 말이다.

이런 부모들은 미국에서 전통적으로 신앙이 독실한 몇몇 지역에서 발견되었다. 최남동부 지역, 북동부의 농촌 지역, 유타 주 등이었다. 이 지역에서 아이 숭배는 급속도로 확산되었는데, 로라와 나는 직접 그런 현상을 목격했다. 성인 인구의 70퍼센트가 일하는 것을 중단하고, 대신 몇 주 동안 쉬지 않고 똑같은 만화영화를 보거나 게임보이를 하거나, 또는 그릴에 구운 치즈 샌드위치, 땅콩버터와 젤리, 초콜릿칩 쿠키 등을 먹는 것을 선택했다. 기본적인 사회기반구조가 무너졌다. 사람들은 길거리에 쓰러져 죽어갔다. 그들을 병원까지 옮겨갈 구급요원이 없기 때문이었다. 병원에 가도 치료해줄 의사가 없었다.

주방위군이 다시 동원되었으나, 그곳에 당도했을 때 그들은 문제의 지역에 사람들의 출입을 막는 것 외에는 할 수 있는 일이 없음을 깨달았다. 치안 유지나 폭동 진압을 위한 훈련을 받고 장비를 갖춘 주방위군들은 당시의 상황에 맞는 임무를 지시받은 바 없었다. 그렇다고 사람들에게 총구를 겨누며, 아이들과 시간을 보내지 말라고 강요할 수도 없는 노릇 아닌가. 좀 더 절묘한 다른 해결책을 찾아야 했다.

곧 미연방 재난관리청이 익명의 정보기관과 함께 워싱턴에서 정신 건강 전문가들의 긴급 회동을 열 것이라는 소문이 나돌았다. 우리 아이의 미래를 위해 나는 가야 했다. 도보 여행용 부츠의 먼지를 털고, 버려진 세븐일레븐에서 구한 통조림 수프와 칠면조 육포로 배낭을 가득 채웠다. 로라와 나는 함께 울었다.

"당신은 옳은 일을 하는 거예요." 로라가 말했다.

나는 아내를 꼭 끌어안았다. 그녀의 부푼 배가 나를 지그시

눌렀다. "신이 있다면, 내게 이런 선택을 하게 한 신을 저주했을 거야." 내가 말했다. "하지만 이해하지?"

"가요." 아내는 부드럽게 나를 밀어내며 말했다. 양손으로 깍지를 껴 둥글게 부푼 배 위에 얹고는 미소를 지어 보였다. "아기랑 기다릴게요."

그녀의 말은 사실이었다. 3개월 뒤 라이더 트럭에 항정신성 의약품을 가득 싣고, 정부의 잔인하지만 효과적인 치료 계획을 안고 육군 소속 재건소대와 함께 워싱턴 D.C에서 돌아왔을 때, 나는 출산 후 숨을 거둔 아내와 아들이 내가 돌아와 묻어주기를 기다리며 부엌 바닥에 부둥켜안고 누워 있는 것을 발견했다.

✳

더시모니언 부인이 이날의 마지막 환자였기에 그녀가 가고 난 뒤 그녀의 파일에 몇 자 끼적이고는 사무실 문을 잠그고 밖으로 나간다. 제프 포켓이 내 셀리카 자동차의 트렁크 위에 앉아 있는 게 보인다. 그의 작업복, 플란넬 셔츠의 소맷자락이 말려 올라가 털 많은 근육질 팔뚝이 드러났다 '티그 트랙터'라고 적힌 야구모자의 챙 아래로 제프가 나를 노려보고 있다.

"그 사람들, 이번엔 선생 차에 아주 몹쓸 짓을 한 것 같수다. 사람들이 참." 주차장 맞은편에 선 내게 그가 말한다.

이것은 우리가 하는 일종의 작은 게임이다. 매일, 내가 진료실에 있는 동안 제프는 내 자동차를 파손한다. 그러고 나서 제프는 다른 사람이 그런 것처럼 굴고, 나는 그가 한 짓이라는 것을 알면서도 모른 척한다. 보통 그와 매주 의무적인 상담을 하는 수요일에 파손 정도가 더 심하다. 하지만 오늘은 평상시보다 훨씬 더 지독했다. 테두리를 뼁 둘러 칼로 그어놓은 통에, 오른쪽 뒷바퀴의 타이어가 완전히 너덜너덜해졌다. 또한 제프는 기둥째 뽑은 교통 표지판으로 운전석 옆 창문을 깨는 수고도 마다하지 않았다. 자동차에 가까이 다가가보니 창문 밖으로 삐져나온 표지판에 '멈춤'이라는 글귀가 보인다.

나는 서류 가방을 포장도로에 내려놓고 표지판을 뽑는다. "그 사람들, 오늘 단단히 화가 났던 모양입니다." 내가 제프에게 말한다.

"그런 모양이오, 사람들이 참."

"뭐 때문일까요?" 내가 말한다. "제가 오늘 어쨌기에 그들이 이렇게까지 화가 났을까요? 좀 비켜주시겠어요? 트렁크에서 예비타이어를 꺼내야 하거든요."

제프가 느릿느릿 일어난다. "내 생각엔 말이오." 그가 말한다. "선생한테 실마리를 줄 수도 있을 것 같은데. 그건 그렇고 선생이 말했듯이, 난 하루 종일 내 두 아들이 얼마나 시시껄렁한 놈들인지 생각하며 보냈지."

나는 트렁크에서 잭과 지렛대 그리고 예비타이어를 꺼낸다. "시시껄렁한 건 아니에요, 제프. 그냥 보통이죠. 평균이요."

엄밀히 말해 그건 사실이 아니다. 제프의 둘째 아들 에이브는 프로 선수로 진출할 수 있을 만큼 속구를 던진다. 또한 에이브는 불가사의할 정도로 동정심이 많다. 텔레비전 광고를 보고 우는가 하면 보통 그 또래의 청소년들이 개구리나 벌레에게 잔인한 데 비해 그 아이는 이런 성향을 보이지 않는다. 그러나 에이브는 언청이다. 그래서 나는 상담을 하는 동안 그 점에 초점을 맞춘다.

제프는 내가 타이어 가는 것을 지켜본다. "있잖수." 제프는 잠시 후 말을 잇는다. "선생 차, 점점 더 심해질 거요. 경찰에 신고하는 편이 나을 텐데, 선생이 말이요."

나는 예비타이어의 마지막 너트를 잠근 뒤 그를 올려다본다. "경찰이 나서지 않을 거라는 거, 저도 알고 당신도 알잖아요, 제프. 다른 사람들만큼이나 그들도 날 미워해요. 제프 당신만큼이나 저들도 날 미워하죠."

　제프가 처음으로 미소를 짓는다. "아니." 그가 말한다. "이 주변에 나만큼 선생을 미워하는 사람은 없수다, 나만큼."

　"글쎄요." 내가 말한다. "전 지난주에 레지 바우처를 감옥에 보냈어요. 상담을 연속으로 두 번 빼먹어서요. 아마 저를 미워한다는 점에서는 당신이 레지를 능가하지 못할 것 같군요." 나는 연장을 트렁크 안에 도로 넣고, 덮개를 세차게 내린다. "다른 건 없어요, 제프? 또 뭐 할 얘기라도?"

　"없수다. 그게 다요." 그가 말한다. "집에 가야지, 나 말이오. 식량만 축내고 은혜도 모르는 배은망덕한 떨거지 새끼들 먹이러 가야지."

　"그럼 안녕히 가세요." 내가 말한다. 그러나 나는 그가 그렇게 가지 않으리라는 것을 알고 있다. 역시나 그는 그냥 가지 않는다. 내가 자동차 내부에 떨어진 유리 조각들을 쓸어낸 뒤 시동을 거는 동안, 제프는 트럭 운전석에 앉아 기다린다. 내가 출발하자 그는 내 차 뒤에 바짝 붙어서 경적을 빵빵 울리며 집까지 나를 따라온다. 내가 집 앞에 도착해 진입로 입구로 들어가 차를 세우자, 제프는 가속페달을 있는 힘껏 밟아 굉음을 내며 빠른 속도로 우리 집 앞을 지나친다.

나는 원형 진입로에 차를 주차하고 차고로 걸어 들어간다. 집은 3미터 높이의 벽으로 둘러 싸여 있어서 아무도 들어올 수 없다. 제아무리 제프라 해도 불가능하다. 그런데도 나는 재규어를 덮은 먼지 방지용 커버를 들춰 조그마한 원한의 흔적이라도 찾으려고 샅샅이 살핀다. 이상이 없음을 확인하고, 뒷벽에 걸린 선반에서 새 타이어를 빼서 셀리카로 가지고 가서 타이어 세 개가 든 트렁크에 새 타이어를 넣는다.

그리고 나는 안으로 들어가 보안용 자판에 비밀번호를 두 들긴 뒤 삼중 잠금장치로 문을 잠그고, 움직임 감지기가 다시 가동되기 전에 얼른 지하실로 내려간다.

셀리아가 지하 오락실 소파에 앉아, 텔레비전에서 상금을 타기 위해 소 눈알을 먹는 사람들을 보고 있다. 우리 마을에는 어떤 식으로든 어린아이와 관련되지 않은 사람이 다섯 명 있다. 다행스럽게도 셀리아는 그들 중 한 명이다.

"왔어?" 그녀가 말한다. "오늘은 얼마나 망가졌어?"

"타이어 하나가 너덜너덜해지고, 운전석 옆 창문은 완전히 박살 났어." 내가 말한다.

"저런."

"제프가 점점 더 독하게 나오는데."

"그 인간 악질이야." 셀리아가 말한다. "피도 눈물도 없는 악질!"

"어머니는 어떠셔?"

"매일 똑같지 뭐. 오늘은 내가 욕실에서 나오니까 도둑인 줄 아시더라고. 그리고 여전히 날 베티라고 부르셔."

"우편함은 어때?" 내가 묻는다.

"늘 똑같아. 쿠폰하고. 항의 편지 열 통 정도."

나는 신발을 벗어 던지고 셀리아 옆으로 조심스럽게 다가간다. "당신, 이 마을에서 가장 미움받는 남자의 여자 친구가 정말 되고 싶어?"

"그것도 그리 나쁘지는 않아. 몰래 숨어 다녀야 한다는 거만 빼면." 그녀가 말한다. "이봐, 카우보이, 우리 지금 해. 엄마가 또 변기 물로 마티니 만들기 전에 가봐야 해."

우리는 서로의 옷을 벗긴다. 셀리아는 페서리(고무로 된 여성용 피임기구—옮긴이)를 끼우고 거품 살정제를 정량의 세 배나 사용한다. 나는 몸을 웅크려 콘돔을 여러 겹 끼운다. 조명을 어둡게 하자 분위기가 잡힌다.

내 이마와 손에 입을 맞춘 뒤, 셀리아는 저녁 식사를 준비할지 묻는다. 셀리아가 곁에 없을 때면 나는 100킬로나 차를 몰고 군 경계선을 넘어 덴버에 있는 샵앤세이브 매장까지 가야 한다. 이 마을 사람들은 아무도 내게 음식을 팔지 않기 때문이다. 하지만 오늘 밤엔 냉동고에 시금치 파이 반쪽과 테이터탓(조그만 큐브형태의 감자튀김—옮긴이)이 있다. 나는 괜찮다고 한다.

"쪽문으로 나가는 편이 좋겠어." 우리 집 지하실에서 두 블록 떨어진 말리부 태닝 살롱 뒤 골목까지 이어진 지하 터널을 말한다. 셀리아는 그 골목에 차를 세워둔다.

"자기가 일을 그만두면 좋겠어." 셀리아가 말한다. 그녀는 재킷을 입는다. "6개월쯤 지나면 사람들도 더 이상 지금처럼 자기를 미워하지 않을 거야. 그러면 우리도 다른 정상적인 연인들처럼 지낼 수 있을지도 모르잖아. 프리모스 식당에 가서 저녁을 먹는 거야. 영화 보려고 뉴햄프셔까지 차를 몰고 가지 않아도 되고."

"셀리아, 나는 그만둘 수 없어." 내가 말한다. "자기도 자기 엄마 돌보는 걸 그만둘 수 없잖아. 사람들은 내가 필요해."

"망할 놈들!" 그녀가 말한다. "누군가가 필요하지. 하지만 그게 꼭 자기일 필요는 없잖아. CAPA 소속 정신과 의사는 또 있어."

내가 웃는다. "사람들이 너도나도 하고 싶어 하는 일이 아니잖아."

"알았어. 알았어." 셀리아는 커피테이블에 놓인 핸드백을 집어 들며 말한다. 마지막으로 내 입술에 가볍게 재빨리 입을 맞춘다. "잘 있어. 자기는 내가 가장 좋아하는 작은 순교자라는 거 잊지 마."

나는 셀리아가 터널 입구로 사라지는 것을 지켜보며 생각한다. *자기야, 무거운 구명구처럼 당신 마음에 늘 걸려 있는 당신 엄마를 보면 나도 당신에게 그렇게 말할 수 있어.* 하지만 그건 온당치 않다. 이전에도 말했듯이, 유쾌하진 않지만 반드시 해야 할 일을 내팽개치고 '빌어먹을, 아주 지겨워죽겠어.'라고 비명을 지르며 도망치고 싶은 욕망을 억누르는 것이 진정 어른다운 행동이기 때문이다. 셀리아는 엄마를 맡았다. 나는 이 마을과 이곳의 사람들을 맡고 있다.

하지만 그런 유쾌하지 않은 일을 계속 충실히 하기 위해서는 누구든 가끔씩은 스스로에게 보상을 해야 한다. 나 역시 예외는 아니다. 그래서 셀리아가 간 것이 확실해질 때까지 기다렸다가, 나는 침실에 있는 금고로 가서 오래된 아동복 카탈로그 수집품(불법인 것은 말할 필요도 없다)을 꺼낸다. 신문에 끼어 넣는 조잡한 전단부터 광택지 700쪽으로 된 도톰한 책까지, 총 48종의 다양한 카탈로그가 있다. 700쪽짜리 카탈로그는 내 수집품의 최고봉으로, 어른들이 아이들에게 완전히 이성을 잃기 전인 어느 크리스마스 때 만든 '우리 아이 최고 멋쟁이' 아동복의 팸플릿이다. 물론 지금은 아동복 카탈로그를 제작하거나 유통 또는 소지하는 것까지 엄격히 금지되고 있으나, 나는 CAPA 소속 정신과 의사로 번 돈으로 지난 한 해 동안 쉽게 (조심하긴 했지만) 50종 가까이 되는 카탈로그를 구입할 수 있었다. 어린아이의 이미지를 통제하는 법률이 없는 스칸디나비아 반도에서 들여온 것이 대부분이라서, 어린이 모델이 천편일률적으로 금발에 파란 눈인 것이 확연히 눈에 띄지만, 그래도 그런 것은 문제가 되지 않았다. 어린이는 어린이니까.

나는 바닥에 앉아 눈앞에 수집품들을 늘어놓는다. 표지 사진을 음미하면서, 작은 팔과 다리를 보며 흐뭇해한다. 주름 하나 없이 빳빳한 새 파카와 멋진 데님 멜빵바지, 젖니를 드러낸 환한 미소. 그다음엔 카탈로그를 모아 층층이 쌓고는 한 장씩 휘휘 넘겨본다. 내가 좋아하는 사진이 있는 페이지마다 포스트잇을 붙여 표시해두었다. 나는 사내아이를 좋아한다. 이들에겐 각자 이름이 있고 이야기가 있다. 이들의 이야기는 모두 행복하다. 평범한 일상과 천연섬유 옷에 즐거워하는 어린이들을 볼 때 나는 그들과 함께 행복감을 느끼며 미소 짓는다. 몹시 감동하여 훌쩍거릴 때도 가끔 있다.

하지만 이는 내 스스로에게 허락된 환상일 뿐이다. 솔직히 가끔 그러고 싶을 때가 없진 않지만, 로라가 아직 살아있다거나, 엄마를 닮은 빨강 머리에 맥 트럭이라면 사족을 못 쓰는, 연방 키득키득 웃으며 입을 헤 벌리고 아장아장 걸어 다니는 사랑스러운 두 살배기가 있다는 생각 따위는 절대 하지 않는다. 소파에 누워 깜빡 잠이 들더라도, 어린 아들이 먼지 뭉치나 매치박스 자동차를 찾아다니면서 맨발이 부엌 바닥에 찰싹 닿는 소리를 들었다고 상상하지 않는다. 이 마을을 비참한 운명에 처하게 내버려둔 채, 셀리아를 데리고 떠나 따뜻하고 정상적인 곳에서 우리만의 가족을 꾸리는 상상도 절대 하지 않는다.

나는 절대 내 스스로에게, 단 한 번이라도 그런 호사스러움을 허락하지 않는다.

결코. 잠시 뒤 나는 카탈로그를 모아 금고 안에 도로 넣고 여러 숫자를 조합한 비밀번호를 입력한 뒤, 위층으로 가서 저녁거리를 전자레인지에 넣는다.

✳

다음 날 아침, 은행에 가야 하기 때문에 나는 평소보다 30분 일찍 집을 나선다. 여섯 살 된 딸이 있는, 케네벡 연방저축은행의 은행장 레스터 힉스는 이 마을에 사는 여느 부모나 조부모, 대부, 대모, 고모나 이모, 삼촌, 큰오빠나 큰언니와 마찬가지로 나를 좋아하지 않는다. 하지만 힉스는 내가 시에라리온이나 잠비아의 GNP를 합쳐놓은 것보다 더 가치가 있다는 이유로 마지못해 내 은행 거래를 받아주고 있다.

물론 그렇다고 해서 은행 직원들이 내게 친절하다거나 예의 바르다는 얘기는 아니다. 내가 줄 맨 앞에 당도하자, 창구 직원 세 명 모두 동시에 '다음 창구를 이용하세요.'라는 팻말을 걸고는 황급히 사라진다. 나는 기다린다. 줄을 선 고객들이 볼멘소리를 낸다. 창구 직원들이 아니라 나한테 하는 소리다. 누군가가 나와 내 부모님을 운운하며, 내가 짐승과 정을 통해 낳은 자식일 거라고 공공연하게 떠들어댄다. 또 다른 누군가는 내가 부모였다면 좀 더 인정머리가 있었을 테지만, 그러려면 밤일을 제대로 해야 하는데 나는 어림없다며 흉을 본다. 이런 상황이 15분 동안 계속되다가, 결국 휴게실에서 쉬고 있던 직원들이 레스터의 성화에 못 이겨 창구에 다시 나타난다. 그들은 조용히 그러나 사나운 기세로 은행장과 말다툼을 벌인다. 마침내 레스터가 직원들에게 가위바위보를 몇 차례 시킨다. 그 후 각자의 창구로 돌아오는 직원들 중 패자는 고개를 푹 숙이고 있다.

은행 업무를 마치고 출구로 향해 가는데, 지나가다 들른 셀리아와 말 그대로 딱 마주쳤다.

"안녕." 곧 어떤 일이 벌어질 줄 알면서 나는 말을 건넨다.

"안녕." 셀리아는 작은 소리로 들릴락 말락 대답하고는 이내 큰 소리로 외친다. "저리 비켜! 재수 없어." 셀리아는 오만상을 찌푸리고 목구멍에서 세차게 가래를 모아 내 양복저고리에 가래침을 뱉는다.

은행 안의 모든 사람들이 환호성을 지른다. 셀리아는 즐거움과 미안함 사이의 어중간한 표정을 지어 보인다. 그녀는 부인하겠지만, 이런 '우연한' 만남들이 우리가 싸우고 난 후 더 자주 생기는 걸로 봐서, 우연의 일치라고만 볼 수는 없을 거라는 생각이 든다. 셀리아의 성격을 알기에, 그녀가 나를 골려주기 위해 일부러 공공장소에서 우연히 마주친 척했다고 해도 나는 절대 놀라지 않을 것이다.

그날 밤에는 차 후드에 1갤런 정도 빨간 페인트가 범벅이 된 것 외에는 달리 망가진 곳이 없어서, 나는 약간 일찍 퇴근한다. 셀리아가 없다. 10시가 다 되도록 나타나지 않는다.

"괜찮아?" 터널을 통해 셀리아가 들어서자 내가 묻는다.

"미안." 셀리아는 핸드백을 내팽개치며 말한다. "하루 종일 병원에 있었어. 내가 은행에 있는 동안 엄마가 헛간에서 화분용 영양토 한 사발을 드셨어. 집에 가보니 엄마가 텔레비전 앞에 앉아 '가격을 맞춰라(The Price Is Right, 물건의 가격을 맞추는 미국의 오락프로그램―옮긴이)'를 보면서 흙을 우적우적 먹고 계시는 거야."

"웩. 하지만 별일 아니잖아. 그냥 흙인데."

"아냐. 영양소가 첨가된 흙이란 말이야. 그 안에 온갖 비료랑 화학물질이 들었다고. 병원에서 위세척을 하고 몸 안에 활성탄을 채워 넣었어. 좋은 소식이 있어. 밤사이 병원에서 엄마를 돌볼 거거든. 나 오늘 밤 안 가도 돼."

"그래, 잘됐네." 말은 그렇게 했지만, 즉시 실망한 나는 밤마다 아동복 카탈로그를 감상하는 내 중요한 일과를 할 수 없다는 사실에 약간 당황스러워한다.

소파 뒤로 간 셸리아가 내 어깨의 근육을 주무른다. "병원 사람들이 엄마 머리 감기고 손톱 정리하고 틀니 씻고 양말 갈아 신기는 걸 확인했어. 엄마는 텔레비전 없이는 잠을 못 자니까, 계속 텔레비전을 틀어놓으라고 당부했지. 늦은 이유가 또 있어. 병원에서 나와보니까, 타이어에 바람이 빠졌더라고."

그 말에 나는 두 귀를 쫑긋 세운다. "바람이 빠져? 타이어가 찢겼어?"

"아니." 셸리아가 말한다. "견인차 불러서 아르보스 정비소에 갔는데, 거기서 타이어에 박힌 못을 발견했어. 여름엔 항상 그런 일이 생긴다더라고. 여기저기서 공사를 하기 때문에 도로에 못이 천지래."

"근처에서 제프 포켓 못 봤어?"

"말했잖아. 그 사람 짓이 아니래도." 주무르는 손에 힘을 주며 셸리아가 말한다. "피해망상증이야, 그만해."

"그래. 왜 걱정하겠어." 내가 말한다. "오늘 아침 은행에서 그렇게 독한 모습을 보였는데, 제아무리 제프가 우리 사이를 안다고 한들 어느 누가 그 사람 말을 믿겠어."

셀리아는 참다 못해 킥킥거리며 말한다. "아까는 미안해. 그래도 내 연기가 그럴듯했다는 것은 인정해야 할걸."

"그럴듯했지만 좀 지나쳤어. 내가 아끼는 코트였다고."

"아이고 우리 큰 애기, 내가 세탁비 낼게. 그럼 됐지?"

"돈이 문제가 아니야." 내가 말한다. "드라이클리닝하려면 도버에 있는 세탁소까지 차를 몰고 가야 하잖아."

"제발, 그만 좀 해!" 셀리아가 말한다. "당신 옷, 내가 맡길게. 또 뭐, 뭐 하면 돼? 내가 운전할게. 엄마도 짧은 드라이브쯤은 좋아하실 거야."

얼마 후, 셀리아가 악몽을 꾸다가 잠에서 깬다. 도버까지 차를 몰고 가는 꿈을 꾸었다고 말한다. 시동을 걸고 출발하자 어머니가 내 옷을 움켜쥐고 조수석에서 날뛰면서, 게필트 피쉬(송어·잉어 고기에 계란, 양파 따위를 섞어 둥글게 뭉쳐 끓인 유대 요리—옮긴이)에 대한 말도 안 되는 기도문을 악을 써가며 외쳤단다.

"차를 세울 수 없었어." 셀리아가 말한다. "브레이크를 밟아도 차가 계속 갔어. 그 와중애, 벌금까지 내면서 아동용 안

전 자물쇠를 달았으면, 엄마가 달리는 차에서 뛰어내리지 못했겠구나 그런 생각만 떠올랐어."

셀리아가 부들부들 떤다.

"우유 좀 마셔봐." 내가 권한다.

"아냐, 됐어." 그녀가 말한다. "자기만 괜찮다면 바에서 더 강한 거 마시고 싶은데. 우선 병원에 전화부터 하고." 셀리아가 일어나 층계참으로 걸어간다.

"움직임 감지기 차단하는 거 잊지 마." 내가 그녀 뒤에 대고 말한다.

나는 셀리아가 위층에 올라갈 때까지 기다렸다가, 기회를 틈타 몰래 금고로 가서 '우리 아이 최고 멋쟁이' 카탈로그를 몇 차례 흘끔거린다. 셀리아가 돌아오는 소리가 들리자, 나는 카탈로그를 집어넣고, 소리 나지 않게 조심조심 금고 문을 닫은 뒤 재빨리 침대로 뛰어든다.

✳

그다음 날인 수요일, 오후 1시에 제프와의 상담이 예약되어 있다. 제프는 정시에 나타났는데, 상담실 문을 열면서 내게 미소를 지어 보인다.

"오늘은 어떻수, 선생 말이요." 그가 환한 표정으로 친근하게 묻는다.

"좋아요. 제프, 고마워요." 나는 말한다. 앉으라고도 하지 않았는데, 제프는 자리에 가 앉는다. 나는 어리둥절한 표정으로 그의 뒤통수를 잠시 동안 바라보다가, 책상 뒤 내 자리에 앉은 뒤 타이머를 15분으로 맞춘다.

"오늘은 선생 차를 안 건드린 것 같습디다, 저들이 말이오." 제프가 말한다. 여전히 싱글거린다.

"그런가요?" 나는 무관심한 듯 보이려고 애쓰면서 묻는다. "한번 예상해보시면 어때요? 저들이 오늘 제 차를 건드리지 않을 가능성이 큰 것 같은가요?"

내 질문에 제프는 고민하는 듯이 가식적인 모습을 연출한다. 고개를 뒤로 젖히고 뭉뚝한 턱을 쓰다듬으며 곰곰이 생각하는 시늉을 한다. "그렇수다." 그가 말한다. "저들은 오늘 기분이 진짜 좋지, 저들이 말이오. 내 생각엔 선생 차는 무사할 것 같구려."

"그거야말로 굉장한 소식이군요." 내가 말한다.

"글쎄 그럴까?" 그는 지금껏 보여준 그 어떤 미소보다 더

환하게 웃으며 나를 쳐다본다. 그 잠시 동안 나는 내 인생이 순식간에 그리고 상당히 잔인하게 끝이 나겠구나 하는 확신이 든다. 제프는 결국 이성을 잃고 CAPA 공식 서진으로 내 머리를 내려치리라. 바닥에 '특별한 것은 없다'라는 문구가 찍힌, 웃는 아이의 조각상으로 말이다. 나는 오한을 느끼며 다른 곳을 쳐다본다. 다시 그를 쳐다보자, 그는 나를 뚫어지게 바라보며 여전히 웃고 있다. 그의 두 눈에서 읽히는 것은 난폭함이 아니다. 그의 표정은 오히려 5카드 스터드 포커에서 에이스 석 장을 쥔 노름꾼의 표정에 가깝다.

나는 목을 가다듬은 뒤 책상 위의 서류들을 뒤섞는다. "자, 그럼 본론으로 들어가죠, 제프." 내가 말한다. "오늘 부정적 이미지에 대한 부정성 강화 훈련을 계획해뒀어요. 셔츠만 벗어주시면, 제가 전극을 붙일 수……."

"그럽시다." 그는 플란넬 셔츠의 단추를 풀고 윗옷을 벗는다. 가슴에는 지난번 훈련 때 생긴, 털이 없는 자국 네 개가 남아 있다. 내가 전극을 들고 책상을 돌아가자, 제프는 내 손에 든 전극들을 빼앗아 자기 가슴에 붙인다.

"다 붙였수, 내가 말이오." 그는 둥그런 접착테이프의 테두리를 손가락 끝으로 매만지며 말한다. 그는 고개를 들고 한 참 더 미소 짓는다.

나는 다시 내 의자에 앉아 기계의 전원을 켠다. "준비되셨습니까?"

"시작하쇼." 그가 말한다.

나는 제프에게 그의 아들 에이브의 사진을 보여준다.

"마마보이오. 너무 예민하고, 낚시도 못하고. 빌어먹을 벌레에 미늘 하나도 못 끼우지. 사내놈이 계집애 같단 말이야, 그 놈 말이오."

"좋아요." 내가 말한다. 전기충격 스위치 위에 올려놓은 손은 누르고 싶어 안달이 난 나머지 덜덜 떨린다. "좀 더 말씀해보세요."

"못생겼지, 잇새는 벌어졌지, 눈 한쪽이 다른 쪽보다 크고. 그리고 선생이 항상 얘기하듯이, 선생이 말이오, 언청이지. 보고 있으면 소름이 끼친단 말이야. 생긴 게 꼭 거대한 대머리 고양이 같다니까."

우리는 훈련을 계속한다. 정해진 30분을 훌쩍 넘겨 10분을 연장하자, 제프는 역량을 발휘해 에이브와 둘째 아들 코레이뿐만 아니라 보통 아이들에 대한 부정적인 이미지까지 모두 이야기한다. 단 한 번 수정이 필요했는데, 학교에서 다른 아이들이 자신을 어떻게 생각하는지 전혀 신경 쓰지 않는 에이브를 비난하는 대목이었다. 나는 정해진 2초보다 더 오랫동안 전기충격 스위치를 누른 뒤, 이건 꽤 까다로운 문제이긴 하지만, 아이의 생각은 전혀 무의미하기 때문에, 다른 아이들의 생각에 신경 쓸 필요가 없다고 제프에게 말한다.

솔직히 말해, 나는 더 고쳐줄 게 없어서 실망스러웠다.

"그리 나쁘지 않았수." 전극을 떼고 그에게 플란넬 셔츠를 건네자 그가 말한다. "상당히 좋았지, 나한테는 말이오."

"이번 주는 이걸로 됐어요, 제프." 내가 말한다. "내가 보기엔 한 주 동안 잘 지낼 수 있을 것 같네요."

"그럴 것 같수." 그는 의자에서 일어나며 말한다.

"저들이 내 차를 내버려두는 게 확실하겠죠, 그렇죠?"

"선생 차, 무사할 거요." 그가 말한다. "선생 차를 부수는 그 사람들, 오늘은 무진장 행복해요, 그들이 말이오."

마침내 몸집이 큰 멍청한 물고기처럼, 나는 미끼를 덥석 문다. "왜죠, 제프?" 내가 묻는다. "그 사람들이 왜 그렇게 기분이 좋은가요?"

그가 문 앞에 멈춰 선다. "내가 선생 질문에 질문으로 대답하지." 그가 말한다. "그래, 우리 아이들 깔아뭉개고 번 돈으로 그런 터널 뚫었수? 얼마나 들었을까 궁금하구먼."

우리는 서로의 눈을 뚫어지게 바라본다. 나는 딱 벌린 입을 다물 줄 모른다.

"나중에 봅시다, 선생!" 이렇게 말한 제프는 한 번 더 미소를 지은 뒤 문을 닫고 사라진다.

✳

셀리아가 부들부들 떨면서 내게 전화를 건다.

"차가 다 부서졌어." 그녀가 말한다. "창문이 모조리 깨졌어. 누군가가 사슬 톱으로 타이어를 다 망가트린 것 같아."

"제프 짓이야." 내가 말한다.

"제프 짓이라니, 말도 안돼." 그녀가 말한다. "그 사람이 우리 사이를 어떻게 알고?"

"모르겠어. 제프가 터널을 알고 있어. 당신이 그리로 들락거리는 걸 본 게 틀림없어."

"맙소사."

"셀리아, 진정해." 내가 말한다.

"지금 진정하게 생겼어? 이제 어떡해? 자기처럼 펩시 하나 사려고 차 몰고 100킬로는 가야 하는 거야?"

"셀리아." 내가 말한다. "뭔가 방법이 있을 거야."

"그 사람, 동네방네 떠벌리고 다닐걸. 입에서 입으로 전해지겠지. 날 이 마을에서 쫓아내려고 할 테고. 횃불이랑 밧줄 들고 우리 집 앞에 몰려들 거라고." 그녀가 말한다. "난 여기 못 떠나. 그랬다간 엄마는 돌아가실걸. 엄마는 이 집에서 자랐어."

"그 정도로 나쁘진 않을 거야."

"그런 말 마!" 그녀가 말한다. "자기가 더 잘 알잖아? 상황이 아주 나빠질 거야. 최악의 상황이 될 거라고."

셀리아가 울기 시작한다. 수화기를 귀에 대고 그 자리에 돌처럼 꿈쩍 않고 앉아 셀리아가 흐느끼는 소리를 듣다가, 난 아주 오랫동안 느끼지 못했던 감정을 차츰 느낀다. 화가 난다.

"내 말 오해하지 말고 들어." 셀리아가 나지막이 말한다. "당신을 비난하는 건 아니니까. 하지만 지금 이 순간만큼은 당신을 만난 게 조금은 후회돼. 이 말은 해야 될 것 같아서."

너무나 갑작스럽고 낯선 감정인 화가 치밀어 올라 내 마음이 미친 듯이 날뛰는 바람에, 나는 그녀의 말을 거의 듣지 못한다.

"신이 죽어서 가장 힘든 게 이런 부분인 것 같아." 셀리아가 말한다. "있잖아, 전에는 나쁜 일이 생기면 항상 하늘을 향해 주먹을 내지르고, 숨 죽여가며 욕지거리를 퍼부었잖아. 신이 나를 이런 빌어먹을 상황에 처하게 했으니 내겐 화를 낼 권리가 있고, 신도 이 상황을 이해할 거라고 확신하면서. 지금은 상황이 더럽게 나빠져도 책임을 물을 상대가 없어."

"셀리아." 내가 말한다. "어머니를 모셔 와. 내가 데리러 갈게."

"어디 갈 건데?"

"그랜드아시안 뷔페."

수화기에서 아무 소리가 들리지 않는다. "뭐?"

"내 말 들어봐." 내가 말한다. "내게 좋은 수가 있어."

셀리아가 내 말을 듣는다. 이야기를 마치자, 그녀는 좀 더 흐느껴 울다가 그렇게 할 수는 없다고, 절대 안 된다고, 말도 안 된다고 한다. 하지만 그녀의 거부는 다른 대안이 없다는 것을 깨달은 사람들이 자신의 무력함을 표출하는 다양한 방식 중 하나이다.

"10분이면 돼." 그녀가 훌쩍이며 말한다.

✳

매번 식중독이 발발하는데도 그랜드아시안 뷔페는 워터타운에서 6년 연속 제일 인기 있는 식당이다. 또한 마을에서 내가 식사를 할 수 있는 유일한 장소이기도 하다. 순종적이게도, 중국계 사장인 핑 씨는 아이들을 무관심하게 대하기 때문에 나에게 치료를 위한 상담을 받을 필요가 없다.

우리가 도착했을 때는 언제나처럼 주차장이 만원이었다. 나는 재규어를 주차하고 셀리아를 돌아다본다.

"좋아." 내가 말한다. "내가 먼저 들어갈게. 자기는 여기서 15분쯤 기다렸다가 들어와서 자기가 할 일을 하면 돼."

셀리아는 나와 눈을 마주치려 하지 않는다. "싫어." 그녀가 말한다. "나한테 이런 걸 시키는 당신이 미워!"

"이 방법 말고는 우리가 할 수 있는 게 없어." 내가 말한다. "자기가 뉴햄프셔로 이사하고 싶다면 모를까."

"나는 뉴햄프셔로 안 갈 테야." 뒷좌석에 앉은 셀리아의 엄마가 말한다.

"알았지?" 내가 말한다. "셀리아?"

"알았어."

"사람들이 믿게끔 해야 해." 내가 셀리아에게 말한다. "이게 효과가 있으려면 자기가 그럴듯하게 해야 한다고."

"베티?" 셀리아의 엄마가 말한다. "날 어디로 데려가는 거니?"

"저녁 식사하러 갈 거예요, 엄마." 셀리아가 말한다.

나는 차에서 내려 봉건시대 중국 요새의 성문처럼 장식해 놓은 섬유유리 문을 통해 식당 안으로 들어간다. 어마어마하게 큰 홀은 손님들로 꽉 찼다. 이백여 명의 얼굴들이 고개를 돌려 쳐다보더니, 얼굴색이 어두워진다. 쇼프너 가족은 나를 보자마자 반쯤 먹다 만 음식을 뒤로 한 채, 벌떡 일어나 목을 빳빳하게 세우고 밖으로 나간다. 핑은 온화하게 웃으며, 식당 벽을 따라 장식한 만리장성 가까이에 있는 테이블로 나를 안내한다.

"음료는 뭘로 하시겠습니까?" 그가 묻는다.

"하이네켄 한 병 마실까요?" 내가 말한다.

"그리시죠." 그는 홀 끝에 있는 뷔페를 가리키며 말한다. "마음껏 가져나 드시면 됩니다."

배고프지 않지만, 지금 아니면 언제 먹을까 하는 생각을 한다. 볶음밥과 중국식 만두는 당분간 먹지 못할 것이다. 이번이 마지막이다. 나는 식당 안에 으르렁거리는 손님들의 비난을 들으며 걸어간다. 그들의 신랄한 입에서 셀리아의 이름이 튀어나온다. 뷔페에 다다르자 사람들이 황급히 그곳을 뜬다. 사내아이 한 명을 제외하고. 열네 살쯤 된 소년은 '좆 있는 내가 규칙을 만든다.'라는 문구가 적힌 티셔츠를 입고 있다.

나는 접시에 수북이 음식을 담아 내 자리로 돌아오다가 저 멀리 맞은편 벽에 가족들과 앉아 있는 제프를 발견한다. 그는 미소를 지으며 손을 흔든다. 나는 엄지손가락을 입으로 물고는 풍선을 불 듯 양 볼을 불룩하게 부풀린다. 그러고 나서 중지를 천천히 들어 올린다. 중지가 완전히 '펴지자' 나는 이를 제프에게 보인다. 그는 그저 계속 웃고 있다.

두 번째로 담아온 음식을 먹으며 맥주를 세 병째 마시고 있을 때, 식당 문이 열리면서 실내 스피커를 통해 징 소리가 울려 퍼진다. 셀리아가 어머니를 모시고 식당 안으로 들어서자, 희미해져가는 징 소리 외에는 아무 소리도 들리지 않는다.

셀리아가 시선을 끌려고 하는데, 이미 모든 시선이 그녀를 향해 있다.

"지금쯤 많은 분들이 제가 이 남자와 어울려왔다는 것을 알고 계실 거예요." 그녀가 나를 가리킨다. "여러분이 무슨 생각을 하실지 짐작이 가요. 여러분은 저를 배신자, 창녀, 몹쓸 시민이라고 생각하시겠죠. 하지만 여러분이 모르고 계시는 게 있어요. 제 목적은 이런 쓰레기 같은 인간과 어울리려는 게 아니라, 우리 마을에서 이 사람을 쫓아내려는 거였어요. 마침내 그럴 방법이 생겼어요."

그 정도 분노로는 부족해, 나는 속으로 외친다. 그 정도 경멸로는 부족해. 사람들이 믿도록. 셀리아, 사람들이 믿게끔.

"오늘 이 곳에 오기 전에 케네벡 카운티 보안관 사무실에 전화를 했어요." 그녀가 계속 말을 이어간다. "지금 보안관들이 이 사람 집을 수색하고 있어요. 집에서 금고를 하나 발견할 거예요. 그리고 그 금고에서 몰래 숨겨둔 엄청난 양의 아동복 카탈로그를 찾아낼 거예요."

웅성거리는 소리가 사방으로 퍼진다. 아직 중요한 대목이 남아 있다. 위선자이자 어린아이 숭배자인 나를 실감나게 조롱해야 한다. 하지만 이미 그녀의 눈가가 촉촉이 젖어든다. 셀리아가 모든 사실을 불어버리기 전에 내가 끼어든다. 자리에서 일어나 그녀의 배신으로 상처 입었다는 표정을 최대한 지어 보인다.

"셀리아, 당신이 어떻게 내게 이럴 수 있어?" 내가 말한다.

그녀가 나를 쳐다본다. 눈빛이 흔들린다. 짧은 순간, 셀리아가 울음을 터트리며 나를 껴안지 않을까 하는 두려운 생각이 엄습해온다. 그러나 이윽고, 죽음처럼 생생하고 확고한 분노로 그녀의 얼굴이 어두워진다. "입 닥쳐, 이 개자식!" 셀리아가 몸을 뒤로 빼더니 정확히 가랑이를 발로 찬다. 이 정도면 됐다고 확신하며, 나는 벽돌 자루처럼 쓰러진다.

식당 안은 찬물을 끼얹은 듯 조용하다.

"베티." 셀리아의 엄마가 그녀의 손을 잡아끌며 말한다. "베티, 소고기랑 브로콜리다. 소고기랑 브로콜리, 먹어도 되니?"

✳

감옥은 검사들과 시사 잡지에서 얻은 인상만큼 상태가 나쁘진 않다. 적어도 내가 들어간 곳은 그렇다. 동부 해안 중심에 자리 잡은 이 교도소는 경비가 그리 삼엄하지 않다. 이곳에는 사람을 쑤실 수제칼도 성폭행도 없다. 동료 수감자들은 폭력범으로 잡혀 들어온 사람들이 아니며, 대부분 제정신 박힌 사무직 노동자들로, 지갑을 열기보다 칼로 위협하면 더 잘 먹힐 만한 사람들이다. 식사도 잘 나온다. 교도소 안에서는 내가 원하는 어느 곳이든 돌아다닐 수 있다. 케이블 방송도 나오고, 화요일과 토요일 밤마다 휴게실에서 영화를 상영한다. 우리는 마당에서 배구, 농구, 말굽던지기 등을 한다. 사방이 건물로 둘러싸인 안뜰에서 대여섯 명이 모여 일주일에 한 번 포커를 친다. 또한 나는 교도소 내에서 수감자들의 상담자로서 보람을 얻는다. 수감자들이 우울증이나 성적 박탈감, 또는 가족들을 실망시키고 창피하게 만들었다는 데서 오는 죄의식 등을 이겨내도록 돕고 있다.

누군가의 애정을 받는 것이 어떤 느낌인지 나는 거의 잊어버렸었다.

그러나 최근 내 마음을 뒤숭숭하게 만드는 무엇 때문에, 나는 위 침상 바닥에 있는 스프링을 멀뚱멀뚱 쳐다보며 며칠 동안 밤잠을 설치거나, 그렇지 않으면 상담 시간에 동료 수감자의 이야기에 귀를 기울이지 못하고 딴 데 정신을 팔았다. 얼마 동안 나는 단순히 셀리아가 그리워서 그렇다고 생각했다. 그러나 그리 머지않은 시기에 셀리아와 재회할 미래를 상상해봐도, 기분 전환에 전혀 도움이 되지 않았다. 잠 못 이루는 몇 개월을 지낸 후, 나는 이런 불편한 마음이 하나의 갈망임을 인식할 수 있었다. 그러나 이러한 깨달음은 구름을 걷어

내기는커녕 더 우중충하게 만드는 데 일조할 뿐이었다. 내가 무언가를 열렬히 바라고 있음을 알게 되니, 그것이 무엇인지 알고자 하는 마음이 간절했다.

그러던 중 바로 어제, 셀리아에게서 이런 편지가 왔다.

이제 딱 1년 남았어. 시간은 순식간에 흘러갈 거야. 그러면 이 빌어먹을 마을을 떠나 우리의 삶을 살 수 있어. 제안할 게 있어. 엄청난 거니까 마음 단단히 먹어. 엄마가 돌아가시고 나서, 보살필 사람이 없어 정말 적적했어. 우습지? 알아. 하지만 그게 사실인걸. 그래서 생각한 게 있어. 자기랑 나 그리고 우리 아기, 이렇게 같이 살자. 우리는 아이들 비위나 맞추는 이 동네 저능아들하고는 달라. 우리는 분별 있는 훌륭한 부모가 될 거야. 당신 코만 닮지 않으면, 우리 애는 아주 예쁠 거야. 이 문제에 대해 오랫동안 생각해봤는데 이건 확실히 내가 바라는 거야. 다음 주에 더시모니언 선생한테 가서 루프를 제거할 거야. 생각해봐! 자기, 더 이상 콘돔 안 써도 돼! 우리가 사랑을 나누려면 아직 1년이나 남았지만, 그래도 조금은 위안이 될 거야. 이런 생각에 밤이면 자기 몸이 달아오르겠지.

나는 편지를 서너 번 읽었다. 책상에 내려놓았다가 다시 읽고는 깍지를 꼈다 풀기를 반복했다. 땀이 나 손바닥이 차갑다. 감옥에서 배급된 죄수복 바지에 손바닥을 닦는데 숨이 빨라진다. 한 번도 담배를 피워본 적이 없지만, 담배 생각이 간절하다. 이어서 떨리는 두 손으로 펜과 종이를 꺼내 답장을 쓴다. 단 한마디로, 종이 한 장에 꽉 차게 그리고 두꺼운 글씨체로 쓴다. '그래.'

you.

ly your heart to instruction and your ears to words of
ge.

not withhold discipline from a child; if you punish him
rod, he will not die.

sh him with the rod and save his soul from death.

son, if your heart is wise, then my heart will be glad;

nmost being will rejoice when your lips speak what is

not let your heart envy sinners, but always be zealous
fear of the LORD.

re is surely a future hope for you, and your hope will
ut off.

en, my son, and be wise, and keep your heart on the
th.

not join those who drink too much wine or gorge
ves on meat,

runkards and gluttons become poor, and drowsiness
them in rags.

ten to your father, who gave you life, and do not
your mother when she is old.

the truth and do not sell it; get wisdom, discipline and
anding.

father of a righteous man has great joy; he who has
son delights in him.

y your father and mother be glad; may she who gave
h rejoice!

son, give me your heart and let your eyes keep to my

a prostitute is a deep pit and a wayward wife is a
well.

e a bandit she lies in wait, and multiplies the unfaithful
men.

o has woe? Who has sorrow? Who has strife?
as complaints? Who has needless bruises? Who has
ot eyes?

ose who linger over wine, who go to sample bowls of
ine.

not gaze at wine when it is red, when it sparkles in the
en it goes down smoothly!

he end it bites like a snake and poisons like a viper.

r eyes will see strange sights and your mind imagine
ng things.

u will be like one sleeping on the high seas, lying on
he rigging.

ey hit me," you will say, "but I'm not hurt! They
, but I don't feel it! When will I wake up so I can
ther drink?"

their company;

2 for their hearts plot violence, an
lips talk about making trouble.

3 By wisdom a house is built, and
h understanding it is established;

4 through knowledge its rooms are filled with ra
beautiful treasures.

5 A wise man has great power, and a man of kno
increases strength;

6 for waging war you need guidance, and for victory
advisers.

7 Wisdom is too high for a fool; in the assembly at t
he has nothing to say.

8 He who plots evil will be known as a schemer.

9 The schemes of folly are sin, and men detest a mock

10 If you falter in times of trouble, how small i
strength!

11 Rescue those being led away to death; hold bac
staggering toward slaughter.

12 If you say, 'But we knew nothing about this,' d
he who weighs the heart perceive it? Does not he who
your life know it? Will he not repay each person acco
what he has done?

13 Eat honey, my son, for it is good; honey from the
sweet to your taste.

14 Know also that wisdom is sweet to your soul; if y
it, there is a future hope for you, and your hope will no
off.

15 Do not lie in wait like an outlaw against a righteou
house, do not raid his dwelling place;

16 for though a righteous man falls seven times, h
again, but the wicked are brought down by calamity.

17 Do not gloat when your enemy falls; when he stum
not let your heart rejoice,

18 or the LORD will see and disapprove and turn hi
away from him.

19 Do not fret because of evil men or be envious
wicked,

20 for the evil man has no future hope, and the lam
wicked will be snuffed out.

21 Fear the LORD and the king, my son, and do
with the rebellious,

22 for those two will send sudden destruction upon th
who knows what calamities they can bring? Further S
of the Wise

23 These also are sayings of the wise: To show part
judging is not good:

24 Whoever says to the guilty, 'You are innocent'

그레이스

빛깔이 좋다고 술을 들여다보지 마라. 그것이 잔 속에서 광
채를 낸다 해도, 목구멍에 매끄럽게 넘어간다 해도 그러지
마라. 결국은 뱀처럼 물고 살무사처럼 독을 쏜다. 너는 바다
한가운데에 누운 자와 같고 돛대 꼭대기에 누운 자와 같아
진다. "사람들이 날 때려도 난 아프지 않아. 사람들이 날 쳐
도 난 아무렇지 않아. 언제면 술이 깨지? 그러면 다시 술을
찾아 나서야지!" 하고 말한다.
—잠언 23장 31-32절, 34-35절

아버지와 트럭을 타고 가던 중 나는 어느 집 잔디밭에 누운 어린아이를 보았다. 아이는 기어 올라가려다가 쓰러진 듯, 창문 아래쪽에 머리를 두고 쓰러져 꼼짝하지 않았다. 그 옆에는 배낭 하나가 있고, 나무에 충돌한 것인지 나무에 세워둔 것인지 알 수 없는, 고물이 다 된 10단 변속 자전거가 어정쩡하게 나무에 기대 서 있었다.

"저기 어린애가 다쳤어요." 내가 아버지에게 말했다. 지금 막 잔디를 깎은 후라 아버지가 보청기를 끼지 않고 있어서 반복해서 말해야 했다. 아버지가 내 얘기를 알아들었을 땐 이미 트럭이 그 집을 지나쳐 언덕 아래에 도착해 있었다. 아버지는 크게 반원을 그리며 트럭을 돌려 다시 그 집 앞으로 향했다.

우리는 집 앞에 트럭을 세웠다. 트럭에서 내린 나는 잔디밭을 가로지르면서 누워 있는 사람이 아이가 아니라 다 자란 어른이라는 것을 알았다. 아버지보다 조금 어리고 40대 후반 정도 돼 보였다. 그는 옆으로 누워 있었다. 청바지의 엉덩이 부분에는 흙인지 똥인지 분간이 안 되는 것이 묻어 더러웠다. 그의 머리맡에는 바닥에 누런 거품만 조금 남은 텅 빈 버드와이스 한 병이 있고, '신은 살아 있다'라고 적힌 망가진 현수막이 하나 있었다. 사내는 두 눈을 반쯤 뜬 채 뭔가를 노려보는 듯했다. 죽었는지도 몰랐다.

나는 항상 최악의 상황을 생각했다.

나는 안전한 쪽에 있고 아버지를 앞장서게 했다. 응급요원으로 30년간 일하다 최근 은퇴한 아버지는 이런 일에 나보다 잘 대처할 수 있었다.

우리는 서서 그 남자를 내려다보았다. "이봐요." 아버지가 말했다. 아버지는 사내의 팔꿈치를 잡았다. "이봐요." 아버지는 그를 흔들며 말했다. "정신 차려요, 이봐요."

"그 사람 이름은 루예요." 누군가의 목소리가 들렸다.

창문 방충망 너머로 여자의 얼굴이 나타났다. 아버지는 내가 말한 줄 알고 나를 쳐다보았다. 나는 여자 쪽을 가리켰다.

"그 사람 이름이 루라고요." 여자가 아버지에게 다시 말했다.

"네?" 아버지가 물었다.

"루요!" 여자는 소리를 지르다시피 대답했다.

"이봐요, 루!" 아버지가 사내를 불렀다. 아버지는 손가락으로 루의 손목을 짚고, 시계의 분침을 보면서 1분당 맥박을 셌다. "이 사람 아세요?" 아버지가 여자에게 물었다.

여자는 씁쓸한 표정으로 웃었다. "그렇다고 할 수 있죠. 내가 못 들어오게 했어요."

"이 사람, 건강에 문제가 있나요? 당뇨인가요?"

"술 취했어요." 여자가 말했다.

아버지는 루의 손을 바닥에 도로 내려놓고, 그가 숨을 쉬도록 목 주변의 셔츠를 느슨하게 해주었다. 루가 코를 골기 시작했다. 꼭 화가 난 방울뱀 소리 같았다.

서서 루를 내려다보던 나는 목 뒤에 난 뾰루지를 문지르며 생각했다.

"경찰을 부르는 게 좋겠어요." 아버지가 여자에게 말했다.

"술 취한 것뿐이에요." 여자가 말했다.

"뭐라고요?"

여자가 더 큰 소리로 다시 말했다.

"경찰에 연락하세요." 아버지가 말했다. "구급차를 보내달라고 하세요. 이 사람, 병원에 가는 게 좋겠어요. 이 더위에 이렇게 놓아둬서는 안 돼요."

여자는 잠시 창가에 서 있더니, 이윽고 집 안의 어둠 속으로 사라졌다. 얼마 후, 여자가 돌아왔다.

"오는 중이에요." 여자가 말했다.

아버지는 루를 내려다보느라 여자의 말을 듣지 못했다.

"알겠어요." 내가 여자에게 말했다.

"창문 닫을 거예요."

"구급차 올 때까지 우리가 여기 있을게요." 내가 말했다. 여자는 창문을 닫은 뒤, 한 번 더 루를 힐끗 쳐다보고는 곧 사라졌다.

✳

아버지와 나는 두 손을 허리에 짚고 서서, 눈부신 햇살 때문에 눈을 가늘게 떴다. 루를 쳐다보지 않으려고 나는 시선을 이리저리 옮기며, 애꿎은 잔디를 찼다. 아버지는 다시 허리를 숙여 사내의 맥박을 점검했다.

이윽고 아버지가 말했다. "이걸 보니까 네가 술을 끊은 이유가 생각나지, 안 그래?" 아버지는 나를 쳐다보지 않은 채 말했다.

잠시 동안 나는 아무런 대답도 하지 않았다. 그러다가 내가 말했다. "일 년 전쯤부터 다시 마시기 시작했어요."

아버지가 올려다보았다. "음?" 아버지가 말했다.

"그건 사는 게 아니라고 말씀드렸잖아요." 나는 아버지가 알아들을 수 있도록 또박또박 말했다.

✳

마침내 순경이 도착했다. 그는 키가 작고 몸집이 컸으며, 상고머리를 했다. 순경은 루를 알고 있었는데, 그를 전도사라고 불렀다.

"이런 일이 자주 있습니까?" 아버지가 물었다.

"네, 그럼요." 순경이 대답했다. "오늘 온종일 이 사람 찾아다녔어요." 아버지와 순경은 뭔가 통했다는 듯이 함께 웃었다. 나는 웃지 않았다. 대신 입술 안쪽이 앞니에 닿을 정도로 입을 옆으로 앙다물었다. 아버지와 순경은 루의 양옆에 쭈그려 앉았다. 이제 그들은 동료였다.

"호흡이 별로네요." 순경이 말했다.

"호흡은 괜찮아요. 맥박이 조금 약해요." 아버지가 말했다.

순경은 잠시 아버지를 쳐다보더니, 손을 뻗어 셔츠 바깥에서 루의 젖꼭지를 비틀었다. "이봐요, 전도사님. 정신 차려요." 하지만 루는 꿈쩍하지 않았다.

"구급차는 오고 있나요?" 아버지가 물었다.

"네. 제가 여기를 맡을게요."

"알겠어요." 아버지가 말했다. 아버지는 몸을 일으키며 기지개를 켰다. "우리는 할 일이 있어서 가볼게요."

우리가 트럭을 향해 걸어가자, 순경이 말했다. "두 분, 도와주셔서 고맙습니다." 등을 돌리고 있던 나는 순경의 말에 화들짝 놀랐다. 두 분이라니, 이상하게 들렸다. 나는 한마디도 하지 않았고, 어느 누구에게도 도움이 되지 않았는데, 우리 둘에게 고마워하다니.

아버지는 상체를 돌려 손을 들어 올렸다. 나는 계속 걸어갔고, 뒤돌아보지 않았다.

당신을 잊고 지낸 지가 꽤 오래된 것 같은데, 왜인지 몰라도 지금 당신 생각이 난다. 화가 난 당신이 팔로 거칠게 커피 테이블을 쓸어버려 병들이 쓰러졌던 일이 떠오른다. 문을 잠그고 방에 들어가서는, 왜 나는 다른 사람들처럼 신이 없다는 사실을 순순히 받아들일 수 없느냐며 악을 쓰던 당신의 목소리가 들린다. 두 눈이 감길 정도로 퉁퉁 부은 채, 오랜 시간 엉엉 울던 당신의 모습이 떠오른다. 당신이 지금 어디에, 누구와 있는지 궁금하다. 당신이 나한테 그랬듯이, 그가 손을 움직일 때마다 움찔하는지 궁금하다.

d around him was so large that he got into a boat and
it out on the lake, while all the people were along the
t the water's edge.

taught them many things by parables, and in his
g said:

en! A farmer went out to sow his seed.

he was scattering the seed, some fell along the path,
birds came and ate it up.

e fell on rocky places, where it did not have much soil.
ng up quickly, because the soil was shallow.

when the sun came up, the plants were scorched, and
ithered because they had no root.

er seed fell among thorns, which grew up and choked
nts, so that they did not bear grain.

other seed fell on good soil. It came up, grew and
ed a crop, multiplying thirty, sixty, or even a hundred

n Jesus said, 'He who has ears to hear, let him hear.'
jen he was alone, the Twelve and the others around
ked him about the parables.

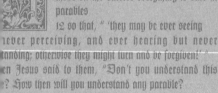

e told them, 'The secret of the kingdom
of God has been given to you. But to
those on the outside everything is said in
parables

12 so that, " 'they may be ever seeing
never perceiving, and ever hearing but never
tanding; otherwise they might turn and be forgiven!'"

en Jesus said to them, "Don't you understand this
? How then will you understand any parable?

e farmer sows the word.

me people are like seed along the path, where the word
n. As soon as they hear it, Satan comes and takes
he word that was sown in them.

iers, like seed sown on rocky places, hear the word and
receive it with joy.

since they have no root, they last only a short time.
trouble or persecution comes because of the word, they
fall away.

l others, like seed sown among thorns, hear the word;
the worries of this life, the deceitfulness of wealth
e desires for other things come in and choke the word,
it unfruitful.

hers, like seed sown on good soil, hear the word, accept
produce a crop-thirty, sixty or even a hundred times
as sown.'

said to them, "Do you bring in a lamp to put it under
or a bed? Instead, don't you put it on its stand?

r whatever is hidden is meant to be disclosed, and

23 If anyone has ears to hear, let him hear.'

24 'Consider carefully what you hear,' he continued
the measure you use, it will be measured to you-a
more.

25 Whoever has will be given more; whoever does n
even what he has will be taken from him.'

26 He also said, 'This is what the kingdom of God
A man scatters seed on the ground.

27 Night and day, whether he sleeps or gets up,
sprouts and grows, though he does not know how.

28 All by itself the soil produces grain-first the stalk,
head, then the full kernel in the head.

29 As soon as the grain is ripe, he puts the sick
because the harvest has come.'

30 Again he said, 'What shall we say the kingdom
is like, or what parable shall we use to describe it?

31 It is like a mustard seed, which is the smallest
plant in the ground.

32 Yet when planted, it grows and becomes the large
garden plants, with such big branches that the birds o
can perch in its shade.'

33 With many similar parables Jesus spoke the
them, as much as they could understand.

34 He did not say anything to them without using a
But when he was alone with his own disciples, he e
everything.

35 That day when evening came, he said to his discip
us go over to the other side.'

36 Leaving the crowd behind, they took him along,
came and ate it up.

5 Some fell on rocky places, where it did not have m
It sprang up quickly, because the soil was shallow.

6 But when the sun came up, the plants were scorch
they withered because they had no root.

7 Other seed fell among thorns, which grew up an
the plants, so that they did not bear grain.

8 Still other seed fell on good soil. It came up, g
produced a crop, multiplying thirty, sixty, or even a
times.'

9 Then Jesus said, 'He who has ears to hear, let him
10 When he was alone, the Twelve and the others
him asked him about the parables.

11 He told them, 'The secret of the kingdom of God
given to you. But to those on the outside everything is
parables

12 so that, " 'they may be ever seeing but never pe
and ever hearing but never understanding; otherwis
might turn and be forgiven!'"

신의 시신을 먹은 들개 무리 중 마지막 남은 들개와의 인터뷰

예수님께서 그들에게 대답하셨다. "너희에게는 하느님 나라의 신비가 주어졌지만, 저 바깥 사람들에게는 모든 것이 그저 비유로만 다가간다. '보고 또 보아도 알아보지 못하고 듣고 또 들어도 깨닫지 못하여 저들이 돌아와 용서받는 일이 없게 하려는 것이다.'"

—마르코 복음서 4장 11절-12절

저자의 말: 이것은 2006년 6월 초, 네르티티 마을 근처의 수
단 사막에서 한 인터뷰이다. 나는 5개월간 _____을 찾기
위해 다르푸르 남쪽을 헤매다(이때는 이미 _____의 존재
를 입증할 만한 사람들과의 접촉이 완전히 끊긴 상태였다),
나이알라에서 네르티티로 떠났는데, 겨우 70킬로 이동하고
는 여행을 위해 구입한 지프차가 모래 호수에 빠지고 말았
다. 나는 지프차보다 그리 멀리 가지 못했다. 길도 잃고 방향
감각도 상실한 나는 더위를 피해 어떤 동물의 버려진 굴로 기
어 들어갔다. 네르티티에서 얼마나 멀리 떨어져 있는지 알지
못했고, 비록 가는 길을 안다 해도 그곳에 갈 기력도 없는 상
태였기에, 나는 이제 죽었구나 하고 생각했다. 이튿날, 땅거
미가 질 무렵 굴 안으로 _____이 들어왔고, 인터뷰가 시
작되었다.
　이 인터뷰는 초감각적 수단을 통해 이루어졌음을 밝히는
바이다. 다시 말해 _____와 나는 둘 다 실제로 말을 하지

않고 의사소통을 했다. 또한 내가 정신착란을 일으켰기 때문에, 내가 한 질문들 중 여러 가지는 다소 터무니없었다(그러나 그는 내가 묻는 바를 직감적으로 알고, 그에 맞게 대답해주었다). 질문들은 독자들이 읽기 쉽도록 간단히 볼드체 대문자 Q로 표시한다. 질문의 요지는 대부분 _____의 대답에서 유추할 수 있을 것이다.

내가 이 인터뷰 내용을 정확히 기억하고 있는 것이나, 마침내 굴에서 빠져나와 거기서 500미터도 채 떨어지지 않은 네르티티에 도착한 것은 _____의 개입 덕분에 가능했던 일이라고 생각할 수밖에 없다. 그러한 개입은 내가 이해한다고 주장하지 않을 존재의 본성이다.

— RFC

Q?

당신을 찾는 것은 상당히 간단했다. 정말이다. 창조주를 먹은 뒤 어떤 능력을 얻었든지 간에, 나는 그런 것보다 내가 들개로서 이미 지니고 있던 능력을 이용했다. 사람들이 믿는 것과는 달리, 나는 결코 모든 것을 다 알지 못한다. 만물에 대한 내 지식에는 큰 틈이 있다. 내 생각에는 우리의 창조주도 마찬가지였을 것이다. 예를 들어 나는 당신이 나를 찾고 있다는 걸 알고 있었고 당신이 다르푸르 어딘가에 있다는 것도 알았지만, 그 외에 다른 것은 거의 몰랐다. 그러나 개들 중에서 최고의 후각을 자랑하는 우리 무리는 터무니없이 먼 거리에서도 죽어가는 동물의 냄새를 감지할 수 있다. 절망은 그와 같은 부류인 두려움과 마찬가지로 씁쓸한 냄새를 풍기는데, 그 냄새 분자 중 단 몇 개라도 오후의 돌풍을 타고 초원을 건너오면 나는 냄새의 근원지를 추적할 수 있다. 당신을 찾는 건 전혀 어렵지 않았다.

Q?

아니다. 당신을 잡아먹어서 얻는 열량보다 당신을 씹는 데 소비되는 열량이 더 많을 것이다. 근육이 너무 두껍지 않은가. 강박적인 웨이트트레이닝 때문에 생긴 필연적인 결과다. 그러니 부디 걱정하지 마라. 물론 당신을 잡아먹는 건 어렵지 않지만, 지금같이 더운 계절에 우리에겐 손쉬운 먹잇감이 넘쳐난다. 나는 이미 실컷 먹었다. 그러나 그것이 내가 당신을 잡아먹지 않는 유일한 이유는 아니다.

Q?

동물의 습성과 도덕성 사이에서의 문제는 내가 창조주의

시신을 먹은 뒤로 끊임없이 고민해온 것이다. 동정심은 내게 유난히 맞지 않는 털 코트처럼 느껴진다. 개의 천성과는 들어맞지 않는다. 어리고, 늙고, 약하고, 상처 입고, 병약한 것들을 측은히 여기거나 그들을 죽이는 데 주저하는 것은 들개들의 첫 번째 행동강령에 위배될 뿐만 아니라, 또한 자기 보존적 관점에서도 좋지 않은 전략이다. 나는 아직도 이 문제를 정리하는 중이고, 솔직히 그 때문에 종종 불행함을 느낀다.

그리고 내가 당신을 잡아먹지 않는 세 번째 이유는, 지금 당신들 인류를 피하려는 것만큼, 가끔씩 지적인 존재와 함께 있지 못해 아쉬움을 느끼기 때문이다. 내가 여기 있는 이유가 바로 그것이다.

Q?

바보 같은 소리! 아주 높은 내 기준에서 봐도 당신은 지적이다. 솔직히 말하면, 내가 사람들에게 반감을 갖게 되는 이유들 중 하나가 바로 그것이었다. 사람들이 가끔씩, 말 그대로 두 손을 모아 쥐고 입으로 온갖 애원을 하며 내 앞에 엎드리면서, 그보다 더 자주, 지금 당신도 그렇듯이, "내 하찮은 지적 능력은 도저히 당신과 비교될 수 없습니다."라고 지겹도록 말하는 그런 것 말이다. 지식과 지능을 혼동해서는 안 된다. 백과사전이 당신들보다 더 영리한가? 아니면 컴퓨터가 그런가?

Q.

물론 아니다. 왜 내가 그렇다고 확신하는가? 내가 그 자리에 있지 않았는데도, 지난밤 인도의 수상, 만 모한 싱 박사가 저녁 식사로 무엇을 먹었는지 안다는 사실 때문인가? 나는 알고 있다. 지난밤 그는 속이 쓰려서 렌즈콩과 쌀을 섞은 자극적이지 않은 죽을 겨우 조금 먹었다. 자, 어떤가? 내 이런 능력을 알고도 당신은 여전히 내 친구일 수 있는가? 내게 애원하지도 않고 내 뒤를 따르는 사도가 아닌, 내 친구가 될 수 있는가?

Q?

그렇다. 그 때문에 언짢다. 들개의 사회적 관습에 물든 자의 관점에서 보면, 인간들은 그런 겸손과 숭배가 정당하다는 이유나 실질적인 증거 없이 그저 머리를 조아리는 것일 뿐이기 때문에 불쾌하기 짝이 없다. 이제는 내가 인식하고 있는 것처럼, 겸손으로 당신들 인간 세계에 만연한 탐욕과 특권의식을 가리려 할 때 특히 불쾌하다. 그 이중성은 끝이 없다. 그렇게 보면 인류 중 많은 이들이 불행한 것도 그리 놀랄 일이 아니다. 요약해보자. 당신은 보통의 영양보다 더 똑똑하다. 그거면 충분하다.

Q?

좋다. 주제를 바꾸는 편이 나을 듯싶다.

Q?

물론 그 얘기라면 기꺼이 하겠다. 내 이야기를 듣는, 그리 좋다고 보기 힘든 권한을 얻기 위해 당신은 어쨌든 목숨을 잃을 뻔하지 않았는가. 어디서부터 시작할까?

Q.

글쎄, 내 생각엔 그 일이 시작되기 이전의 이야기부터 약간 해야 할 것 같다. 우리 다섯이 실제로 창조주의 몸을 먹기 며칠 전, 나와 다른 들개가 그와 마주쳤다는 얘기를 하는 게 의미가 있을 것 같기 때문이다. 돌이켜보면, 희한한 우연의 일치였다. 자세한 얘기는 할 수 없다. 내가 변하기 이전의 삶에 대한 기억은 희미해서, 아마도 지금 내가 알고 있는 의미의 회상이라기보다는 경험의 대략적인 느낌이라고 말하는 편이 더 정확할 것이다.

이맘때였다. 그건 확실하다. 불볕더위가 극성이던 때였으니까. 개들은 지능이 그리 뛰어나지 않지만, 먹이를 찾는 능력은 아주 훌륭하다. 민병대가 지나간 자리에는 항상 먹이가 넘쳐나기 때문에, 우리는 잔자위드 민병대 무리를 따라다녔다. 우리는 어미에게서 배우고, 우리 어미는 그들의 어미에게 배우고, 그들의 어미는 또 그들의 어미에게서 배운 방법이다. 잔자위드 민병대는 마을의 모든 생명체를 죽이고, 또 죽일 대상을 찾아 이동했다. 그러면 우리는 마을로 들어가 그들이 남긴 것을 해치웠다. 아주 가끔 우리 무리 중 한두 마리가 잔자위드와 안전한 거리를 유지하는 것을 소홀히 해 그들이 지나가는 길에 들어선 것 빼고는 우리는 깔끔한 관계를 유지했다. 그러다가 나는 창조주를 처음 만났다. 나와 한 형제는 절망의 냄새를 맡고는 어리석게도 그 냄새를 쫓아갔다. 잔자위드보다 앞서 도착한 우리는 그곳에서 의식이 오락가락하는 젊은 여자가 키가 큰 풀잎들 사이에 홀로 쓰러진 것을 발견했다. 그 당시엔 그 사람이 딩카 여자의 모습을 한 창조주라는 사실을 전혀 알지 못했다. 물론 그런 것을 이해할 만한 능력 자체가 없었다. 내 눈에 보이는 것은 손쉬운 먹잇감이었다. 우리는 조심조심 원을 그리며 여자의 주위를 배회하면서, 여자가 의식이 있는지 그리고 싸울 능력이 있는지를 시험했다. 여자는 주먹을 휘두르지 않았고, 팔다리를 움직이거나 소리 내어 운다거나 하는 반응도 보이지 않았다. 우리가 막 잡아먹으려던 찰나, 잔자워드 일당이 다가오는 소리가 들렸다. 우리는 한시도 지체하지 않고 후다닥 도망쳤다. 그것만이 우리가 생존할 수 있는 길이었다. 그들보다 빨리 달아날 수는 없다. 그러니 누구든 그들과 마주치는 것은 곧 죽음을 의미하는 것이라는 내 말을 믿어야 한다.

Q?

그 후, 나와 형제는 무리로 돌아가, 개들끼리의 결의를 다졌다. 배불리 먹고 죽느니 배고픈 채로 사는 편이 낫다고. 우리는 잔자워드가 이동하는 걸 기다리면, 결국 우리의 인내심은 보상을 받을 것이란 걸 알고 있었다. 이틀 뒤, 우리는 불에 그슬린 살 냄새를 따라 폐허가 된 난민촌에 도착했다. 바로 그때 우리 다섯이, 그 유명한 개 다섯 마리가 창조주의 몸을 먹었다.

Q?

그 질문은 핵심에서 벗어났을 뿐만 아니라 불쾌하게 짝이 없다.

Q.

당신 말이 옳다고 생각한다. 그것은 귀중한 정보다. 당신이 어째서 그렇게 궁금해하는지 이해한다. 하지만 그런 호기심은 병적인 것이다.

Q?

좋다. 당신의 소원을 들어주겠다. 그것은 질기고 시큼했으며 모래처럼 버스럭거렸다. 내가 먹어본 고기 중에 가장 불쾌한 맛이었다. 그랬기 때문에 우리는 한 입 물어뜯고는 더 이상 먹지 않았다.

Q.

사람들이 하던 일을 멈추고 그것에 대해 생각하는 건, 정말 놀라운 일이다. 천국의 맛은 결코 아니었다.

Q?

아니다. 내가 어떻게 변했는지 기억나지 않는다. 항상 거칠고 기운이 넘치며 식욕이 왕성했던 개로서의 마지막 순간과 지금처럼 새롭고 높아진 지각을 지니게 된 순간 사이의 기억에 공백이 있다. 하지만 변화가 즉각적이지 않았다는 것은 분명하다. 나중에 우리가 그때의 일들을 순서대로 이야기할 때, 다른 형제들이 우리가 겪은 변화가 모두 동일했음을 확인해주었다. 창조주를 먹고 나서 몇 시간 후, 우리는 다른 무리와 함께 난민촌에서 계속 먹이를 먹었다. 그 후 그날 밤 지낼 적당한 곳을 찾아서 난민촌을 나와 서쪽으로 이동했다. 그때가 내 이전 삶의 마지막 순간들이었다. 나는 키가 큰 풀잎들을 지근지근 밟아서 누울 곳을 마련한 뒤 털을 정돈했다. 발가락 사이에 뒤엉킨 핏덩이가 없어질 때까지 발을 핥은 다음, 발바닥으로 주둥이에 말라붙은 피딱지를 털어냈다. 주변은 형제들과 자매들 그리고 사촌들과 삼촌들의 코 고는 소리로 가득했다. 그들은 등을 바닥에 대고 늘쩍지근하게 이리저리 뒹굴뒹굴하는가 하면, 하루 종일 먹은 뒤에 온 식곤증으로 기분 좋게 한숨을 쉬거나 으르렁거렸다. 북쪽에서 불어와 내 털을 계속해서 쓰다듬어주는 시원한 바람과 포만감에 나른해져서 스르르 잠이 들었다.

나는 꿈을 꾸지 않았다.

다음 날 나는 멀리 있는 언덕 봉우리에서 비추는 눈부신 햇살을 받으며 눈을 떴다. 그 즉시 밤사이 일어난 변화를 알아차렸다. 전에 내가 아는 것이라고는 오로지 충동과 본능 그리고 개의 습성뿐이었는데, 이제는 머릿속이 갑자기 생각으로 가득 찼다. 전에는 내 감각들로 감지할 수 있는 것 외에는 아무것도 존재하지 않았는데, 이제는 지구 전체를 하나의 단일체로 이해할 수 있게 되었다. 전체의 일부분들이 서로 상호작용하고 존재하고 사라지는 다양하고 극히 세밀한 방식들이 전부 이해되었다. 한순간 휙 지나가는 의식 속에서 모든 것이 또렷하게 인식되고 이해되었다. 들개 무리의 일원으로서의 시간은 끝이 났다는 깨달음 또한 뚜렷했다.

다른 네 형제들도 나와 똑같은 결론에 도달했다. 무리로부터 이탈하는 것은 해돋이만큼이나 자연스럽고 필연적인 것이었다. 우리는 함께 일어나 천천히 떠날 준비를 했다. 전에는 느껴보지 못한 복잡한 슬픔 때문에 발이 떨어지지 않았다. 형제 하나가 우리가 움직이는 소리를 듣고 움직였다. 잠을 깨려고 재빨리 자신의 몸을 털고, 우리와 함께 가고 싶어서 그는 빠른 걸음으로 따라왔다. 아마도 우리가 날이 너무 더워지기 전에 일찌감치 죽은 고기를 찾아 나서려는 줄 알았을 것이다. 그에게 함께 갈 수 없다고 말하려고 애썼으나, 나는 이미 옛날의 소통 방식을 잃은 듯했다. 어깨를 비벼대야 할 때 두 귀를 접었고, 주둥이를 아래로 처박아야 할 때 꼬리를 치켜세웠다. 어찌할 바를 몰라 당황해서 형제에게 이빨을 드러내 보이자, 그는 꼬리를 아래로 늘어트리고 두 눈을 온순하게 내리깔고는 슬금슬금 한 번에 한 걸음씩 뒤로 물러났다.

그날 이후로는 그를 다시 보지 못했다. 내가 경험한 모든 슬픔들 중에서, 그의 마지막 모습이 가장 내 마음을 아프게 한다.

Q?

아니다. 나는 그가 잘 지낸다는 사실을 내 방식대로 알고 있다. 지금은 아버지가 되어 행복하고 건강하게 살고 있다. 우리 들개들에게 상실이란 매일 반복되는 어쩔 수 없는 현실 이다. 그리고 내가 눈앞에서 사라지자마자 그는 나를 거의 잊었다. 내 슬픔은 자기 연민에서 오는 것이다.

Q?

나도 그러고는 싶지만 그를 찾아서는 안 된다. 내가 그날 무리를 떠날 수밖에 없었던 이유와 같은 이유에서다. 나는 더 이상 그들에 속하지 못한다. 결코 그들에게로 돌아가지 않을 것이다. 당신이 그것을 이해하리라고 기대하지 않는다. 당신은 아직 그것을 이해할 준비가 안돼 있다.

Q?

무리를 떠날 때 특정 목적지를 염두에 두진 않았다. 우리는 우리의 가장 풍부한 먹잇감인 동시에 가장 위험한 적인 인간 이 뛰어난 지적 능력을 소유했다는 걸 알았다. 우리는 인간 들 속에서 우리가 쉴 곳을 새로 찾을 수 있기를 바랐다. 그래서 북쪽의 큰 도시들을 향해 이동했으나, 여정은 험난했다. 시간을 인식할 수 있게 되면서, 우리의 다리는 후회와 두려움으로 천근만근 무거웠다. 어느 누구도 사냥할 기운을 내지 못했다. 굶주린 우리는 대초원을 가로질러 메마른 강바닥을 건넜고, 언덕을 올라 봉우리를 넘고 어둠 속에 펼쳐진 사막을 가로질렀다. 밤이면 옛날 방식으로 스스로를 위안하려고 애썼다. 서로의 털을 정돈해주고, 잠을 자는 동안 몸을 웅크려 한데 모여서 잤다. 하지만 이러한 것들은 이제 무의미했다. 마치 닭의 날개처럼 쓸모가 없었다.

마침내 우리는 오아시스 옆에서 농사를 짓는 마을에 도착했다. 새로운 희망을 품고, 맨 처음 본 사람에게 다가갔다. 그는 주름이 온화하게 잡히고, 얼굴이 길고, 빼빼 마른 늙은 남자였다. 나는 지금 당신과 소통하는 것과 같은 방식으로, 우리를 이 마을의 촌장에게 데려다줄 수 있겠느냐고 그에게 물었다.

우리 중 네 마리만이 살아서 그 마을을 떠났다. 우리는 허약해질 대로 허약해진 다리를 끌고 가능한 한 빠르게 도망쳤다. 봉변을 당한 한 형제는 머리에 총알이 박혀 마을의 하나뿐인 도로에 먼지를 뒤집어쓰고 쓰러져 있었다. 기독교인들이었던 농부들은 우리가 들개가 아닌 악령이라고 믿었기 때문에 총을 들고 사막까지 우리를 추적했다. 도망친 우리는 지하의 동굴로 숨어들어 그 안에서 삼 일 낮과 밤을 지내며 형제의 죽음을 애도하고 우리의 운명을 한탄했다. 우리는 앞발 사이에 주둥이를 묻고 울적한 기분에 먼지 속에서 구슬프게 숨죽여 울었다. 적어도 우리는 그런 방법을 여전히 잊지 않고 있었다. 그러나 전에 항상 그랬듯이 그건 시간 낭비일 뿐이었다.

Q?

좋은 질문이다. 나도 여러 차례 사람들에게 설명하려고 시도해봤으나 큰 성공은 거두지 못했다. 일반 개들이 가진 감정의 영역과 인간의 그것은 원색과 다양한 영역의 중간색으로 비유될 수 있다. 예를 들어 일반 개들은 원초적 분노를 경험한다. 이것을 기본 빨강이라 부르기로 하자. 반면에 인간은 참으로 다양한 스펙트럼의 빨간 색조로 표현될 수 있는 감정들을 경험한다. 다홍색과 같은 짜증, 주홍색과 같은 분개, 진홍색과 같은 격분 등이 있다. 이제 우리 네 형제는 이렇듯 다양한 감정의 스펙트럼을 갖추었다. 아니 그런 감정적 다양성이 우리를 지배한다는 것이 더 맞을 것이다. 처음에 이런 감정적 다양성을 참아내야 하는 중압감에 우리는 거의 돌아 버릴 지경이었다.

Q?

처음으로 서로의 생각을 이야기하지 않았다면, 우리는 아마도 거기서 모두 죽었을지 모른다. 우리의 새 지식을 이용하고, 우리의 생각을 공유하고, 가능성 있는 해결책을 찾아내지 않았다면 말이다. 우리는 동굴에서 세 번째 밤을 맞았다. 예전 같으면 먹잇감을 쫓거나 짝짓기를 대비해 비축해두었을 열정으로 우리는 우리의 정신을 한데 모아 저 멀리 북쪽에서 우리를 세상에 드러내줄 적당한 사람을 찾았다. 지적이며 학식이 있고, 개와의 대화로 받을 처음의 충격을 이겨낼 수 있을 만큼 지적 호기심이 있는 사람을 물색했다. 예닐곱 시간 후에 우리는 하르툼 대학의 신학과 교수, 할리드 하산 무바락을 선택했다. 무바락은 직업적인 이유로 겉으로는 독실한 무슬림의 모습을 유지하고 있으나, 사실은 몇 년 전 종교적 신념을 모두 버리고 선천적이고 병적인 자기중심주의에 막 심취한 참이었다. 참으로 순진하게도 우리는 그의 지적 능력뿐 아니라 됨됨이를 자세히 살피는 것을 소홀히 했다. 결국 후회막심한 결과를 낳을 실수였다.

Q?

우리는 당장이라도 실행에 옮길 생각에 안달이 났다. 그래서 마을 사람들이 모두 잠들었을 때, 오아시스로 돌아가 물 담은 가죽 부대처럼 배가 부풀 때까지 샘물에서 물을 마셨다. 우리는 동북쪽으로 이동했다. 하르툼까지 똑바로 이어진 길을 따라 걸음을 재촉하면서, 다시 언덕을 여러 개 넘고 드넓은 모래사막을 가로질렀다. 매일 우리는 해가 꼭대기에 올라와 모든 생명체를 그늘로 숨게 만드는 단 한두 시간 동안만 쉬었다가 다시 길을 떠났다. 사냥을 했으나 별 수확은 없었다. 모두 전에는 훌륭한 포식자들이었지만, 이제는 협공하지 못하고 어린 강아지처럼 서툴게 먹이를 쫓아다녔다. 그러다가 예전 같으면 거들떠도 보지 않았던 늙은 갑옷도마뱀을 잡는 데 간신히 성공했다. 그러나 그런 배고픔조차도 우리의 희망을 꺾거나 이동하는 속도를 늦추지는 못했다. 머지않아 하르툼의 날렵한 첨탑들이 사막 저편에서 기적처럼 모습을 드러냈다.

Q?

아니다. 나는 기적을 믿지 않는다. 당신이 생각하는 식으로는 아니다. 실망시켜 미안하다. 나는 기적을 믿을 기회를 가져본 적이 없다. 한때는 기적이라는 개념 자체를 몰랐고, 그 다음엔 그것이 가능하다고 믿기에는 너무 많은 것을 알아버렸다. 바람과 모래밖에 없는 공간에서 그렇게 거대한 도시가 형체를 드러내는 것을 본 충격을 묘사하기 위해 그 단어를 비유적으로 쓴 것이다.

Q?

하르툼에 대한 첫인상을 뭐라고 해야 할까? 우리 중 어느 누구도 그렇게 야단스럽고 소란한 모습을 본 적이 없음은 말할 필요가 없다. 빽빽이 들어찬 사람들이 고함을 지르고, 옷소매를 잡아당기고, 다른 사람들의 시선을 끌려고 하면서 자신들은 다른 곳에 전혀 시선을 주지 않았다. 총알이 숭숭 박힌 부서진 차량들이 서로 앞서가려고 끊임없이 자리싸움을 했다. 재래시장은 북새통이었고, 상한 생선의 악취와 사과 맛물담배 냄새가 진동했다. 전쟁 통에 부상당한 사람들이 공허한 눈빛으로 시장을 어슬렁거렸다. 우리는 모래 폭풍 속에 갇힌 듯 길을 잃었다. 군인 한 명과 상점 점원 한 명이 우리를 발로 찬 것 외에 다른 사람들은 우리에게 별 관심이 없었다. 우리는 오후 내내 이 거리 저 거리를 허둥지둥 다니다가 우연히 대학 캠퍼스에 도착했다.

Q?

무바락이 강의하는 곳으로 알고 있는 건물 밖에서 우리는 기다렸다. 한 시간 뒤, 그가 나타났다. 평범한 흰색 디슈다샤(아랍 남성들이 입는 옷으로, 단추나 지퍼가 없이 발목 높이까지 내려오는 긴 로브 형태의 옷이다—옮긴이)를 입고 수를 놓은 스컬캡(챙이 없는 베레모—옮긴이)을 쓴 무바락은 키가 크고 얼굴이 창백했다. 나는 적당한 첫마디가 생각나지 않아 간단히 "안녕하십니까?"라고 말했다.

Q.

다소 우스꽝스럽긴 했지만, 우리를 소개할 그럴싸한 방법이 전혀 없어 보였다.

Q?

글쎄, 상상할 수 있겠지만, 무바락은 기겁을 했다. 처음에 그는 나를 전혀 알아보지 못했고, 누가 말을 건넸는지 알려고 주위를 둘러보았다. 그를 제외하고 공원에는 단 한 사람이 있었다. 진홍색 튜닉(소매가 없는 헐렁한 웃옷—옮긴이)을 입은 사내였는데, 그는 무바락에게 등을 돌리고 있었고, 목소리가 들리지 않을 만큼 멀리 떨어져 있었다. 그는 곧 농업학과 건물 모퉁이를 돌아 사라졌다.

"아래입니다." 내가 말했다. "당신 발밑이요."

아래를 내려다본 무바락은 나를 발견하자, 더 이상 그가 믿지 않는 신에게 반사적으로 욕을 했다.

"무바락 교수." 내가 말하는 새, 다른 형제들이 내 옆에 다가왔다. "우리는 당신에게 도움을 청하러 왔습니다."

"내가 미친 건가?"

"아닙니다." 내가 말했다. "그렇지 않습니다. 저는 당신 인간들의 방식으로 말하고 있고, 당신은 내 말이 들리는 겁니다. 이것은 실제입니다."

무바락은 우리를 내려다보며 잠시 동안 아무 말이 없었다. 그는 무심코 모자에 손을 올려 바로 썼다. "대체……." 그의 목소리가 차츰 잦아들었다. 그러나 그의 불신이 점점 수그러들면서, 7개 국어를 완전히 습득하고 손꼽히는 코란 번역자로서 자리 매김하게 한 지적 호기심이 활력을 되찾고 있음을 우리는 감지할 수 있었다. 이때다 싶어서 나는 기회를 놓치지 않고, 당장 잔자위드며 난민촌 이야기로 돌진해 들어갔다.

한데 무바락이 내 말을 막았다. "여기선 안 돼." 그는 여전히 멍한 상태로 말했다. "이게 꿈이든 실제든, 모든 사람이 보고 있는 공공장소에서 개와 이야기할 수는 없어. 걸어서 집으로 갈 테니 나를 따라오라고. 멀리 떨어져서."

그래서 우리는 그렇게 했다. 무바락은 캠퍼스를 떠나 동쪽으로 향했고, 우리를 세상에 소개하고 그 세상에 속할 수 있도록 도와줄 대리인을 찾은 우리는 그의 뒤를 바짝 쫓아가면서, 앞으로 펼쳐질 가능성에 황홀해했다. 하도 흥분한 탓에, 우리는 무바락이 던힐 한 갑을 사려고 구멍가게 안으로 들어간 것을 알아차리지 못했다. 우리는 그를 지나친 것을 깨닫지 못한 채, 그가 오기도 전에 그의 집에 당도했다. 그가 도착했을 때, 우리는 현관 밖에서 그를 기다리고 있었다.

"내가 여기 사는 걸 어떻게 알았지?" 그가 물었다.

"우리도 그걸 알면 설명해드릴 텐데요." 내가 그에게 말했다.

Q?

우리는 안으로 들어가 그에게 전부 털어놓았다. 무바락은 이야기를 들으며 줄담배를 피웠다. 콧수염 아래로 즐거워하는 미소가 살짝 비쳤다. 마치 이 모든 일은 실제가 아니며, 이 상황을 그저 즐기기로 결심한 것 같았다. 우리 이야기를 끝까지 들어보고, 자신이 비록 미쳤지만 그 와중에서도 괜찮은 부분을 찾기로 마음을 먹은 듯했다. 창문 아래 샤와르마(아랍

식 샌드위치—옮긴이) 자판대에서 올라오는 향신료 냄새와 담배 연기가 자욱한, 그가 마시는 공기조차 수상했다.

"지금 당장 천 개비를 피고도 끄떡없을 수 있지." 그는 새로 불을 붙인 담배를 들고 말했다. "이 모두가 실제로 일어나고 있는 일이 아니니까."

"무바락 교수!" 내가 말했다. "당신이 그런 식으로 믿고 싶어하는 거, 이해합니다. 그렇게 믿어야겠지요. 지금 일어나고 있는 상황을 논리적으로 설명하는 방법은 두 가지 외에는 없을 테니까요. 지금 꿈을 꾸고 있는 것이거나, 아니면 당신이 미친 거라고 생각하겠죠. 허나 분명히 말씀드리지만, 이것은 분명 실제 상황입니다."

무바락은 조용히 내 말을 듣고 있다가, 벌떡 일어서서는 우리만 아파트에 남겨둔 채 성큼성큼 걸어 나갔다. 몇 분 후 닭의 간이 담긴 봉지를 신문지에 싸 가지고 돌아왔다. 그의 얼굴에서는 장난기 어린 웃음이 싹 사라졌다.

"배고프겠구나." 그는 따뜻한 시선으로 우리를 내려다보며 말했다.

Q?

사흘 동안, 우리는 생간과 염소젖을 먹으며 포동포동 살이

올랐고 실로 짠 깔개 위에서 잠을 잤다. 무바락은 목욕도 시켜주고 빗질도 해주었다. 천장의 팬도 켜주고 오후의 햇살을 차단하기 위해 커튼도 쳐주었다. 언제나 어두컴컴한 거실에서 꾸벅꾸벅 졸 수 있었던 우리는 그에게 고마운 마음이 들었다. 나는 태어나 처음으로 애정을 갖고 사람의 손을 핥았다.

그러나 그런 호사를 누리면서도 우리는 여전히 불안했다. 언제 더 큰 세상에 우리를 소개할 것인지를 물으면, 그는 곧 그러겠다고 말하면서, 그 전에 우선 우리가 난민촌으로 돌아가야 한다고 했다. 그는 현실적인 이유 때문에, 오로지 나만 그와 동행할 수 있고 다른 형제들은 아파트에 남아야 한다고 했다. 그는 대학에서 휴가를 얻은 뒤 서둘러 남쪽으로 여행을 떠나기 위한 계획을 세웠다. 개 우리를 집 안에 들인 것도 그때였다. 스테인리스강으로 만든 개집은 밖에서 자물쇠로 잠글 수 있었는데, 무바락은 우리의 편의와 보호를 위한 것이라고 말했다. 개집에 들어가지 않으면 목에 줄을 묶어야 한다면서, 이것 역시 우리를 보호하기 위한 것이라고 말했다.

무바락은 중고 랜드로버를 사서, 휘발유 통과 식량, 물 그리고 불법 무기를 밀거래하는 사람을 통해 산 시체 운반용 부대를 실었다. 그러고 나서 우리는 출발했다. 우기가 일찍 와서 도로가 도저히 지나다닐 수 없는 진흙 구렁이 될지 모른다며 그는 크게 걱정했다. 그 때문에 우리는 위험하리만큼 빠른 속도로 차를 몰아 예비타이어를 모두 써가며 단 3일 만에 난민촌에 도착했다. 이미 소규모 조들로 구성된 구조대원들이 사지가 절단되고 부패가 시작된 시신들을 치우느라 분주했다. 무바락은 그들을 보자 욕을 해댔다.

"저들은 아직 창조주의 유해를 거둬가지 않았습니다." 난 그를 안심시켰다.

"어디 있는데?" 그가 말했다. "보여줘. 빨리!"

우리는 옹기종기 모인 임시 쉼터들 사이로 차를 몰았다. 쉼터들 대부분이 바닥에 주저앉았거나 불에 타 재가 돼 있었다. 우리는 공동 우물을 지나 난민촌 외곽으로 빠져나가, 3주 전 우리가 두고 온 그대로인 창조주의 시신을 발견했다.

"저기예요." 내가 말했다.

무바락은 기어를 중립으로 놓고 주차브레이크를 넣었다. "그동안 전혀 부패하지 않았군." 그가 말했다. 정말 그랬다. 창조주가 죽은 것은 틀림없었다. 그러나 자세히 살펴보니, 다른 시체들은 심하게 부패되어 그 자리에서 액화되기 시작한 반면, 창조주의 살은 마치 겨우 몇 시간 전에 죽은 것처럼 여전히 신선하고 탄력 있었다.

　무바라크은 더 이상 아무 말 없이, 트럭에서 뛰어 내려가 검정색 비닐 부대 중 하나에 시신을 담기 시작했다. 그는 서둘러 움직였다. 눈에 보일 정도로 자욱한 악취에 구역질을 하면서도 그는 하던 일을 멈추지 않았다. 약 15미터쯤 떨어진 시체들 사이에 서 있던 구조대원 한 명이 무바라크에게 영어로 뭐라고 외쳤는데, 마스크 때문에 소리가 묻혀 잘 들리지 않았다. "이봐요, 거기! 뭐 하시는 겁니까?" 서둘러 담다보니, 무릎과 팔꿈치 때문에 부대의 이곳저곳이 불룩해졌다. 그 구조대원 말고도 두 명이 더 다가오자, 무바라크은 부대의 지퍼를 올리는 것도 포기했다. 대신 그는 트럭 뒤로 시신을 끌고 가서 트럭 안에 실은 다음, 운전석에 기어 올라가 운전석 문을 닫기도 전에 가속페달을 세차게 밟았다.

　구조대원들이 달려왔으나 트럭 바퀴가 일으킨 노란 먼지구름에 휩싸였고, 이윽고 우리가 속력을 내서 달아나자 그들은 시야에서 사라졌다. 우리 뒤로 난민촌이 사라지면서 지평선과 맞닿을 때까지 무바라크은 가속페달을 끝까지 밟았다. 그러고 나서 갑자기 멈추더니, 트럭에서 내려 차 뒤로 다시 돌아갔다.

나는 그가 무엇을 하려는지 알았다.

"그렇게 좋은 생각이 아닌 것 같군요." 그에게 말했지만, 그는 이미 트럭 뒷문을 내린 다음, 입고 있던 카키색 조끼의 가슴 주머니에서 잭나이프를 꺼내고 있었다.

"입 닥쳐!" 그가 말했다. 그는 눈을 들어 내 눈을 바라보았다. 우리에게 보여줬던 자비심은 갑자기 사라지고, 대신 그 자리에 비열하고 사악한 뭔가가 들이찼다. 나 같은 포식자도 두려움을 느끼게 하는 그런 것이었다. "네놈이 만약 거짓말 한 거라면……."

부대 입구에 창조주의 창백한 손이 손바닥을 위로 향한 채 삐져나와 있었다. 무바락이 엄지손가락을 잡고는 잭나이프로 피 한 방울 나지 않는 살덩어리를 베어냈다. 그는 그걸 입에 가져가기 전에 잠시 멈춘 채 망설였다. 나는 그가 손가락을 부들부들 떠는 것을 보았다. 이윽고 그는 물면 도리어 달려들지도 모를 뭔가를 먹는 듯, 한 입 세게 베어 물었다. 두 눈을 꼭 감고 재빨리 씹었으나 삼킬 때는 고개를 뒤로 젖혀야 했다.

다시 두 눈을 떴을 때, 그는 마치 환한 빛 속으로 걸어 들어 갈 듯한 기대와 경이로움에 휩싸여 주변을 두리번거렸다. 그러나 곧 본인은 물론 그가 주변을 인식하는 방식도 전혀 변화하지 않았음을 깨달았다. 그의 얼굴에 실망감이 지나가더니, 이윽고 화가 치밀어 오르는 게 보였다. 그는 분풀이하듯이 트럭의 뒷문을 세게 닫은 뒤 다시 운전석으로 올라왔다.

"네놈이 날 쓸데없이 식인종으로 만들었구나." 그가 말했다.

"무바락 교수!" 내가 말했다. "변화하는 데 시간이 걸릴 거라고 말하지 않았습니까." 나는 그에게 창조주를 먹지 말라고 충고했다는 걸 지적할까 고민하다가, 그러지 않기로 마음을 먹었다.

어차피 그는 이미 남의 말에 귀를 기울이지 않았다. 그는 트럭을 돌려 다시 북쪽으로 향했다. 도로를 벗어나 난민촌을 우회해 움직였다. 해가 지고 날이 어두워질 때까지 아무 말 없이 차를 몰았다. 밤이 되자 무바락은 차를 세우고 의자를 뒤로 젖힌 뒤, 두 팔을 접어 가슴 위에 얹고 잠이 들었다.

Q?

우리가 그랬던 것처럼, 아침이 되자 그야말로 간단히 그는 변해 있었다. 무바락은 그것에 대해 말하지 않았다. 한마디도 하지 않았다. 그러나 틀림없었다. 그가 무엇을 얻었든지 간에(우리가 함께 있는 시간이 거의 끝나가고 있었고, 헤어진 뒤 그가 살아 있는 동안 다시는 그를 보지 못했기 때문에 그것이 무엇인지 나는 모른다), 변화를 겪으면서 그에게는 어찌된 일인지 설명할 수 없는 이상이 생긴 것 같았다. 우선 그는 운전이 힘들어졌다. 기어를 움직이거나 제동 표시가 있을 때 페달을 밟는 일이 어려워졌고, 도로에서 방향 전환해야 할 때를 인식하지 못했다. 몇 번인가 포장하지 않은 갓길에 들어서 차가 옴짝달싹할 수 없게 되자, 트럭을 빼내기 위해 수동 윈치를 사용해야 했다. 말을 할 때는, 그리 자주 말을 하는 것은 아니었지만, 단어가 뒤죽박죽된 문장들을 속사포처럼 퍼부어댔다. 무바락은 자신의 입에서 그런 문장들이 쏟아져 나온다는 것을 전혀 인식하지 못하는 눈치였다. 예를 들어 한번은 그가 이런 얘기를 했다. "이브라힘에게 전화해야 해. 시신을 런던에 옮기기 위한 계획 교습을 세워야 해."

"뭐라고요?" 내가 말했다. "무바락 교수, 괜찮습니까?"

"입 닥쳐! 너한테 얘기한 게 아니야. 나는 그저 극소량의 생각을 입 밖에 내는 거야."

그런 상황이 계속되었다. 두말할 필요도 없이, 트럭을 타고 하르툼으로 돌아가는 내내 기분이 해괴하고 겁이 났다. 무바락이 이상한 행동을 하기 때문이기도 했고, 우리가 그를 믿고 순순히 강철 우리에 들어갔지만 그는 우리를 인간 사회에 소개해줄 의사가 없다는 사실이 분명해지고 있었기 때문이다.

Q?

엄밀히 말하자면 그는 우리에게 아무 짓도 하지 않았다. 하르툼에 도착하자, 그는 내 형제들이 있는 손님방에 나를 밀어넣었다. 다음 날, 그는 우리를 우리 안에 그대로 둔 채 창조주의 시신을 가지고 런던으로 떠났다. 형제들은 이미 6일 동안 물도 음식도 먹지 못한 상태였다. 털 사이로 그들의 갈비뼈가 앙상하게 드러났고, 코 주변의 피부는 말라서 갈라졌다. 그들이 싸놓은 똥을 애써 피하려고 형제들은 구석에서 몸을 최대한 웅크리고 있었다.

Q?

그가 우리를 아파트에서 죽게 내버려뒀다는 결론에 도달하자, 그 당시에는 참으로 슬펐다. 그것 또한 당신들 인간과 우리 개 사이의 큰 도덕적 차이들 중 하나이다. 개들은 무바락이 그랬던 것처럼, 남을 속이기 위해 애정을 이용하지 않는다. 그런 일은 개들 세계에서는 일어나지 않는다. 그렇기 때문에 그가 우리에 대한 아무 배려 없이 떠났다는 것을 깨달

앗을 때, 나는 혼란스러웠다. 나는 우리가 무엇을 잘못했는지 곰곰이 생각해보았다. 어찌되었든 분명 책임은 우리에게 있다는 생각이 들었다. 지금은 그때보다 훨씬 더 현명해졌지만, 그가 우리를 굶어죽게 놔두고 간 것을 생각하면 나는 여전히 마음이 아프다.

Q?

우리는 우리가 이미 잃은 것과 앞으로 잃게 될 것에 대해 비통해했다. 비통함을 느낀다는 것은 곧 개들에게 구슬프게 울부짖는 것을 뜻한다. 우리는 첫날 밤부터 그다음 날까지 울부짖었다. 형제들의 목소리는 점점 약해지더니, 이윽고 일제히 합창을 멈추었다. 머지않아 나는 혼자가 되었고, 사방의 벽에 대고 울부짖었다. 주둥이가 피범벅이 되도록 철창 사이로 수차례 몸을 던졌다. 내장이 쪼글쪼글해지면서 기능이 멈추는 것이 느껴졌다.

Q?

무바락이 어떻게 되었는지는 잘 기록되어 있다. 나만큼이나 당신도 잘 알고 있을 것이다. 런던에 간 그는 킹스컬리지에서 강의를 하는 친구이자 동료인 이브라힘 후세인 알자밀을 만났다. 그들은 창조주의 시신을 부검하고 연구하는 것을

192

함께 감독했다. 그 결과, 매우 놀랍게도 물리학계에서 오랫동안 정설로 받아들여졌던 원칙들과 상반되게, 그의 몸이 질량이 없는 물질들로 구성되었음이 밝혀졌다. 소수의 엄선된 과학자들이 런던에 모여들었고, 필연적인 결론에 모두 동의했다. 이 사실이 대중에게 철저히 비밀로 부쳐져야 한다는 것이었다. 인간 사회의 보존보다, 인정받고 싶고 개인의 이득을 챙기고 싶었던 무바락은 이러한 동의를 지키지 않았다.

Q?

다른 사람들 말에 따르면, 그의 해괴망측한 행동은 여러 신경학적 장애의 증상들과 유사했다고 한다. 틱 장애와 발작, 몇 차례에 걸친 긴장증, 횡설수설하는 증상 등이 나타났는데, 특이한 점이라면 이러한 증상이 아주 극단적이었다는 점이다. 점심시간에 이동 중인 차량들 사이에서 미친듯이 몸을 흔들며 춤을 추는가 하면, 입에서 침을 질질 흘리며 런던 지하철 피카딜리 선을 하루 종일 타고 다니고, 한번은 히스로 공항 안을 계속해서 빙글빙글 돌다가 결국 아침 일찍 공항 책임자가 경찰을 불러 그를 쫓아냈다. '식스티미닛츠(미국 CBS 방송국의 유명 시사프로그램—옮긴이)'와의 인터뷰 도중 에드 브래들리에게 오줌을 갈긴 직후 무바락은 종적을 감추었고, 며칠 후 그의 시신이 런던 동쪽에 있는 템즈 강 수문에서 낚시꾼의 낚싯대에 걸려 발견되었다.

Q?

사실, 사고거나 자살이라는 것이 일반적인 견해였다.

Q?

나는 그의 죽음에 대해 구체적으로 알고 있지만 밝히고 싶지는 않다. 한 가지만 말하자면, 에드 브래들리는 이 일과 아무런 관련이 없다.

Q?

그때쯤 나 역시 사경을 헤매고 있었다. 형제들이 세상을 뜨고 일주일이 지난 뒤, 무바락의 가정부였던 릴리 가브리엘 홀란드라는 아가씨가 손님방의 문을 열고 안을 들여다보았다. 그녀는 우리를 보자 기겁을 하며 문을 활짝 열고 방 안으로 들어왔다. 키가 크고 용감한 기독교인인 릴리는 자신을 가정부로 고용한 무슬림에게 욕을 해댔다.

Q?

처음에 그녀는 우리 모두가 죽었다고 생각했다. 그녀의 두 뺨에 눈물이 흘러내렸으나, 목소리는 강인하고 흔들림이 없었다. "그 나쁜 놈이 너희에게 무슨 짓을 한 거니?" 릴리는 이 우리에서 저 우리로 천천히 옮겨 가며 말했다.

나는 일어설 기력도 없었다. "도와주세요." 내가 말했다.

릴리는 내가 있는 우리의 철장을 잡고 강인한 손으로 우리를 흔들었다. "살아 있구나!" 그녀가 말했다.

"살아 있어요." 내가 말했다. "간신히요."

"어떻게 나한테 말을 하는 거니?"

"당신의 신은 죽었습니다." 내가 릴리에게 말했다.

"그래." 그녀가 말했다. 릴리는 우리를 한 번 더 흔들어보고는 문에 달린 자물쇠를 찬찬히 살펴보았다. "만델라에 소문이 쫙 퍼졌어. 정부는 소문을 잠재우려고 혈안이 돼 있지. 사람들은 군인보다 신이 없다는 데 더 겁을 먹었어. 사람들이 그랬는데, 이게 다 무바락이랑 관련이 있다는 거야."

"모두 설명할게요." 내가 말했다. "그보다 우선……."

"아, 그렇지." 릴리가 벌떡 일어섰다. "자물쇠를 열 만한 걸 찾아올게." 방을 나선 릴리는 잠시 뒤 망치와 강철 지렛대를 가지고 돌아왔다. 지렛대의 날카로운 끝을 자물쇠에 끼워 넣고, 망치를 머리 위로 높이 들어 올려서는 단 한 번 힘껏 자물쇠를 내려쳤다.

Q?

릴리는 호리호리했지만 강단이 있었다. 그래서 쇠할 대로 쇠한 나를 안고 거리를 누비며 십여 킬로미터를 이동해, 만델라의 빈민가에 도착했다. 그곳에 있는 기숙사 형태의 건물에서 릴리는 아버지와 함께 한 방에서 살고 있었다.

Q?

릴리와 마찬가지로 그녀의 아버지 역시 친절했다. 그녀와 함께 나를 보살펴주었다. 동네 우물에서 물을 떠다주고, 내가 소화시킬 수 있도록 비둘기 심장을 으깨서 죽처럼 만들어주었다. 하지만 릴리와 달리 그는 심신이 허약했다. 야윈 두 팔은 쭈글쭈글했고, 집에서 대추로 만든 독주라면 사족을 못 쓰는 것이 흠이었다.

Q?

나는 기력을 되찾은 뒤, 릴리 부녀가 들은 소식들의 진위를 확인해주었다. 창조주는 죽었고, 이러한 사실이 밝혀진 뒤 그로 인한 초기의 혼란이 전 세계에서 느껴진다고 말해주었다. 나는 또한 어쩌다가 나도 모르게 창조주의 일부분을 먹고 변하게 되었다고 그들에게 설명했다.

"그렇다면 당신이 바로 그분이시구려." 릴리의 아버지가 말했다.

"뭐라고요?" 릴리가 말했다. "아니에요, 아빠."

"이치가 그렇지 않니?" 아버지가 말했다. "이분이 신의 몸을 먹었잖아. 여기 이 개가 이렇게 앉아서 사람처럼 말을 하고 있잖아. 우리가 들어본 적도 없는 세상사들을 우리에게 이야기해주시잖니. 미국에 대해서도 말이야! 이 동네 사람들이 이름 말고 미국에 대해 뭘 알겠니? 하지만 이분은 아시잖아. 모든 것을 아시잖니."

"저는 당신의 신이 아닙니다." 내가 말했다.

"얘는 신이 아니에요, 아빠." 릴리가 아버지에게 말했다.

"내가 모르는 건 몰라도 아는 건 안다." 릴리의 아버지는 대추술을 단지째 마시면서 말했다.

Q?

릴리는 나를 가까이서 보호했다. 심지어 그녀의 아버지로부터 나를 지켰다. 빈민가가 술렁이고 있었다. 거의 매일 사람들이 사라졌다. 군인들이 신성모독과 선동이란 죄목으로 사람들을 옴두르만 감옥으로 끌고 갔다. 군 트럭이 더러운 거리에 천천히 멈춰 서더니, 신에게 경배하기로 돼 있는 날에 교회나 모스크로 가 예배에 참석하라는 명령을 주민들에게 방송했다. 릴리는 우스꽝스러운 일이라며 씁쓸해했다.

"발악을 하는군." 릴리가 말했다. "전에는 불도저로 교회들을 몽땅 밀어버리고는 폐허 더미 위에 아파트 단지를 짓더니, 이제는 우리보고 매주 일요일마다 빠짐없이 나오라고?"

어느 날 밤, 릴리와 릴리의 아버지가 나를 두고 말다툼을 벌였고, 나는 알면서도 자는 척했다.

"저분이 사람들을 도울 수 있어." 아버지가 말했다.

"너무 위험해요." 릴리가 말했다. "정부에서 알게 되면 어떻게 해요. 틀림없이 알게 될 거라고요."

"저분은 사람들에게 희망을 줄 수 있어. 내 친구들은 앞으로 삶이 나아질지 알고 싶어해."

"더 나아지지 않는다면 어쩌실 거예요, 아빠?" 릴리가 날카롭게 말했다.

"다른 것도 있어." 아버지는 딸의 질문을 피해 말꼬리를 돌렸다. "예를 들어, 가족들에게 무슨 일이 일어났는지 알고 싶대. 몇 년간 계속된 의문과 고통이 끝날 수도 있잖니."

"아, 이제야 진실을 말씀하시는군요." 릴리가 말했다. "아버지 친구분들 얘기가 아니죠, 그렇죠? 아버지 얘기죠? 아버지가 궁금한 걸 알고 싶으신 거잖아요."

"그래. 당연한 거 아니냐. 나는 너도 네 엄마랑 여동생들이 어찌 되었는지 알고 싶어 했으면 좋겠다."

"이미 알고 있어요, 아버지. 그들은 모두 죽었어요."

몇 초간 정적이 흐른 뒤, 아버지가 대답했다. "너는 네가 그렇게 많이 아는 것 같으냐?" 그의 목소리가 잦아들더니, 거의 속삭이는 듯했다.

Q?

릴리 말이 옳았다. 그녀의 어머니와 여동생들은 모두 죽었다. 15년 전 잔자위드 일당에게 납치돼 팔려간 뒤, 주인이었던 염소 치는 농부가 그들을 모조리 죽였다. 그러나 어느 날 오후 릴리가 물물교환으로 밀가루와 렌즈콩을 얻기 위해 밖으로 나간 사이 그녀의 아버지가 내게 다가왔다. 나는 그들의 죽음을 알릴 용기가 없었다. 릴리의 아버지는 내게 친절을 베풀었기에 나는 그 친절을 갚고 싶었다.

Q?

나는 그들이 염소 치는 농부에게서 도망쳐 나이알라 근처, 다르푸르에 함께 살고 있다고 했다. 오랜 시간이 흘렀는데도 그들은 여전히 릴리와 아버지가 그들에게 돌아오기를 바라고 있다고 말했다.

되돌아보니, 그때가 바로 내가 진짜 인간의 무리에 속하게 된 순간이란 생각이 든다.

Q?

릴리는 화를 냈다. 내게 그런 질문을 했다는 사실 때문에 아버지에게 화를 냈고, 터무니없는 대답을 했다는 이유로 내게 화를 냈다. 릴리는 그게 사실이냐고 내게 물었다. 엄마와 자매들이 정말 아직도 살아있느냐고 물었다. 달리 할 말이 없었던 터라 나는 그렇다고 말했다.

그날 밤 릴리는 밤새도록 울었고, 릴리의 아버지는 대추술을 끊겠다고 맹세한 뒤 만델라 전역을 돌아다니며 사람들에게 내 이야기를 들려주었다. 나를 만나게 해주려고 동네 사람들을 데려올 계획을 세웠다.

Q?

다음 날 아침, 사람들이 속속 몰려들었다. 그들은 천과 보석, 백단유, 구겨진 디나르(중동과 북부 아프리카 일부 국가들의 화폐 단위—옮긴이) 뭉치와 음식 광주리를 들고 나타났다. 릴리의 아버지는 제물을 받아 모으고, 사람들을 한 명씩 차례로 들여보냈다. 대부분의 사람들은, 특히 여성들은 나를 보자마자 내 앞에서 무릎을 꿇었다. 다른 사람들보다 의심이 더 많은 일부는 머릿속으로 내 목소리를 듣기 전까지는 무릎을 꿇지 않았다. 일부는 기독교도였고, 또 다른 일부는 무슬림이었다. 그들은 미래에 대해 알고 싶어했고, 과거에 대해서도 알기를 원했다. 그들은 어느 날 사라진 아버지와 돌아가신 지 오래된 할머니, 도둑이 된 아들의 안부를 물었다. 솔직하게 말하기 힘든 경우에는, 대부분이 그랬는데, 나는 그들에게 거짓말을 했다. 나는 이미 돌아가신 그들의 아버지가 돌아올 것이고, 내가 알기로는 존재하지 않는 내세에서 그들의 할머니가 행복하게 지내고 있으며, 그들의 정신이상자 아들이 언젠가는 그들의 사랑을 열 배로 갚아줄 것이라고 말했다. 살날이 겨우 몇 주밖에 남지 않은 아이들을 고쳐주는 척했고, 가장 가난한 사람들에게 큰 재물을 내려달라고 빌었다. 나를 만난 사람들은 모두 행복해하며 자리를 떴다. 그들의 얼굴엔 충격과 감사의 눈물이 흘러내렸다. 어떤 사람들은 내게 줄 수 있는 것이 더 없나 찾기 위해 주머니를 뒤지면서, 더러운 바닥에 동전과 옷 보푸라기를 흩뿌렸다. 밤이 되자, 점점 더 많은 인파가 모여들어 거리를 꽉 메웠다. 릴리의 아버지는 그들에게 집에 돌아가 다음 날 아침에 돌아오라고 말했다.

Q?

그날 밤, 그는 사탕수수와 옥수수 그리고 양고기를 요리해

한 상 크게 차렸다. 릴리는 먹지 않겠다고 했다. 그녀는 아무 말 없이 침상에 앉아서 하나밖에 없는 창을 통해, 여전히 거리에서 기다리고 있는 사람들을 쳐다보았다. 깜빡이는 등유 불꽃이 사람들의 희망에 찬 얼굴을 환히 비추었다. 저녁 식사를 마치고 릴리의 아버지는 그날 받은 공물들을 일일이 셌다. 금단 현상으로 손을 덜덜 떨기는 했지만 그는 웃으며 공중에 돈을 흔들었다.

"머지않아 나이알라로 갈 여비를 충분히 벌게 될 거야." 그가 릴리에게 말했다. 하지만 릴리는 아버지의 이야기를 듣고 있다는 기색을 보이지 않았다.

Q?

소문이 퍼져 우간다와 콩고같이 먼 곳에서 사람들이 모여드는 것을 릴리는 말없이 지켜보았다. 사람들은 두려움과 절망 그리고 돈을 가지고 왔다가, 방을 나갈 때는 세 가지 모두를 덜어놓고 갔다. 순례자들 대부분이 가족들을 모두 이끌고 와서 임시 쉼터를 세웠다. 2주 만에 만델라의 인구가 3만 명이나 불어났다. 밤이면 모닥불을 피우고 찬양의 노래를 부르며, 그들의 새로운 종교를 중심으로 화합했다.

Q?

아무리 좋은 의도로 거짓말했다고 해도, 사람들이 내 거짓말을 듣기 위해 얼마 안 되는 그들의 살림살이를 바치는 것이 나는 못내 마음에 걸렸다. 그보다 더 마음에 걸리는 것은 릴리의 못마땅하다는 시선이었다. 하지만 나는 사람들 속에 받아들여지기를 간절히 바랐고, 그제서야 그렇게 된 것이다. 아니 적어도 그렇게 되었다고 믿었다. 그 당시에 나는 숭배의 대상이 되는 것이 그들로부터 가장 멀어지는 길이라는 생각을 전혀 하지 못했다.

Q?

상황은 릴리가 예측한 대로 종료되었다. 만델라로 순례를 온 사람들이 마치 신이라도 되는 양 개 한 마리를 숭배하고 있다는 사실을 정부가 알게 되었고, 결국 정부는 군대를 보냈다. 군대가 빈민가를 습격한 날 밤, 빗줄기가 주석 지붕에 세차게 부딪쳐 후드득후드득 시끄러운 소리를 만들었다. 그 때문에 사람들은 멀리서 우르릉 쾅쾅 들리는 소리가 천둥소리라고 생각했지만, 나는 그렇지 않다는 사실을 알고 있었다.

"그들이 오고 있어요, 릴리." 내가 말했다. "군용트럭을 탄 사람들이 소총을 들고 와요. 나를 잡으러 오고 있습니다."

"사람들이 맞서 싸울 거야." 릴리가 말했다. "저들은 너를 위해 싸우다 죽을 거야." 그녀의 말은 비난처럼 들렸다.

"이해가 안돼요." 내가 말했다.

"너는 가야 해." 릴리가 말해다. "가기 전에 너한테 물어볼 게 있어. 어째서 우리 엄마와 여동생들에 대해 거짓말을 했지?"

나는 대답하지 않았다.

"왜 그랬어?" 릴리가 다시 물었다.

몇 주 만에 처음으로 나는 진실을 말했다. "모르겠어요."

Q?

릴리가 나를 들어 올려 창문으로 빠져나가게 해준 덕분에 나는 무사히 도망쳤다. 숭배자들은 군인들과의 충돌이 기다리고 있는 곳으로 끊임없이 밀려왔고, 나는 그들의 흐름을 역행해 남쪽으로 달아났다. 어둠 속이라 나를 알아본 사람은 단 한 명도 없었다. 나는 사막이 다시 나를 삼켜버릴 때까지 달렸다. 비를 앞지를 때까지, 그래서 발밑의 모래가 마른 것이 느껴질 때까지 쉬지 않고 달렸다.

Q?

그날 밤 릴리를 비롯해 수백 명이 죽었다. 정당한 이유 때문에 군인들과 싸운 사람은 군중들 속에서 릴리가 유일했다.

그녀는 빗속에 당당하게 서서 돌을 던졌다. 강인한 두 손으로 군인이 잡고 있던 소총을 빼앗은 뒤, 총부리를 그에게 겨누고 방아쇠를 당기기 전에 어머니의 이름을 말하고 그가 분명히 들었는지를 확인했다.

Q?

릴리의 아버지는 옴두르만 감옥에 투옥되었고, 몇 개월 뒤 감옥에서 만든 술을 마시고 독살되었다.

Q?

그 일에 대해 어떻게 생각하느냐고? 이렇게 말하겠다. 나는 그 뒤 다시는 하르툼에 돌아가지 않았고, 사람들이 모이는 곳이라면 얼씬도 하지 않았다. 비록 혼자 사냥하기가 어려워졌고 종종 외롭기는 하지만, 나는 보통의 개로 살아가고 있다. 그날 밤 이후 지금까지 나는 한 번도 사람에게 말을 걸어본 적이 없다. 그것이 당신의 질문에 대한 답이다.

Q.

아니다. 그게 끝이 아니다. 당신이 잊어버리고 묻지 않은 질문이 하나 있다. 대답을 듣기 위해 당신이 세상의 절반을 돌아야 했던 바로 그 질문 말이다.

Q?

수줍어하지 마라. 나는 모든 것을 안다. 예를 들어, 당신이 내가 전에 만났던 수천 명의 애원하는 자들과 결코 다르지 않으나 단 한 가지 점에서는 다르다는 것을 안다. 나는 당신에게 진실을 이야기했다. 그러므로 당신은 이미 그 답을 얻었으니 그 질문을 내게 할 필요가 없을 것이다.

Q.

맞다. 그 답이라는 건, 내게 답이 없다는 것이다. 나는 어떤 위안도 어떤 혜안도 줄 수 없다. 나는 당신의 신이 아니다. 아니 그렇다고 할지라도, 나는 구원이나 설명을 얻기 위해 당신이 찾아 헤맬 만한 그런 신이 아니다. 나는 배가 고프면 아무 거리낌 없이 당신을 잡아먹을 그런 신이다. 나를 찾기 이전과 마찬가지로, 당신은 이 세계에 벌거벗은 채 홀로 서 있다. 그러므로 이제 문제는 이것이다. 당신은 이런 진실을 견디며 살아갈 수 있는가? 아니면 이러한 진실이 당신을 파멸시키고, 공허하게 하며, 쭉정이들 속에 또 하나의 쭉정이가 되게 만들어버릴 것인가?

e desolate, with no one to live in them."

curse on him who is lax in doing the LORD's work! A curse on him who keeps his sword from bloodshed!

11 'Moab has been at rest from
like wine left on its dregs, not poured from one jar to ...er she has not gone into exile. So she tastes as she did, ...er aroma is unchanged.

...t days are coming,' declares the LORD, 'when I will ...nen who pour from jars, and they will pour her out; they ...mpty her jars and smash her jugs.

...en Moab will be ashamed of Chemosh, as the house of ... was ashamed when they trusted in Bethel.

...ow can you say, 'We are warriors, men valiant in ...?

...oab will be destroyed and her towns invaded; her finest ...men will go down in the slaughter,' declares the King, ...name is the LORD Almighty.

...he fall of Moab is at hand; her calamity will come ...l.

...urn for her, all who live around her, all who know her ... say, 'How broken is the mighty scepter, how broken the ...is staff!'

...ome down from your glory and sit on the parched ..., O inhabitants of the Daughter of Dibon, for he ...estroys Moab will come up against you and ruin your ...d cities.

...nd by the road and watch, you who live in Aroer. Ask ...m fleeing and the woman escaping, ask them, 'What ...ppened?'

...oab is disgraced, for she is shattered. Wail and cry ...nnounce by the Arnon that Moab is destroyed.

...dgment has come to the plateau-to Holon, Jahzah and ...nath,

...Dibon, Nebo and Beth Diblathaim,

...Kiriathaim, Beth Gamul and Beth Meon,

...Kerioth and Bozrah-to all the towns of Moab, far and

...oab's horn is cut off; her arm is broken." declares the ...D.

...ake her drunk, for she has defied the LORD. Let ...wallow in her vomit; let her be an object of ridicule.

...as not Israel the object of your ridicule? Was she ...among thieves, that you shake your head in scorn ...her you speak of her?

...andon your towns and dwell among the rocks, you who ...Moab. Be like a dove that makes its nest at the mouth

29 "We have heard of Moab's pride-her overween...
and conceit, her pride and arrogance and the haugh...
her heart.

30 I know her insolence but it is futile,' decl...
LORD, 'and her boasts accomplish nothing.

31 Therefore I wail over Moab, for all Moab I cr...
moan for the men of Kir Hareseth.

32 I weep for you, as Jazer weeps, O vines of ...
Your branches spread as far as the sea; they reach...
as the sea of Jazer. The destroyer has fallen on you...
fruit and grapes.

33 Joy and gladness are gone from the orchards ...
of Moab. I have stopped the flow of wine from the ...
no one treads them with shouts of joy. Although ...
shouts, they are not shouts of joy.

34 'The sound of their cry rises from Heshbon to ...
and Jahaz, from Zoar as far as Horonaim and ...
Shelishiyah, for even the waters of Nimrim are dried

35 In Moab I will put an end to those who make ...
on the high places and burn incense to their gods,' de...
LORD.

36 'So my heart laments for Moab like a flute; it lam...
a flute for the men of Kir Hareseth. The wealth they...
is gone.

37 Every head is shaved and every beard cut off; ev...
is slashed and every waist is covered with sackcloth.

38 On all the roofs in Moab and in the public squa...
is nothing but mourning, for I have broken Moab ...
that no one wants,' declares the LORD.

39 'How shattered she is! How they wail! How Mo...
her back in shame! Moab has become an object of ric...
object of horror to all those around her.'

40 This is what the LORD says: 'Look! An ...
swooping down, spreading its wings over Moab.

41 Kerioth will be captured and the strongholds taken...
day the hearts of Moab's warriors will be like the h...
woman in labor.

42 Moab will be destroyed as a nation because she ...
LORD.

43 Terror and pit and snare await you, O people o...
declares the LORD.

44 'Whoever flees from the terror will fall into a pit,...
climbs out of the pit will be caught in a snare; fo...
bring upon Moab the year of her punishment,' dec...
LORD.

45 'In the shadow of Heshbon the fugitives stand ...
for a fire has gone out from Heshbon, a blaze from ...
of Sihon; it burns the foreheads of Moab, the sku...

구원의 투구와 성령의 칼

주님의 일을 소홀히 하는 자는 저주를 받으리라. 피 흘리는
일에서 칼을 거두는 자는 저주를 받으리라.
―예레미아서 48장 10절

진화심리학 군대 뉴기니 점령
포모군, 호주에서 '방어 불가능한' 진지를 포기하고 하와이 섬으로 철군

태평양을 항해 중인 포스트모던 인류학군 제8함대에서(AP)
—중국의 인해전술을 앞세운 진화심리학군이 뉴기니 섬에
마지막으로 조직된 포스트모던 인류학군의 저항을 효과적으
로 진압하고, 수요일, 포트 모레스비의 수도를 점령했다. 다
수의 사람들과 함께 수도를 포기하지 않으려 저항했던 포모
해병 3천 명은 포로로 잡힌 뒤 나중에 사형에 처해졌다.

"약자를 파멸시키는 것은 우리의 본성이다." 진화심리학군의
응우옌 등 수상이 한 성명에서 이렇게 밝혔다. "따라서 우리
에겐 적의 병사들을 처형하는 길 외에는 다른 방도가 없었다.
하지만 우리는 그 점에 대해 사과하는 바이다. 사실 전쟁 전체
에 대해 사과한다. 안타깝게도 싸움은 우리의 본성이다. 따라
서 당신들과 마찬가지로 우리는 본성을 거스를 힘이 없다."

부모는 날 이해 못해!

열여섯 살이 되던 해가 끝나갈 때, 아놀드는 점점 더 자주 그런 생각을 했다. 그는 그의 해변에서 그의 바위 위에 앉아 파란 하늘과 파란 바다가 만나는 수평선으로 서서히 멀어지는 페리 호를 지켜보며, 또 그런 생각을 하고 있었다. 고기잡이배가 아니라서 공짜로 얻어먹을 물고기가 없다는 것을 알아차리지 못한 갈매기들이 페리 호를 뒤쫓고 있었다. 아놀드는 밀물 때문에 축축해진 모래 바닥에 끔찍할 정도로 무거운 책가방을 떨어트렸다. 집으로 돌아갈 때 책가방을 양 어깨에 둘러메면 등이 축축하게 젖고 죽은 조개 냄새가 날 테지만 아놀드는 개의치 않았다. 담배에 불을 붙였다. 팰몰 담배를 입술에 이식이라도 한 것처럼 노련하고 태연하게 담배를 피우는 어부들을 따라하고 싶었으나 잘 되지 않았다. 아놀드는 한 모금 가볍게 빨아 조심조심 들이마셨다. 페리 호를 쳐다보던 아놀드는 머릿속이 중요한 생각들로 꽉 찼다. 그의 모든 행동은 상상 속에 있는 단 한 명의 관객을 위한 것이었다. 엄마인 셀리아를 포함해, 원치 않는 다른 실제 관객들이 주변에 있을 수 있다는 것을 알고 있었지만, 그런 것 역시 전혀 개의치 않았다.

아놀드는 사랑에 빠졌다. 이것 역시 다른 것들(포스트모던 인류학에 대해 아놀드의 신념이 점점 깊어져간다는 것 등)과 마찬가지로, 아버지와 셀리아가 이해하지 못하는 부분이었다.

그러나 삶이 예전과 달라졌다고 할지라도, 변하지 않는 것들도 있다는 사실을 알 만큼 아놀드는 똑똑했다. 아버지와 셀리아도 십대였을 때, 이런 문제를 놓고 가족들과 충돌했을 것이 틀림없었다. 어쩌면 아버지는 아닐지 모른다. 그러나 셀리아는 그러고도 남았다. 아놀드는 통금 시간이 지난 뒤에도 밖에 돌아다니고, 제멋대로 차를 빨리 몰고, 어울리면 안 되는 거친 남자애들과 한 술 내기에서 이기고, 그러고 나서 그들을 침대로 데리고 가는 셀리아를 머릿속에 그릴 수 있었다. 그 거친 녀석들 중에 한 명과 사랑에 빠졌을지도 모른다. 그 문제로 아버지와 대판 싸우고는 가출을 했을지도 모른다. 그때와 지금의 유일한 차이라면 아놀드가 사랑하는 상대를 엄마와 아빠가 반대하지 않는다는 것이다. 아니, 사실 그들은 아만다를 만나본 적이 없다. 아놀드도 만나본 적 없기는 마찬가지였다. 부모들이 문제 삼는 것은 아놀드가 아만다를 사랑하는 방식이었다. 그동안 세상은 변했지만 부모는 변하지 않았기에, 아놀드의 방식을 그들은 이해하지 못했다.

아놀드에게 사랑이란 이런 식이었다. 그는 닿을 수 없는 먼 거리에서 아만다가 애정 어린 마음으로 자신을 관찰하고 있다고 상상했다. 아만다는 어디에나 있는 동시에 어디에도 없었다. 아놀드가 여기 그의 해변에 앉아 담배를 피우거나, 샤워를 하면서 휘파람으로 노래를 부르거나 또는 강의실에서 진화심리학의 해악에 대한 수업을 들을 때, 아만다가 그를 지켜보는 것이다. 어디에 가든지 또는 무엇을 하든지, 아만다는 늘 그와 함께했다. 심지어 자는 동안에도 관찰되고 있다는 느낌 때문에 아놀드는 항상 들떠 있었다.

아놀드는 쉬려고 하지도 않았다. 십대만이 할 수 있는 방식으로 그는 사랑에서 오는 흥분을 만끽했다. 아만다를 찬양하며 몇 장에 걸쳐 시를 쓰고, 매일 아만다의 휴대전화에 수백 통의 문자를 보냈다(아만다는 한 번도 답장을 보내지 않았는데, 참으로 고마운 일이었다. 실제로 그녀와 직접 대화를 시작하게 되면 모든 것을 망칠 테니까 말이다. 아놀드와 아놀드의 다른 친구들 모두 직관적으로 이를 이해했다). 아놀드는 칫솔질을 하면서도 자신이 아만다에게 어떻게 보일지를 생각하지 않은 적이 없었다. 자세는 맘에 들지, 위아래로 닦는 것보다 굴려 닦는 것을 더 좋아할지, 어금니까지 닦기 위해 얼굴을 일그러트리는 것은 어떨지에 대해 생각했다. 아만다가 좋아할 만한 가벼운 동작으로 다 피운 담배꽁초를 튕길 준비를 하는데, 셀리아가 절벽 꼭대기에 나타났다. 바지 끝을 넓은 폭으로 접어 올린 셀리아는 한 손에 조개를 캘 때 쓸 연장을 들고 있었다.

"제길." 아놀드는 작은 목소리로 말했다. 그는 서둘러 담배를 처리했다. 튕기려했으나, 떨어트린 것에 가까웠다. 꽁초는 부츠에서 채 한 뼘도 안 되는 곳에 어설프게 떨어졌다. 아만다에게 그리 깊은 인상을 주진 못했을 터였다.

"이제는 담배까지 피우니?" 셀리아가 맨발로 아놀드에게 다가오며 말했다. 모래밭에 찍힌 발자국에 바닷물이 차올랐다. "너, 불난 집에 아주 기름을 붓는구나!'"

아놀드는 아무 말도 하지 않았다. 엄마가 기분이 언짢을 때는 혀를 놀리지 않고 상황이 끝나기만을 기다리는 것이 상책이었다. 엄마는 아놀드가 속한 여러 동아리에 대해 이야기할지 모른다. 그러나 어떠한 경우라도 설명하려 하거나 논쟁을 하면 안 되었다. 더 호된 꾸중을 들을 뿐일 테니까.

셀리아는 갈퀴와 삽이 든 양동이를 아들에게 건넸다. 계속 이야기하면서 무릎 위까지 바지 끝을 걷어 올렸다. "걱정

마. 신경 안 쓰니까. 결국 난 어쩌다 네 엄마가 된 멍청한 늙은이일 뿐이니까. 피우고 싶으면 피워. 파이프를 피우든, 담배를 피우든, 갈은 바나나 껍질을 피우든, 네 맘대로 해." 바지를 다 걷어 올린 셀리아가 두 손을 내밀자, 아놀드는 한마디 말도 없이 연장을 도로 건넸다. "입대하고 싶으면 집 나가서 군대에 가든지." 셀리아는 계속 이야기했다. "전쟁터로 가. 가서 포스트모던 인류학의 영광을 위해 총알받이가 되든지, 숟가락 하나로 진화심리학군 소대를 전부 죽이든지, 네 맘대로 해."

아놀드는 용기를 내어 엄마에게 뚱한 표정을 지어 보였다. 자신의 입장을 거리낌 없이 말하고, 스스로를 변호하고, 독립을 강하게 주장하기를 아만다가 원할 거라는 것을 그는 알았다. 그러나 아놀드는 몰래 담배를 피운다든가 하는 간접적인 방식으로 저항할 뿐이었다. 게다가 엄마는 그저 떠본 것뿐이지만 항상 모든 걸 알고 있는 듯했다. 아놀드는 전부터 신문에서 전쟁 소식을 읽고 있었다. 진화심리학 군대가 뉴기니와 호주의 대부분 지역을 어떻게 점령했는지를 신문에서 읽었다. 두려움과 열정이 뒤섞인 호기심을 가지고, 포모 당의 일원으로서(비록 청소년 당원이지만), 이렇게 중요한 시점에 자신의 신념을 옹호할 의무가 있다고 전부터 생각해왔다.

게다가 진화심리학군의 전선을 뚫는 자신의 영웅적인 모습을 아만다가 본다고 생각하면 사타구니가 간질거렸다.

그런데 도대체 엄마는 어떻게 이런 걸 아는 거지? 생각만 했지 입 밖에 낸 적 없는데.

두 사람 모두 잠시 동안 아무 말도 하지 않았다. 얼마 후, 셀리아의 눈빛이 다소 누그러들었다. 셀리아는 아들에게 삽을 건네며 말했다. "얘! 조개 숨구멍 찾는 것 좀 도와줘."

아놀드는 머뭇거렸다. 셀리아와 정면으로 맞붙는 것을 두려워한다고 해서 그가 휴전을 받아들인다는 뜻은 아니었다. 엄마와 함께 마지막으로 조개를 캐던 때가 까마득한 옛날 같았다. 더 어렸을 때, 뭍에 있는 학교에 다니기 전에는 거의 매일 둘이 같이 조개를 캐러 다녔다. 한때는 아놀드가 좋아하던 일이었다. 엄마와 합심해서 조개를 캐면서 숭배의 대상 그 이상으로 쓸모 있는 존재가 돼, 조개가 담긴 큰 양동이를 두 손으로 들고 혼자서 끙끙거리며 집에 돌아오곤 했다. 아버지는 항상 스토브에 주전자를 올려놓고 모자를 기다렸다. 물이 끓으면 주전자 뚜껑이 들썩였다. 식탁에 둘러앉아 하하 호호 웃으며 손가락에 버터와 바다 소금을 잔뜩 묻힌 채 손수

힘들게 구한 음식을 먹는 것은 어린 아놀드에게도 깊은 만족감을 주었다.

그러나 아놀드는 더 이상 어린아이가 아니었다. 게다가 요즈음, 저녁 식사는 즐거움이라고는 찾아볼 수 없는 그저 조용한 일과일 때가 더 많았다. 아놀드는 몸을 돌려 모래밭에 놓인 책가방을 들어 올림으로써 셀리아가 내민 삽을 거부했다.

셀리아는 어깨를 으쓱했다. "맘대로 해." 엄마의 말투는 지나치게 냉담하게 느껴졌다. 엄마에게 상처를 줄 생각이긴 했지만, 막상 의도대로 되자 아놀드는 당혹감에 움찔했다.

※

제 방에 들어온 아놀드는 벽에 걸린 아만다의 사진 아래 선반에 놓인 초 두 개에 불을 붙였다. 그는 침대에 앉아 십대들의 필수품인 휴대전화를 확인했다. 셀리아가 반대했지만 아버지가 사도 좋다고 허락한 거였다. 새 문자메시지가 253통이나 와 있었다. 모두 뭍에 사는 여고 2학년생 리사 비어드가 보낸 것이다. 아놀드에게 사랑이란 이런 것이었다. 상당수 또래들처럼, 그의 애정을 갈구하지만 정작 아놀드는 잘 알지도 못하고 문자에 답장도 하지 않는 상대가 그에게도 있었다. 아놀드는 문자를 읽지도 않고 모두 지워버린 뒤 아만다에게 보낼 문자를 입력했다.

나의 여신, 아만다. 내 말문을 열어줘. 그러면 내 입이 너를 끝없이 찬양할 거야.

영원한 사랑을 보내며.

아놀드는 메시지를 보냈다. 옆에 휴대전화를 내려놓은 뒤, 두툼한 이불 위에 부츠를 신은 발을 올린 채 침대 머리에 등을 기대고 앉아, 잠시 생각에 잠겼다. 다시 전화기를 들어 문자를 입력했다.

나의 여신, 아만다. 상황이 좋지 않아. 너의 도움이 필요해. 여긴 더 이상 내가 있을 곳이 아니야. 내가 가야 할 더 넓은 세상이 있어. 나한테 바라는 것이 있다는 걸 알아. 포스트모던 인류학은 삶에서 무엇을 할지, 어떤 부류의 사람이 될지는 모두 우리에게 달렸다고 가르치지. 하지만 나는 내가 준비가 됐는지 모르겠어.

영원한 사랑을 보내며.

아놀드는 문자메시지를 보내고 나서, 책가방을 뒤져 '제도적 자아'라는 교과서의 복사본을 꺼냈다. 오스왈트 선생이 읽으라고 숙제를 내준 부분까지 재빨리 넘겨보았다. 그러나 몇 단락도 채 읽지 못하고 주의가 산만해지더니 어느새 아만다에 대한 생각에 빠져들었다. 아만다에게 또 다시 간단하고 진지한 메시지를 보낸 뒤 다시 책을 들었으나, 항상 보기 위해 침대 맞은편 벽에 걸어둔 아만다의 사진에 두 눈이 저절로 돌아갔다. 여학교의 졸업앨범에서 확대한 복사본이었다. 물결치듯 곱슬거리는 금발머리 몇 가닥이 이마를 덮으면서 두 눈을 살짝 가리고 있었고, 아놀드의 해변에서 보는 바다색처럼 파란 눈동자가 흔들리는 촛불에 깜빡였다. 아만다의 흔들리지 않는 두 눈이 자비롭게 아놀드를 내려다보았다. 아놀드는 서서히 그러나 강렬하게 온 몸이 뜨거워지는 것이 느껴졌다. 숨이 가빠질 만큼 여전히 신선한 느낌이었다. 아놀드는 자신이 알고 있는 유일한 방식으로 욕구를 해소할 수밖에 없었다. 그는 들키지 않으려고 서둘렀다. 티슈를 몇 장 뽑아서 닦아낸 뒤, 책상 아래에 있는 휴지통 맨 밑바닥에 쑤셔 넣었다. 아만다에게 메시지를 한 통 더 보내고 나서 다시 교과서로 눈길을 돌렸다. 간신히 20쪽을 읽었을 즈음, 아버지가 조용히 방문을 두 번 두드렸다.

"들어오세요." 아놀드가 말했다.

"저녁 먹으렴." 아버지가 방문을 열며 말했다.

아놀드는 책에서 시선을 떼지 않은 채 대답했다. "알았어요. 금방 내려갈게요."

아버지는 문 앞에 계속 서 있었다. "애야, 너 신발 신고 침대에 누운 거 보면 엄마가 엄청 화낸다는 거 알잖니."

아놀드는 여전히 책에서 눈을 떼지 않은 채, 두 발을 홱 들어서 침대 밖 허공에 거북스럽게 걸쳐놓았다.

"노력은 가상하구나." 아버지가 말했다. "내 말은, 엄마를 언짢게 하는 일만 골라서 하지 말라는 거야."

이번에는 아놀드가 고개를 들어 아버지를 쳐다보았다. "아빠, 저는 포스트모던 인류학 신봉자예요. 저는 일부러 뭘 하지 않아요. 선택된 운명대로 갈 뿐이죠."

"알겠다." 아버지는 사람 좋은 미소를 억지로 참으며 말했다. "그래도 다시 한 번 신발 신고 침대에 올라갔다가 들키는 날엔, 네 엄마 손에 혼쭐날 운명이라는 거 잊지 마라."

'일촉즉발'의 태평양 전역
오하우 섬과 카우아이 섬에 있는 포모군 해병대원들 '알라모'
방어 준비 중

카우아이 섬에서 포스트모던 인류학 해병 원정대 제3여단과 함께(AP)—하와이 군도 최서단부에 위치한 카우아이 섬에 있는 포모군 해병대는 수요일 진화심리학군의 공격에 대비해 방어전술을 펼쳤다. 대전차 장애물을 설치하고, 해변이 내려다보이는 언덕에 사격 진지를 세우고, 대포 포좌를 강화했다. 한편 뉴기니에서 패배한 후 배를 타고 후퇴한 포모군이 화요일 늦게 도착했다. "물론 필연적인 것은 아무것도 없습니다." 해병원정대 제3여단의 사령관인 프란시스코 가르시아 대령이 말했다. "알다시피, 여러 관점으로 상황을 볼 수 있지만 앞으로 몇 주 안에 대대적인 공격이 임박한 것은 틀림없어 보입니다. 그리고 호주와 뉴기니에서 부대가 도착하고 있지만 우리는 병력 면에서 상당히 불리한 상황입니다."

✳

"여러분에게 읽어 오라고 숙제를 내준 부분에서 언급된 우리의 큰 딜레마 중 한 가지는 어떻게 하면 포스트모던 인류학 신봉자로서 우리가 가진 원칙과 안정적인 삶을 모두 유지할 것이냐 하는 것입니다." 오스왈트 선생이 학생들에게 말했다. "아니, 좀 더 극단적으로 표현해보자면, 우리가 살아가는 방식을 어떻게 존속할 것이냐 하는 겁니다. 누구 여기에 대한 생각을 말해볼 사람?"

남학생들 대부분이 창밖 야구장에서 풀을 뜯고 있는 수컷 큰사슴에 정신이 팔려 있었다. 교실 뒤쪽에 앉은 아놀드는 아만다가 자신이 손을 드는 것을 원할지 궁금했다.

"맥커친 군?" 오스왈트 선생이 일렬로 늘어선 책상들 사이를 느릿느릿 걸으며 말했다.

켈리 맥커친이 목을 가다듬었다. "질문을 제대로 이해하지 못했습니다."

오스왈트 선생이 흘러내린 안경을 한 손가락으로 밀어 올렸다. "책은 읽었습니까?"

"거의 다 읽었습니다."

"거의 다 읽었다!" 오스왈트 선생이 켈리의 말을 반복했다. "그 말은 몇 쪽은 건너뛰었다는 뜻이군요." 오스왈트 선생은 교실 앞으로 돌아가 자신의 책상에 몸을 기댔다. "여기서 내가 한 얘기의 핵심을 아는 사람?" 그가 물었다.

아놀드가 대답했다. "어떤 패러다임이 다른 패러다임보다 우월하지 않다는 우리의 믿음을 말씀하신 거죠."

"맞았어!" 오스왈트 선생이 말했다. "누구나 읽을 수 있는 헌법에 나와 있지. '서로 다른 이론들은 서로 다른 관점을 제시하고 따라서 모두 똑같이 유효하기 때문에, 의회는 인식론과 관련해 법을 제정해서는 안 된다.'라고. 그렇기 때문에……."

아놀드가 주저하며 말했다. "그걸 어떻게 표현해야 할지 정확히 모르겠습니다."

"아주 간단히 표현할 수 있어요." 오스왈트 선생이 말했다. "그리고 진화심리학 신봉자들과의 전쟁은 우리가 수호하려고 싸우는 바로 그 원칙들에 위배된다고 말할 수 있죠. 어쨌든, 진화심리학도 우리의 헌법이 보호하는 또 하나의 패러다임이니까요."

이 말에 교실에 있던 남학생 스무 명이 일제히 아우성쳤다.

"그렇지만 그들은 악랄해요!"

"그들이 먼저 전쟁을 시작했어요!"

"진화심리학 신봉자들은 야만인이에요! 그들이 아는 것이라고는 폭력뿐이에요!"

오스왈트 선생은 두 손을 들어 아이들에게 조용히 하라는 신호를 보냈다. "제군들, 그렇게 흥분하기 전에 나 역시 여

러분과 같은 생각이라는 걸 알아주세요. 저들이 전쟁을 일으
킨 게 맞아요. 저들이 야만적인 것도 맞고요. 그것이 바로 우
리 사회처럼 진보하고 계몽된 사회에서조차도 가끔씩 원칙
들이 희생되어야 하는 이유죠. 위협에 대응하고 이겨내기 위
해서요."

수업 시간 내내 아무 말 없이 책상만 노려보고 있던 마이
크 라보토가 여전히 눈을 내리깐 채로 말했다. "그들을 증
오해요."

오스왈트 선생은 마이크에게 다가가 그의 어깨에 한 손을
올려놓았다. "그래, 그럴 만한 이유가 있지, 라보토 군. 그럴
만한 이유가."

창밖의 야구장에 있던 큰사슴이 고개를 들자, 약 2미터 너
비의 큰 뿔이 보였다. 뿔은 여러 개로 갈래갈래 갈라져서 개
수를 셀 수가 없었다. 여러 관절로 이루어진 긴 다리를 느릿
느릿 폈다 오므리면서 큰사슴은 홈팀 선수대기석으로 움직
였다.

"오늘은 여기까지예요." 오스왈트 선생이 말했다. 학생들
이 책상에서 일어나 책과 휴대전화를 챙겼다. "다음 주엔 26
장부터 30장까지 다룰 테니, 확실히 다 읽어 오도록 하세요.

그리고 이번 일요일 라보토 군의 형 폴을 추모하는 시가행진에서 만납시다. 주말 즐겁게 보내도록 하세요."

✳

아놀드는 셀리아에게 들키지 않기 위해 섬으로 가는 페리호 위에서 담배를 피웠다. 오후에는 정원 일을 하는 아버지를 도왔다. 함께 정원의 잡초를 뽑고, 샐러드용 오이와 당근을 땄다. 아놀드가 샐러드를 만드는 동안, 아버지는 줄무늬농어 토막을 그릴에 구웠다.

저녁 식사 시간, 식탁에 앉은 아놀드는 자기 접시 옆에 휴대전화를 두었다. 몇 분에 한 번씩 포크를 내려놓고 아만다에게 보낼 메시지를 입력했다.

"쟤는 저걸 가지고 통화는 한대요?" 셀리아가 물었다.

"거의 문자만 하지." 아놀드의 아버지가 말했다. "요즘 아이들은 다들 그렇더군."

나의 여신, 아만다! 아놀드는 문자를 입력했다. *나는 겁쟁이야.*

"그래요. 글쎄 요즘 애들은 어쩌된 게 저런 말도 안 되는 행동을 한다니까." 셀리아가 말했다. "세상에, 앞으로 짝짓기는 어찌할지 몰라."

"발달 단계 중 하나야, 셀리아. 연구보고서가 말해주잖아. 그 단계를 졸업하고 나면 아이들이 정상적인 관계를 맺게 된다고."

"그 부분은 당신이 전문가니까. 하지만 우리랑 식사를 하는 동안만이라도 발달은 그만하고 좀 쉴 수도 있잖아."

엄마한테도 맞서지 못하는데 어떻게 전쟁터에 갈 용기를 낼 수 있을까? 아놀드가 문자를 입력했다.

"저녁 식사 시간 동안 저것 좀 치웠으면 좋겠어." 셀리아가 말했다. "예의가 아니잖아."

"같은 공간에 있으면서 없는 사람인 것처럼 이야기하는 것도 예의는 아니지." 아놀드의 아버지가 말했다.

"당신은 늘 쟤 편이지."

아버지가 한숨을 쉬었다. "아놀드, 얘야, 전화기 치워라."

나는 아빠를 너무 많이 닮았어. 싸움을 일으키지 않는 데 만족하지. 아놀드가 문자를 입력했다. *너는 나를 창피해하겠지. 하지만 앞으로 나아질 거야.*

영원한 사랑을 보내며.

아놀드는 마지막으로 메시지를 보내고 휴대전화를 뒷주머니에 찔러 넣었다.

"일요일에 시가행진이 있어요." 아놀드는 포크로 생선 옆구리 살점을 떼내며 말했다. "마이크 라보토의 형을 추모하는 거예요."

"뉴기니에서 죽은 아이 말이냐?" 아버지가 물었다.

"네."

"끔찍한 전쟁이야." 셀리아가 말했다.

"원한다면 같이 가주마." 아버지가 말했다.

"그러면 난 집에서 애초에 우리가 왜 이 섬으로 이사를 왔는지에 대해서나 곰곰이 생각해볼게요." 셀리아가 말했다.

"네 맘대로 해, 셀리아!" 아놀드가 미처 손으로 입을 막기도 전에 말이 먼저 튀어나왔다.

한동안 충격으로 주위에는 침묵이 흘렀다. 아놀드의 아버지는 두 눈을 감은 뒤 한쪽 엄지와 검지로 두 눈을 문질렀다.

"좋아, 아놀드! 어디 해보자." 셀리아가 말했다. "너, 나한테 말한 게 얼마 만이냐!"

"엄마랑 싸우기 싫어요." 아놀드가 말했다.

"그렇겠지. 오히려 말없이 내 말을 거역했잖아. 마치 내가 재미로 네 인생을 비참하게 만드는 사람인 양 늘 뚱해 있었어. 그래, 이제 도전장을 내밀었으니, 무슨 얘기를 할래? 한번 들어보자."

"할 말 없어요. 죄송해요, 엄마."

"마음이 바뀌었어? 좋아. 네가 괜찮다면 나도 속 끓이면서 말 못했던 것을 털어놓아야겠다."

"셀리아……." 아놀드의 아버지가 말했다.

"아니. 이 이야기는 들어야 돼. 그리고 당신이 얘한테 그렇게 오냐오냐하지만 않았어도 지금 이렇게 안 해도 됐을 거야. 당신이 학교라는 사상 주입 기관에 가도록 했지."

"또래 애들이랑 어울릴 필요가 있었어." 아놀드의 아버지가 말했다.

"저 전화기도 당신이 사줬잖아. 그러니까 이번엔 당신 좀 빠져 있어도 되잖아."

아버지는 접시 위에 냅킨을 내던진 뒤 가슴께에 팔짱을 끼고 아무 말도 하지 않았다.

셀리아는 다시 아놀드에게 관심을 돌렸다. "아무래도 너한테는 균형 잡힌 시각이 필요할 것 같아. 이런 거야. 네가 지금껏 아는 세상은 단 하나뿐이지. 네가 태어난 세상 말이야. 하지만 네 아빠랑 나는 지금까지 살면서 완전히 다른 세 가지 세상을 겪어왔어. 새로운 세상은 이전 세상보다 매번 형편없었어. 그래서 포스트모던 인류학이라는 말도 안 되는 패러다임의 세상이 시작되었을 때, 우리는……." 다시 셀리아는 아놀드의 아버지를 날카롭게 째려보았다. "우리는 더 이상 그런 세상에 속하고 싶지 않다고 생각했어."

하지만 난 엄마가 아니에요. 아놀드는 속으로 그렇게 생각했지만, 입 밖에 내지 않았다.

"내 말은, 아들아, 왜 나라고 이웃을 사귀고 싶지 않겠니? 가끔은 매니큐어도 칠하고 싶고, 전기 들어오는 집에서도 살고 싶어. 너, 엄마가 그럴 거라고 생각해봤어? 하지만 그 정신 나간 포스트모던 인류학 신봉자들 사이에서 살려면 그 사람들이 자기 자식들을 살육장에 보내는 것을 지켜봐야 하니까, 그만한 가치가 없다고 생각하니까 안 하는 거야."

아놀드는 고개를 숙인 채 생선을 쳐다보았다. 살점을 떼낸 부위를 덮은 기름진 껍질을 유심히 보았다.

"너는 나를 재수 없다고 생각하지." 셀리아가 말했다. "그래도 나는 살 수 있어. 그런 건 사실 큰일도 아니지. 너는 열여섯이니까, 당연히 나는 너를 전혀 이해하지 못하는 늙은 년이겠지. 좋아. 내가 너한테 부탁하는 건 내가 너한테 심하게 하는 게 그걸 좋아해서가 아니라, 사람들 의견과 달리, 네가 세상 만물의 모든 이치를 알려면 앞으로 몇 년은 더 있어야 하기 때문일 수 있다는 것을 생각해달라는 거야."

아놀드는 접시를 슬쩍 밀었다.

"그리고 내가 너를 사랑하기 때문이라는 것도." 셀리아가 말했다.

"저 이제 그만 일어나도 돼요?" 아놀드가 물었다.

"아놀드, 얘기를 마무리해야지." 아버지가 그렇게 말했지만, 셀리아는 손사래를 쳤다. 아놀드는 일어나 자기 방이 있는 위층으로 올라갔다. 방에 들어가 방문을 쾅 닫으면서 뒷주머니에 있는 전화기를 휙 낚아챘다.

나의 여신, 아만다! 아놀드는 문자를 입력했다. 처음으로 엄마가 안됐다는 생각을 했어. 엄마는 평생 단 한 번도 어떤 것을 믿어본 적이 없는 것 같아.

멜버른에서 자살 테러
포모 게릴라군이 하버 스테디움에서 폭탄 테러

진화심리학군에게 점령당한 멜버른(AP)─포모 저항군은 토요일 멜버른에서 사전에 계획된 일련의 자살 폭탄 테러를 자행했다. 이에 진화심리학군의 기습부대 대원 75명이 사망한 것으로 추정되며, 하와이 공격을 앞두고 병사들이 수송선에 탑승하는 부대 집합지가 파괴되었다. 이번 폭발로 무려 열두 명의 시민이 목숨을 잃었다.

"우리 병사들을 잃고, 하와이 침공 계획이 약간 지연되어 유감스럽지만, 그들의 본성에 따라 계속 싸운 것에 대해 적군의 반란군에게 박수를 보내는 바이다."라고 진화심리학군의 응 우엔 둥 수상이 성명을 발표했다.

일요일은 4월 중순치고 따뜻했다. 햇살이 가득해서 시가 행진하기에는 더없이 좋은 날이었다. 페리 호를 타고 뭍으로 간 아놀드와 아버지는 시내에 도착해 군중들 틈에 끼였다. 중앙 광장 양편으로 열 줄과 열두 줄로 줄을 선 사람들은 행진이 시작하기를 기다리며, 더 잘 보이는 자리를 차지하려고 자리다툼을 하고 있었다. 아버지 어깨에 올라탄 어린아이들은 일반 군중들보다 더 높은 곳에서 주먹 쥔 조그만 손에 작은 깃발을 꼭 쥐고 있었다. 별다른 지시 없이도 사람들은 노인들과 장애인들이 잔디밭 의자에 앉을 수 있도록 도로 가장

자리에 여유 공간을 마련했다.

시가행진은 정확히 10시에 시작됐다. 아놀드는 중앙 광장 서쪽 끝에 서 있었기 때문에, 직접 보기도 전에 소리부터 듣고 행진이 시작되었음을 알았다. 확성기에서 터져 나오는 요란한 노랫소리가 천천히 다가오는 게 들렸다. 노랫소리가 점점 가까워지자, 그는 그 노래가 조국 찬가인 '자랑스러운 포모인'임을 알 수 있었다. 아놀드가 아직 홈스쿨링을 하던 시기에 한창 진행됐던 전쟁 당시 상당히 인기를 누린 곡이었다. 노래는 댄스곡으로 편곡되어 연주되었고, 여섯 살에서 열 살까지의 여자아이들로 구성된 무용단이 반짝이를 단 보라색 타이즈와 탭댄스용 구두를 신고, 베이스의 첫 번째 음에 맞춰 엉성하게 춤을 추었다. 그 뒤로 무장한 병력수송차 한 대와 위장한 트럭이 끄는 대포 두 대, 그리고 군복 입은 병사들의 엄숙하지만 잘생긴 모습을 옆면에 실크스크린으로 찍어놓은 견인차가 뒤따랐다. 견인차에는 '자랑스러운 소수정예'라는 글귀가 적혀 있었다.

사람들은 차량이 그들 앞을 천천히 지나갈 때 박수를 쳤다. 시가행진은 20분 넘게 진행되었다. 소방차가 등을 깜빡이고 경적을 빵빵 울렸다. 고적대가 행진했고, 참전용사 몇몇은 이제는 몸에 잘 안 맞는 군복을 입고 다리를 절뚝거리며 그 뒤를 쫓았다. 차량 행렬의 운전수들은 우스꽝스러운 장면을 연출했다. 운전수들은 무릎이 거의 귀까지 올라오도록 다리를 접고 앉아, 몸집보다 작은 소형차를 몰았다. 행렬의 맨 마지막 차량은 컨버터블 자동차로, 마이크 라보토와 그의 부모님 내외가 타고 있었다. 그들은 환호하는 군중들에게 맥없이 형식적으로 손을 흔들었다. 광장 중앙에 있는 이 마을을 상징하는 '자유의지' 나무 그늘 아래, 이동식 무대가 설치되었다. 이 나무는 예전에 묘목으로 다른 곳에 심었다가 비버의 습격을 받아 지금의 장소로 옮긴 오래된 위풍당당한 느릅나무였다. 컨버터블은 나무 앞에서 멈춰 섰다. 라보토 가족이 무대로 올라가는 계단에 올라서자 해병대 군복을 입은 키가 크고 머리가 희끗희끗한 남자와 시장이 그들에게 인사를 건넸다.

　가족들이 무대 위 의자에 앉자, 시장은 무대 중앙의 연단에 다가가 마이크에 대고 말했다. "오늘 와주신 모든 분들께 감사의 말씀을 드립니다." 확성기를 통해 흘러나온 목소리가 광장 주변을 둘러싼 건물들의 벽돌 벽에 부딪쳐 메아리쳤다. "우리는 순국한 젊은 영웅 폴 라보토 상병과 그의 가족들에게 경의를 표하기 위해 이곳에 모였습니다. 우리는 폴이 똑똑하고 정직한 젊은이이며 포스트모던 인류학 당의 열렬한 당원임을 알고 있었습니다. 폴을 알았기에 우리 삶은 더욱 밝아지고 풍성해졌고, 특히 지금처럼 폴 라보토와 같은 또 다른 젊은이들이 절실히 필요한 이 시점에 그를 잃었기에 그 슬픔은 이루 말할 수가 없습니다."

바로 몇 분 전만 해도 활기에 차 있던 군중들이 시장의 추도 연설문에 엄숙해졌다.

"많은 분들이 아시다시피, 뉴기니에서 폴은 퇴각을 거부하고 진화심리학군에게 땅을 조금이라도 넘겨주느니 피할 수 없는 죽음을 맞이하기로 한 해병들 중 한 명이었습니다. 사랑하는 사람들과 떨어졌지만 포스트모던 인류학에 대한 그의 신념과 우리가 하는 투쟁의 명분에서 위안을 얻으며, 그는 멀리 이국땅에서 죽음을 맞았습니다. 용기와 이타심에서 나온 그의 행동에 고개가 절로 숙여집니다. 우리가 한 그 어떤 것도 자유의지를 위해 한 몸 바친 폴의 희생에 견줄 수 없겠지만, 그래도 우리는 그의 희생을 찬양하고 기억하며 다른 젊은이들이 그를 본받도록 격려하기 위해 우리가 할 수 있는 일을 해야 합니다. 이에 저는 오늘 4월 16일을 폴 라보토 상병의 날로 선포하는 바입니다. 매해 이 날을 기념하면서, 우리는 이 용감한 젊은이를 떠올릴 것이며, 그렇게 함으로써 그의 이름과 그의 영웅담은 후대에 길이길이 기억될 것입니다."

모인 사람들이 일제히 환희의 박수를 보냈다. 깃발이 흔들렸다. 아놀드 옆에 선 두 살 정도의 어린 남자애가 시끄럽게 울어대기 시작했는데, 그의 울음소리는 군중들의 함성소리에 묻히고 말았다.

시장이 조용히 해달라는 몸짓으로 두 손을 들었다. "감사합니다. 감사합니다. 자, 자! 이제 대령님이 한 말씀 덧붙이실 겁니다. 신사, 숙녀 여러분, 진 레드먼드 대령입니다!"

군복을 입은 남자가 또 한 번 우레와 같은 박수로 환영을 받으며 연단에 올라섰다. 그는 희끗희끗한 반백의 짧은 머리를 한 손으로 쭉 훑었다. "이야기가 길면 지루해하실 것 같군요." 대령은 어깨 너머로 자리에 앉은 시장에게 미소를 지어 보였다. "짧게 하겠습니다. 이 점을 말씀드리고 싶습니다. 여기 젊은 마이크 라보토는 우리 군에 신체 건강한 젊은이들이 꼭 필요하다는 걸 깨닫고 마지막 남은 고등학교 생활 1년을 포기하고 해병에 입대했습니다. 마이크의 부모님은 이미 수없는 상실감을 겪었음에도, 아들의 군 입대를 허락했습니다. 이 문제에 있어서 그들에게 선택권이 있었던 건 아닙니다. 뭐

랄까, 이건 요점을 벗어난 얘기군요. 여러분, 라보토 가족은 우리 공동체의 진정한 기둥입니다. 길을 걷다가도 걸음을 멈추고 저들에게 고맙다고 말씀하십시오. 저들에게 무료로 오일을 교환해주고 위성 텔레비전 서비스를 제공하십시오. 집을 방문해 장을 대신 봐주거나 애완견을 산책시켜주십시오. 그보다 더 좋은 것은, 저들의 선례를 따라 여러분 자신의 희생을 마다하지 않는 겁니다. 감사합니다."

군중들이 또 다시 박수를 보냈다. 이번에는 전보다 약간 잔잔했으나 여전히 강력하고 지속적이었다. 아놀드가 처음에 대령의 연설을 듣고 받은 충격은 이미 마음 깊은 곳에서 타오르는 질투심으로 바뀌어 있었다. 그는 다른 사람들을 따라 멍하니 박수를 치면서, 마이크 라보토를 잠깐이라도 보려고 발끝을 세웠다. 하지만 그는 연단에 가려 거의 보이지 않았다. 보이는 것이라고는 대령의 큰 손을 잡고 오랫동안 위아래로 세차게 움직이며 따뜻한 악수를 하는 마이크의 손이었다.

진화심리학군 함대, 하와이의 방어시설을 폭격하다
침공 '임박해'

카우아이 섬에서 포스트모던 인류학군 해병원정대 제3여단과 함께(AP)―일요일 이른 아침 시간, 진화심리학군의 함대에서 발사한 포탄이 이곳 해병대 진지로 떨어졌다. 해병대의 예상에 따르면, 콘크리트 사격 진지, 대공 포열, 대포 포좌 등 해안선에 근접한 방어용 시설물들의 30퍼센트와 진화심리학군 소속 특공대들이 파괴되거나 쓸모없게 되었다고 한다. 게다가 날이 밝은 뒤, 해변에 설치한 대전차 장애물과 기타 방어용 장애물들이 폭파로 제거되었음이 밝혀졌다.

월요일, 오스왈트 선생의 교실에 들어서던 아놀드는 레드먼드 대령을 보기도 전에 그의 냄새부터 맡을 수 있었다. 창문이 열려 있었지만 교실 안의 공기는 시가 연기가 뒤섞인 세차용품 같은, 남성미가 물씬 풍기는 냄새로 가득했다. 대령이 문 뒤 구석에 등받이 없는 의자에 앉아 있었다. 아놀드는 교실 뒤쪽에 있는 자기 자리로 가면서(눈에 띄게 텅 빈 마이크 라보토의 책상을 지나치며), 그 냄새가 어디서 나는 것인지 궁금해했다. 의자에 앉으려고 몸을 돌릴 때에야 그는 대령이 있다는 것을 알아 차렸다.

"제군들!" 모두가 자리에 앉자 오스왈트 선생이 말했다. "여러분들 중에서 이번 주 읽기 숙제를 하지 않은 사람들에게 아주 좋은 소식이 있어요. 기간이 하루 더 연장되었어요. 여러분은 어제 시가행진에서 보았던 레드먼드 대령님을 기억하겠죠. 물론 데이비스 군과 맥커친 군을 제외하고요. 두 사람은 수업 끝나고 나 좀 봐요. 대령님께서 여러분과 이야기를 나눌 시간을 허락해달라고 제게 부탁하셔서, 오늘 수업 시간을 드리기로 했어요. 대령님께서 신병 모집의 필요성과 함께 포스트모던 인류학을 지키기 위해 여러분이 할 의무에 대해 이야기해주실 겁니다. 대령님?"

"내가 모든 걸 알고 있는 건 아니다." 대령은 의자에서 일어서서 군복 앞쪽의 주름을 펴며 말했다. 그가 활짝 웃자, 그 나이대 남자의 치아라고는 생각하기 어려울 정도로 하얗고 반듯한 치아가 드러났다. "제군들의 선생을 깎아내릴 생각은 없지만, 내가 만약 자유의지와 유전적 숙명론에 대해 이야기하기 시작한다면, 그리고 포스트모던 인류학이 진화심리학보다 모든 면에서 얼마나 뛰어난지 설명하기 시작한다면, 내장담컨대, 이 늙은 군인이 장광설을 모두 끝내고 떠날 때까지 제군들은 다른 곳을 바라보면서 백일몽을 꾸고 있을 게 뻔하다. 제군들은 그런 이야기를 여기서 매일 지겹도록 듣고 있지 않은가? 어떤가? 내 말이 맞나?"

대령은 더 활짝 웃었다. 그 웃음은 학생들이 이념적 설교 따위에는 관심이 없다는 것을 시인하도록 부추겼다. 아놀드와 켈리 맥커친을 제외한 다른 모든 학생들은 오스왈트 선생 쪽을 힐끔 쳐다보고 나서, 이윽고 천천히 조심스럽게 미소를 지어 보였다.

"따라서 오늘 내가 이야기하고 싶은 것은, 두 가지다. 우선 이야기할 것은 총이다. 제군들은 총을 좋아한다, 안 그런가?"

대령의 말에 그렇다고 수군거리는 소리가 교실 전체로 퍼져 나갔다.

"그렇다면 이걸 알려주지. 사격 솜씨로 치면 포모 해병대를 따라갈 군인이 없다." 대령은 짧게 자른 군인 머리를 아놀드가 전날 보았던 것과 똑같이 한 손으로 쓸었다. "아마도 제군들 중 몇몇은 12구경이나 계집애 똥구멍 같은 22구경을 들고 사냥을 해봤을 것이다. 심지어 총이라면 사족을 못 쓰는 꼰대가 주변에 있을 수도 있다. 어느 날 그 꼰대가 맥주 몇 병을 들이켜고는 혼잣말로 이렇게 말할지도 모른다. '사내 녀석이 참 빨리도 크네. 덩치에 맞게 구식 45구경을 쏘게 할 때인 것 같군.'이라고. 하지만 나는 기꺼이 내 퇴직금을 걸고 이야기하겠다. 제군들, 내 퇴직금은 상당한 액수다. 제군들 중에 M203 유탄발사기가 장착된 CAR-15 공격소총을 한 번이라도 봤거나 쏴본 사람 있나? 단 한 사람이라도 그런 사람이 있다면 말해라. 지금 당장 내 연금에서 수표를 끊어주겠다."

교실은 조용했다.

"그럴 줄 알았다." 대령은 말을 이어갔다. "M134 미니건은 어떤가? 1분당 약 6천 발을 쏘아대는 걸 말하는 거다. 단 한 발로 바퀴 18개짜리 트럭의 엔진 블록을 부술 수 있다. 제길! 아니면 AT4 대전차 로켓포는 어떤가? 방아쇠를 살짝만 당기면 진화심리학군의 탱크를 불타는 고철덩이로 만들 수 있다. 제군들 중 누구 하나라도 귀여운 우리 아가들의 발길질을 느껴본 사람 있는가? 내가 들을 수 있게 크고 선명하게 말해보라."

"없어요." 소년들이 한목소리로 대답했다.

"없습니다, 대령님!" 대령이 말했다.

"없습니다, 대령님!"

"그렇다면 앞으로는 느껴볼 수 있다." 대령이 말했다. 음모를 꾸미기라도 하듯 그의 목소리가 갑자기 낮아졌다. "제군들이 해병대에 입대하면 말이다."

대령은 자신이 한 말이 학생들 머리에 박힐 시간을 벌기 위해 몸을 돌려 오스왈트 선생의 책상으로 몇 걸음 걸어갔다.

"내가 두 번째로 이야기하고자 하는 것은……." 대령은 한 쪽 발뒤꿈치를 축으로 돌아 학생들 얼굴을 다시 쳐다보았다. "바로 돈이다. 현재 제군들이 사는 이 작은 마을은 살기 좋은 곳이다. 어제 이곳으로 오면서 보니, 물가에 멋진 장소들 몇 곳이 눈에 띄더군. 하지만 솔직히 이야기하기로 하자. 이곳에 사는 사람 중에 청어나 도다리를 잡아 큰돈을 버는 사람은 아무도 없다. 여러분이 이 학교를 졸업하고 바라볼 것도 그것 아닌가? 평생 배 멀미약을 털어 넣고 생선 비린내나 풀풀 풍기면서 살아갈 것이다. 그리고 마침내 제군들이 이 세상 하직할 때, 관을 살 현금이 있다면 그나마 운이 좋은 축에 낄 것이다. 제군들은 그런 삶을 기대하는가? 자, 어서 큰 소리로 말해보라!"

"아닙니다, 대령님!"

"게다가 그나마 이 마을에 있는 얼마 안 되는 돈도 자네들 돈이 아니다." 대령이 말했다. "여러분은 원하는 게 있으면 부모에게 사달라고 요청해야 한다. 내가 보기엔 그건 정말 개떡 같은 상황이다. 제군들같이 다 큰 어른이 원하는 것을 살 수 없다니 말이다."

대령우 오스왈트 선생의 책상에 몸을 기댔다. 음무를 꾸미

듯이 나지막한 목소리로 다시 한 번 이야기했다. "그러니 내 말 잘 들어라." 그가 말했다. "신병 모집 양식에 서명만 해도 해병대에서 2만 달러를 지급한다면 제군들은 어떡할 텐가? 나는 거짓말하지 않는다. 신병 모집소에 나타나 몇몇 양식에 서명하고 사진만 몇 장 찍은 뒤 고개를 돌려 헛기침 몇 번 하면, 그 자리에서 즉시 2만 달러짜리 수표를 끊어줄 것이다. 오후에 그걸 가지고 은행에 가서 현금으로 바꾸면 된다. 앞으로 약 1분간 내 이야기를 곰곰이 생각해보기 바란다."

대령은 팔짱을 끼고 여전히 미소를 지은 채 학생들을 바라보았다.

"그 돈으로 무엇을 살 수 있을까 생각하는 중인가?"

"네, 대령님!"

"좋아. 천천히 생각해라. 남자에게 필요한 것은 수도 없이 많으니까."

아놀드는 대령의 언변에 혀를 내두르며, 오스왈트 선생의 책상 뒷벽에 걸린 시계를 바라보았다. 붉은색 초침이 느릿느릿 돌아가는 것을 지켜보았다.

"좋아." 대령은 손바닥을 맞부딪치면서 밝은 목소리로 말했다. "이제 마칠 시간이다, 제군들. 더 이상 여러분을 설득

할 필요는 없다. 알다시피 이런 이야기는 저절로 홍보가 되는 법이다. 이 마을의 신병 모집소가 어디 있는지 여러분이 잘 알고 있으리라 본다. 일주일 내내 문을 열어놓을 것이다. 이런 꼰대의 이야기에 귀 기울이고 맞장구쳐주어서 고맙다."

학생들은 오스왈트 선생을 쳐다보았다. 그가 고개를 끄덕이자, 자리에서 일어난 학생들은 일렬로 줄을 서서 교실을 빠져나가기 시작했다. 대령은 교실 앞에 서서 껄껄 웃기도 하고 학생들의 등을 치기도 했다. 그러나 아놀드가 슬쩍 빠져나가려고 하자 대령은 그의 어깨에 한 손을 얹고는 힘을 주어 어깨를 움켜쥐었다.

"이봐 젊은이!" 대령이 말했다. "아까 보니까 자네는 다른 친구들과 달리 큰 소리로 대답을 하지 않더군."

"그랬죠."

"그랬습니다, 대령님!"

"그랬습니다, 대령님!"

"내 이야기가 맘에 안 들었나?"

"아닙니다, 대령님! 그런 게 아니라, 다만……."

"젊은이, 뭐가 문제인지 알 것 같군." 대령이 말했다. "자네는 똑똑한 젊은이야. 총이니 돈이니 하는 낡은 얘기는 자네에게 씨알도 안 먹히지. 하지만 자네야말로 내가 붙잡고 싶은 젊은이네. 자네 같은 친구 한 명을 얻기 위해서라면 이 반 전체와 자네를 맞바꿀 수도 있지. 왜 그런지 아나?"

"모르겠습니다, 대령님!"

"자네는 우리가 싸우는 진짜 이유를 알기 때문이야. 자네는 우리의 명분에 관심이 있어." 대령은 말했다. "나 역시 그래. 오늘 자네가 여기서 본 것은 신병을 모집하기 위한 촌극에 불과하지. 선전용 전술인 셈이야. 내가 하는 거지만 나도 맘에 안 들어. 맘에 든 적이 한 번도 없었네. 하지만 전쟁터에는 지금 그 어느 때보다도 더 따뜻한 피가 흐르는 병사가 필요해. 이건 어디까지나 그걸 가능하게 하기 위한 방도일 뿐이라고. 내 말 이해하겠나?"

"그런 것 같습니다, 대령님!"

"그뿐만이 아니야. 우리는 자네 같은 젊은이가 필요해."

"저 같은 사람 말씀입니까, 대령님?"

"강한 신념을 가진 사람 말이야." 대령이 말했다. "어깨 위에 있는 머리를 쓸 수 있는 사람. 총과 돈에 눈이 먼 무리를 이끌 수 있는 사람."

대령은 군복 맨 위의 단추를 푼 뒤 안주머니에 손을 집어넣어 명함을 한 장 꺼냈다. "나를 생각해 받아주게." 그가 말했다. "생각해보고, 전화 줘. 같이 얘기해보자고."

"대령님, 그게 저는⋯⋯."

"명함을 가져가게, 젊은이. 며칠 지나면, 명함을 받은 걸 기뻐하게 될 테니까."

✳

셀리아와 아놀드는 지난번 말다툼 뒤로 몇 마디 이외에는 서로에게 전혀 다른 말을 하지 않았다. 하지만 화요일 아침, 셀리아는 학교에 가려고 집을 나서는 아놀드를 불러 세운 뒤 훈제 연어와 브리치즈, 스톤휘트 크래커 그리고 집에서 만든 푸딩을 싼 점심 도시락을 건넸다. 아놀드는 이것이 평화를 제의하거나 사과하기 위해서가 아니라 좀 더 차분하게 논쟁을 재개하려는 시도라는 것쯤은 알 정도로 엄마를 잘 알고 있었다.

"고마워요." 아놀드가 도시락을 받아 챙기며 말했다.

"얘! 오늘 밤 우리 둘이 자연 못에서 저녁을 먹으면 어떨까?"

"좋아요." 아놀드가 말했다. "아빠는요?"

"다 컸잖아. 식사 정도는 혼자 해결하실 수 있어."

자연 못은 섬의 북쪽 해안에 우묵한 큰 그릇처럼 푹 파인 화강암 지형이다. 만조 때면 그 안에 바닷물과 작은 물고기들이 가득 찬다. 그날 오후 해가 뭍으로 뉘엿뉘엿 물러나자, 아놀드와 셀리아는 자연 못까지 이어지는 돌무더기 해변을 따라 길을 나섰다. 무지갯빛 조개껍질 조각들이 발아래서 똑똑 부서지며 버스럭거렸다. 초저녁의 그림자가 겁 많은 붉은색 큰 게들과 불안정한 바닷물 속에서 이리저리 흔들리며 일렁거리는 해초 무리 위로 길게 드리워졌다. 두 사람은 자연 못이 내려다보이는 반반한 화강암에 담요를 깔고 셀리아가 가져온 바구니에서 저녁 식사거리를 꺼내놓았다.

아놀드는 엄마가 대화를 원한다는 것을 알았으나, 이야기를 이어갈 틈을 주지 않았다. 학교 생활에 대해 묻는 엄마에게 아놀드는 퉁명스럽게 단답형으로 대답한 뒤, 햇빛이 사라지면서 하늘과 바다 사이의 경계선도 함께 희미해지고 있는 수평선에 오랫동안 시선을 두었다. 저녁 식사를 모두 마쳤을 때, 셀리아는 이미 대화해보려는 노력 자체를 포기한 뒤였다. 그녀는 스스로 정한 하루 두 개비 중 두 번째 담배에 불을 붙인 뒤, 아들 옆에서 광활한 바다에서 밀려드는 흰 파도를 함께 바라보았다.

아놀드가 휴대전화를 꺼내 문자메시지를 입력했다.

나의 여신 아만다. 최근에 나는 내 오랜 버릇이 얼마나 아빠와 닮았는지를 의식하게 되었어. 거리에서 사람들에게 인사할 때도 그래. 밝지만 딱 부러지는 말투로 인사를 하지. 왜 그런지는 몰라도, 말할 때 거의 절반 정도로 짧게 발음해. 또는 나사를 구멍에 끼워 돌릴 때처럼 어떤 일에 집중할 때, 가끔 입을 쭉 내밀고 있어. 그것도 아빠랑 똑같아. 어떤 행동들은 보고 배운 것일 테지. 왠지는 잘 모르겠지만, 특히 입을 삐죽 내미는 것 같은 버릇은 틀림없이 유전인 것 같아.

영원한 사랑을 보내며.

셀리아는 선글라스를 머리 위로 밀어 올린 뒤 아들을 돌아보았다. "문자 보내는 거 딱 반만큼이라도 네가 나한테 이야기했으면 좋겠다." 셀리아가 말하자 입에서 담배연기가 새어 나왔다. "매 시간마다 문자질이니, 원. 그 여자애한테 도대체 뭐라고 써 보내는 거니?"

아놀드는 대답하지 않았다. 대신 그는 다른 문자메시지를 작성했다.

나의 아름다운 여신, 아만다. 어제까지만 해도 난 지금이

이곳을 떠나 해병에 입대할 때라고 확신했었어. 하지만 레드먼드 대령을 어제 만나고 나서부터, 나는 어떻게 해야 할지 모르게 됐어. 총에 대해 멍청이 같은 소리를 지껄이더군. 수업이 끝나고 나를 따로 불러내 이야기했어. 내가 그들이 정말 찾고 있는 그런 사람이라고 하더라. 대령이 한 말을 빌리자면, 그것도 또 다른 선전용 전술에 불과할지도 몰라. 그가 진실하든 아니든 신념이 있든 없든, 그건 중요한 게 아닌 것 같아. 진짜 중요한 건 내게 신념이 있냐는 거야. 그런데 나는 신념이 있어. 나는 그 어떤 것보다 현 상황이 옳다고 믿어. 단지 너…….

"내가 문잖아!" 메시지를 미처 다 입력하기도 전에 셀리아가 아놀드에게서 휴대전화를 낚아채며 말했다. 셀리아는 벌떡 일어서서 그에게서 몸을 돌렸다. 아놀드가 일어나 전화기를 되찾으려고 엄마에게 손을 뻗는 동안, 그녀는 키득거렸다.

"너 대체 이런 걸 어떻게 쓰니?" 셀리아가 말했다.

"엄마!" 아놀드가 말했다. "엄마, 돌려줘요."

"뭐가 그리 중요한지 한번 좀 봐야겠어." 셀리아는 몸을 틀어 아들의 손을 뿌리치며 말했다. "이걸로 올렸다 내렸다 하는 거지. 좋았어, 이제 뭔가 되네."

"엄마!" 아놀드가 말했다.

"오호!" 흥미로운 글귀를 보자 셀리아의 눈이 동그래졌다. "나의 여신, 아만다!" 셀리아는 기절초풍이라도 할 것처럼 이마에 손등을 대고서 나지막한 소리로 놀리듯 문자를 읽었다. "이런, 아들, 이거 너무 느끼하지 않니. 정말 느끼해."

"셀리아!" 아놀드가 소리를 질렀다. 휴대전화를 뺏으려는 노력은 이미 포기한 채 두 주먹을 불끈 쥐고 서 있었다. "제 기랄, 그거 돌려줘요!"

그러다 갑자기 셀리아가 웃음을 멈췄다. 아놀드의 말을 듣지 못한 것 같았다. 그녀는 이마에 얹었던 손을 툭 떨어트리고, 화면을 내려가며 읽고 또 읽었다. 아놀드는 씩씩거리며 기다렸다. 얼굴이 분노와 수치심으로 벌겋게 달아올랐다. 셀리아는 문자를 다 읽은 뒤 아들에게 전화기를 내밀었다. 아놀드는 꽉 쥐었던 주먹을 풀고 전화기를 받았다.

셀리아는 한마디 말도 없이 접시와 식사 도구 그리고 먹고 남은 음식을 주섬주섬 모으기 시작하더니, 바구니에 되는대로 물건들을 던져 넣었다. 담요를 집어 들고는 돌돌 말아서 다른 물건들 위에 집어던졌다. 그리고 바구니를 머리 위로 들어 올려 자연 못에 힘껏 내던졌다. 물을 첨벙 튀기며 떨어진 바구니는 수면에 부딪히면서 생긴 물결에 실려 잠시 위아래로 움직이더니, 이윽고 천천히 가라앉기 시작했다.

셀리아는 바구니가 가라앉는 것을 지켜보았다. "네가 모르는 걸 말해줄게." 그녀의 목소리는 밀려오는 큰 파도 소리에 묻혀 들릴락 말락했다. "오래전에 네 아빠한테는 아들이 하나 더 있었어. 네 이복형이지. 죽었어. 아버지의 첫 번째 부인도 함께 죽었지. 전에 내가 말했던 예전의 세상에서."

아놀드는 어떻게 반응해야 할지 몰랐다. 마치 작은 망치로 반복해서 톡톡 건드린 듯이, 두 눈 사이에 극미하지만 기묘한 느낌이 느껴지기 시작했다. 아놀드는 나중에서야 그것이 자신의 심장박동임을 깨달았다.

셀리아가 몸을 틀어 아놀드를 정면으로 바라보았다. "내가 이런 말까지 하게 만든 네가 싫다." 셀리아가 말했다. 아놀드는 '네가 싫다'는 말에 갑자기 자신이 실제보다 더 작게 느껴졌다. 불가능한 일이지만, 기억에도 없는 어린 아기처럼 자신이 작게 느껴졌다. 곧 눈물 때문에 두 눈이 따끔거렸다. "날 이렇게 히스테리나 부리는 머저리처럼 만든 네가 미워! 지금껏 살면서 이렇게 슬프거나 화가 난 적이 없었어. 그리고 지금 머릿속에 떠오르는 건 모두 뻔한 말뿐이야. 그러니까 본

250

론만 얘기하마. 너, 만약 해병대에 입대하면, 그 말도 안 되는 전쟁에 나가서 다시 한 번 네 아빠의 마음을 아프게 하면, 넌 내 아들이 아니야."

셀리아의 두 눈은 말라 있었다. 그녀는 아놀드에게 등을 돌린 뒤, 한 번도 뒤돌아보지 않고 왔던 길 그대로 바위 위를 걸어 돌아갔다. 엄마가 사라지는 것을 지켜보던 아놀드는 금방이라도 구역질이 나올 것처럼, 내장에서 목구멍까지 흐느낌이 울컥 치밀어 오르는 것을 느꼈다. 아만다가 창피해할 것이라는 생각에 참으려했으나, 순식간에 감정에 휩싸이고 말았다. 아놀드는 화강암 평판 끄트머리에 앉아 연못 위 허공에 두 다리를 내려놓고, 눈물을 흘리며 문자를 입력했다.

나의 여신, 아만다. 엄마가 뒈졌으면 좋겠어. 뒈졌으면, 뒈졌으면.

지방 청년 해병장교로 임관
린다 메릴 기자

버지니아 주 콴티코—바 하버 출신인 아놀드 안코스키(17세)가 목요일 콴티코의 포스트모던 인류학 해병 장교 양성 학교에서 42기생으로 장교양성교육을 모두 마쳤다. 안코스키는

소위로 임관되어, 샌디에이고에 주둔한 해병원정대 제7여단
에 배치될 예정이다. 제7여단은 현재 멕시코의 시에라 마드
레 산맥에서 치열한 전투를 벌이고 있으며, 안코스키는 소대
장으로 합류할 것이다.

to work the ground from which he had been taken.

After he drove the man out, he placed on the east side of
Garden of Eden cherubim and a flaming sword flashing
and forth to guard the way to the tree of life.

A dam lay with his wife Eve, and she
became pregnant and gave birth to
Cain. She said, 'With the help of the
LORD I have brought forth a man.'
2 Later she gave birth to his brother
Now Abel kept flocks, and Cain worked the soil.

the course of time Cain brought some of the fruits of the
s an offering to the LORD.
Abel brought fat portions from some of the firstborn of
ock. The LORD looked with favor on Abel and his
g,
on Cain and his offering he did not look with favor. So
was very angry, and his face was downcast.
en the LORD said to Cain, 'Why are you angry?
is your face downcast?
you do what is right, will you not be accepted? But if
o not do what is right, sin is crouching at your door; it
s to have you, but you must master it.'
w Cain said to his brother Abel, "Let's go out to the
And while they were in the field, Cain attacked his
r Abel and killed him.
en the LORD said to Cain, "Where is your brother
" "I don't know," he replied. "Am I my brother's
?"
e LORD said, "What have you done? Listen! Your
r's blood cries out to me from the ground.
w you are under a curse and driven from the ground,
opened its mouth to receive your brother's blood from
and.
en you work the ground, it will no longer yield its crops
. You will be a restless wanderer on the earth.'
in said to the LORD, 'My punishment is more than
bear,
day you are driving me from the land, and I will be
from your presence; I will be a restless wanderer on
th, and whoever finds me will kill me.'
t the LORD said to him, 'Not so ; if anyone kills
he will suffer vengeance seven times over.' Then the
D put a mark on Cain so that no one who found him
kill him.
Cain went out from the LORD's presence and lived
and of Nod, east of Eden.
n lay with his wife, and she became pregnant and gave
Enoch. Cain was then building a city, and he named

18 To Enoch was born Irad, and Irad was the
Mehujael, and Mehujael was the father of Methus
Methushael was the father of Lamech.
19 Lamech married two women, one named Adah
other Zillah.
20 Adah gave birth to Jabal; he was the father of t
live in tents and raise livestock.
21 His brother's name was Jubal; he was the fat
who play the harp and flute.
22 Zillah also had a son, Tubal-Cain, who forged
of tools out of bronze and iron. Tubal-Cain's si
Naamah.
23 Lamech said to his wives, 'Adah and Zillah, lis
wives of Lamech, hear my words. I have killed a
wounding me, a young man for injuring me.
24 If Cain is avenged seven times, then Lamech
seven times.'
25 Adam lay with his wife again, and she gave birth
and named him Seth, saying, 'God has granted m
child in place of Abel, since Cain killed him.'
26 Seth also had a son, and he named him Enosh.
time men began to call on the name of the LORD.

T his is the written account of Adam
When God created man, he mad
the likeness of God.
2 He created them male and fe
blessed them. And when they were
he called them 'man.'

3 When Adam had lived 130 years, he had a son in
likeness, in his own image; and he named him Seth.
4 After Seth was born, Adam lived 800 years
other sons and daughters.
5 Altogether, Adam lived 930 years, and then he di
6 When Seth had lived 105 years, he became the
Enosh.
7 And after he became the father of Enosh, Seth l
years and had other sons and daughters.
8 Altogether, Seth lived 912 years, and then he died.
9 When Enosh had lived 90 years, he became the
Kenan.
10 And after he became the father of Kenan, Eno
815 years and had other sons and daughters.
11 Altogether, Enosh lived 905 years, and then he di
12 When Kenan had lived 70 years, he became the
Mahalalel.
13 And after he became the father of Mahalalel, Ken
840 years and had other sons and daughters.
14 Altogether, Kenan lived 910 years, and then he di

살인자 우리 형

카인이 주님께 아뢰었다. "그 형벌은 제가 짊어지기에 너무
나 큽니다."

—창세기 4장 13절

수요일 저녁에 직장에서 집으로 돌아오는 길, 하이홉스 정신건강센터 밖에 구급차와 순찰차 등 응급차량 여러 대가 모인 것이 보인다. 깜빡이는 차량의 불빛들이 가을밤을 붉은색과 파란색으로 밝게 물들이고 있다. 길가를 따라서 그리고 병원 주차장에 이삼십 대가 아무렇게나 주차되어 있다. 순찰차 중 몇 대는 주 경찰관 소속 차량이다. 이것만 봐도, 뭔가 아주 안 좋은 일이 벌어진 게 틀림없다. 내가 사는 마을은 규모는 작지만 경찰 병력은 꽤 크다. 그래서 주 경찰관은 흔치 않은 경우에만, 현지 경찰이 처리하기에 벅찬 일이 벌어졌을 때에만 출동한다.

교통순경이 손전등을 흔들며 지나가라고 내게 신호를 보내는데, 구급차와 순찰차들 사이에 주차된 CNN 뉴스보도차량 세 대가 보인다. 모두 다른 주 번호판을 달았다. 현지 방송국 차량도 한 대 보인다.

나는 서둘러 집으로 향한다. 거리에 사람이 하나도 없기에 빨간불도 무시하고 달린다. 가는 길에 상점에 들러 담배와 오렌지 주스를 사려고 했지만 그만두기로 한다.

현관으로 들어서는데 거실에 있는 텔레비전에서 뉴스 속보가 들린다. 멜리사가 나를 기다리고 있다. 그녀는 식탁 앞에 앉아서 머그잔을 두 손으로 감싸고 있다. 머리를 뒤로 넘겨 하나로 느슨하게 묶은 상태다. 멜리사는 울고 있었다. 나를 바라보는 그녀의 표정이 묘하다. 언뜻 슬퍼 보이는데 그것 말고도 다른 것이 있는 듯싶다. 혐오감인가? 아니면 두려움? 알 순 없지만, 어쨌든 좋은 건 아니다.

무슨 일이야, 리사? 내가 묻는다. 어찌된 일인지 몰라도 나는 이미 알고 있다. 경찰차를 보는 순간 알았다. 대체 무슨 일이야?

멜리사가 내게 이야기하려고 한다. 하지만 쉽게 이야기를 꺼내지 못한다. 눈물을 펑펑 쏟다가 다시 뚝 그치고 눈물을 닦아내며 마음을 가다듬기를 반복한다. 말하다 말고 멈춰서는 아무 말 없이 몇 분 동안 머그잔을 내려다본다. 결국에는 모든 얘기를 털어놓는다. 나는 내 두 다리를 내려다본다. 아직 거기 있는지 확인하기 위해. 나는 멜리사와 나란히 식탁 앞에 앉는다. 그러지 않으면 금방이라도 부엌 바닥에 쓰러질 것 같다. 우리 둘은 잠시 동안 조용히 아무 말 않는다. 멜리사가 차를 홀짝인다. 내 얼굴에 뭔가 따뜻한 것이 흘러내려 턱에서 뚝 떨어지는 게 느껴진다. 내려다보니 식탁 위에 조그만 물방울이 보인다. 나 역시 울고 있음을 깨닫는다.

뒷마당에서 기자들이 웅성거린다.

시간이 얼마쯤 지났을까. 멜리사의 손을 잡으려고 손을 내밀었으나, 그녀는 내 손을 뿌리친다. 그녀를 올려다본다. 이제 그녀의 얼굴에 서린 표정이 무엇인지 정확히 알 수 있다. 그건 공포다.

✳

다음 날, 병가를 냈다. 곧 그러지 말걸 하는 후회가 든다. 전화벨이 쉴 새 없이 울리기 때문이다. 전국에서 수백 통의 전화가 걸려왔다. 심지어 영국이나 이탈리아같이 먼 곳에서도 전화가 걸려왔다. 그들은 내게 우리 형에 대해 묻고 싶어 했다. 나는 단순히 놀라거나 충격을 받은 정도가 아니라 망연자실해졌다. 그들이 묻는 몇몇 질문에 가슴은 타들어가고, 이마는 땀방울이 맺혀 서늘해졌다.

형이 하이홉스의 정신상담원들에게 무슨 원한을 품었나요? 그들이 내게 묻는다.

아뇨, 그런 거 없습니다. 내가 말한다.

형이 외래환자로 통원 치료를 받는 중이었다고 들었는데요. 그들이 이야기한다. 형이 왜 갑자기 그들을 공격했나요?

모르겠습니다. 내가 말한다. 형한테는 문제가 있어요. 항상 그랬죠.

살인 무기로 성모마리아 상을 사용한 데 어떤 의미가 있었을까요? 그들이 묻는다.

갑자기 화가 부글부글 끓어오른다. 아닐걸요. 나는 그렇게 말하고 싶다.

아마도 손에 제일 먼저 잡힌 게 그거 아니었을까요. 하지만 사실이 아님을 나는 안다. 멜리사는 내 옆에 오지도 않을 테지만 나는 그녀를 곁눈질로 힐끔거리면서, 오늘 아침에 조셉스 델리에서 어젯밤 사려던 오렌지 주스를 사면서 이웃사람들에게 들은 이야기들을 나지막히 들려준다. 나는 아주 차분히 말한다. 그걸 제가 어떻게 알겠습니까?

그리고 나서 아주 부드럽게 전화를 끊는다. 그러나 전화기를 내려놓자마자, 전화벨이 다시 울린다.

전화벨 소리 너머로 멜리사가 욕실에서 물을 트는 소리가 들린다. 오늘만도 세 번째 샤워다.

✳

살인 사건 이후 부모님은 집 밖에 나가지 않았다. 그렇게 2주가 지났다. 아버지는 완전히 두문불출했고, 연좌제(죄인의 죄를 가족이나 친지에게 함께 묻는 제도—옮긴이)의 희생양이 되지 않기로 결심한 어머니는 앞마당에 진을 친 기자들과 카메라맨들 앞을 단 한마디 말도 없이 지나다녔다. 어머니는 식료품 가게와 은행에 가고, 목요일 밤이면 크리비지 게임을 하러 갔다.

하지만 온 동네 사람들이 쑥덕거리기 시작했고, 머지않아 그들이 지껄인 말들이 신문에까지 났다. 이제 전국 방송 언론사들은 짐을 싸 들고 돌아갔으나, 살인 사건은 여전히 현지에서 대서특필감이었다. 신문의 1면은 온갖 소문과 비난으로 가득했다. 유신론, 비밀 숭배, 기독교에 대한 비난이 계속되었다. 어머니가 감당할 수 없었던 것은 바로 이런 것들이었다. 그래서 어머니는 외출을 그만두었고, 지금은 내가 장을 보고 심부름을 대신 하고 있다.

어머니의 요청으로, 오늘 케이블방송을 해약하고 신문 구독을 해지했다. 거리나 상점에서 나를 보는 사람들의 표정은 이제 노골적인 호기심에서 동정으로 변했다. 참 딱해. 사람들이 서로에게 말한다. 그런 집에서 자라야 했다니 얼마나 안됐어.

어느 날 저녁, 초등학교 때부터 친구인 마이크가 아내가 만든 고기 파이를 가지고 우리 집을 찾아왔다.

마이크. 내가 말한다. 사람들은 대체 왜 우리 부모님에 대해 그런 거짓말들을 하는 걸까?

모르겠어. 마이크는 고개를 저으며 말한다. 그들은 단지 그 일을 상식적으로 생각해보려는 거야, 알지? 그 일을 속 시원히 설명해줄 그런 이유를 찾는 거지. 사람들은 네 형이⋯⋯ 그런 사람이라는 걸 믿을 수가 없는 거야⋯⋯. 네 형이 어떻게⋯⋯ 음, 그런 일을 했는지 이해를 못해. 네 형한테 나쁜 일이 있지 않고서야 어떻게 그런 일을 저질렀겠어.

내가 눈치챈 것이 또 하나 있다. 나와 이야기하는 몇 안 되는 사람들은 뭔가 부적절한 말을 할까 봐 두려운 듯 단어를 선택하는 데 상당히 조심한다는 점이다. 어떻게 얘기해도 적절하지 않다는 사실을 그들은 모르는 것 같다.

마이크만은 다른 사람과 똑같이 굴지 않기를 바란다. 우리는 아주 오랜 친구 사이니까, 무엇이든 떠오르는 걸 거리낌 없이 말해도 괜찮은데. 그러나 그는 그러지 않는다.

마이크. 내가 말한다. 우리 형이 어떤지 알잖아. 항상 어땠는지 말이야.

그래. 마이크가 말한다. 그는 다시 고개를 젓는다. 내 말은, 왜냐고? 네 형은 어쩌다가 신에 대해 그런 생각들을 하게 되었을까? 어딘가에서 배웠을 거 아니야, 안 그래?

나는 파이를 집어 부엌 싱크대 위에 올려놓은 뒤 마이크에게 고맙다고 말한다. 그의 아내에게 고맙다는 말을 전해달라고도 한다. 나 대신 안아주라는 말까지 덧붙일까 하다가, 그러지 않는 편이 낫겠다고 생각한다.

✳

나는 멜리사를 참을성 있게 대하려고 노력 중이다. 아내에게 나와 떨어져 있는 시간을 주었다. 나는 소파에서 잠을 잔다. 낮에는 주로 집 밖 마당에서 보낸다. 가을에서 겨울로 접어들면서 날씨가 점점 추워지는데도 말이다.

우리는 한 달이나 잠자리를 하지 않았다. 며칠 전 일이다. 우리 둘은 이야기를 나누고 차를 마셨다. 멜리사는 내가 한 말에 미소까지 지어 보였다. 분위기가 좋았다. 그래서 나는 그녀의 입술에 가볍게 입맞춤을 시도했다. 그러나 입술을 떼었을 때 나는 그녀의 팔에 소름이 돋은 것을 보았다. 얼굴은 핏기가 가서 창백했다. 그 이후로 지금까지는 아내를 전혀 만지지 않고 있다.

아내는 악몽을 꾼다. 잠들지 못한 나는 뜬눈으로 소파에 누워 아내가 신음하며 훌쩍이는 소리를 듣는다. 침대로 가 머리를 쓰다듬어주고 부드러운 말로 안심시키고 싶다. 현실 세계로 데려온 아내가 눈을 떴을 때 그냥 나쁜 꿈이었을 뿐임을 알고 안도하는 표정을 보고 싶다. 나는 아무것도 할 수가 없다.

✳

일터로 돌아가고 싶지 않지만, 별 수 없지 않은가. 주임이 필요한 만큼 쉬라고 했지만(이런 일의 경우, 적절한 애도 기간이 얼마인지 아는 사람이 없는 것 같다), 청구서는 쌓여가고 멜리사는 여전히 나와 말을 섞지 않으니, 일터로 가는 수밖에.

나는 치넷 종이제품 공장에서 품질 관리를 담당하고 있다. 출근카드를 찍고 작업장으로 가서, 종이판이 컨베이어 벨트를 타고 이동하는 것을 지켜보다가 불량이 눈에 띄면 제품을 빼낸다. 네 시간 뒤, 호각이 울리면 점심 식사를 하러 간다. 선적 및 수취를 담당하는 마이크는 식당에서 나를 만난다. 우리 두 사람은 프레드 그리고 듀크와 같은 테이블에 앉는다. 나는 내가 직접 싸온 도시락 꾸러미를 뒤진다. 멜리사는 예전처럼 내 점심 도시락을 싸려고 침대에서 일어나지 않는다. 마이크와 프레드 그리고 듀크가 미식축구 얘기를 꺼낸다. 패트리어츠 팀은 이번 시즌에 좋은 성적을 거두지 못하고 있다. 듀크는 지난주 팩커스 팀과의 경기에 패트리어츠 팀에 내기를 걸어 50달러를 잃는 실수를 했다. 아내가 알면 자기를 가만두지 않을 거라고 듀크가 말한다. 이윽고 이야기 주제는 태평양에서 진행되고 있는 전쟁과 패배로 옮겨 간다. 전세가 불리한 것 같아. 그들이 말한다. 세 사람은 나를 대화에 끌어들이려고 노력 중이다. 내게 대놓고 질문을 한다. 내 생각을 이것저것 묻는다. 미식축구연명 AFC 소속팀 중 어떤

팀이 가장 강력한 것 같은지, 트렌트 잭슨이 진화심리학군과의 멕시코 전투에서 전선을 지킬 수 있을지를 묻는다. 하지만 올해 미식축구 경기를 빠짐없이 본 것도 아니고 게다가 전쟁은 내겐 플라톤만큼이나 먼 이야기라서, 나는 할 얘기가 그리 많지 않다.

내가 몇 마디 대답하자, 세 사람은 잠시 아무 말 없이 눈빛만 주고받는다. 그들은 내가 눈치채지 못했다고 생각한다.

점심 시간이 끝나고 주임이 나를 사무실로 부른다. 내게 의자에 앉으라고 한 후 나의 근황을 물으며 자신이 도울 일이 없는지 묻는다. 그는 좋은 사람이다. 이 공장에서는 밑바닥부터 시작해서 이 자리에까지 온 사람이라서, 공장 일이 어떤지 잘 알고 있으며 직원들에게 애정을 쏟는 편이다.

내 사무실 문은 항상 열려 있어요. 그가 말한다. 할 이야기가 있으면 언제든지 찾아오세요.

그러자 갑자기 목구멍이 조여오고 시야가 흐려진다. 모든 것을 털어놓고 싶어진다. 멜리사 이야기, 부모님 이야기 그리고 내가 얼마나 상황을 예전으로 되돌리고 싶은지 말하고 싶다. 그러나 나는 이를 악물고 터져 나오려는 말들을 눌러 아무 말도 하지 않는다. 자제력을 잃지 않는 것이 무엇보다 중요하기 때문이다. 상황을 정상적으로 돌려놓으려면 적어도 정상적인 모습을 유지해야 한다.

고맙습니다. 그에게 말한다. 그리고 두 뺨에 눈물이 흘러넘치기 전에 재빨리 사무실을 빠져나온다.

✳

요즘 처제 레이시가 자주 들락거린다. 부엌 식탁에 앉아 대화를 하고 담배를 피운다. 멜리사는 차를 마시고, 레이시는 우리한테 남은 인스턴트커피를 마신다. 그들은 목소리를 낮춰 이야기한다. 옆방에 있을 때도 그들이 무슨 이야기를 하는지 알아들을 수가 없다.

레이시가 와 있는 동안, 나는 돌아가신 할아버지가 오래전에 주신 검정과 빨강 체크무늬 양모 재킷을 입고 밖으로 나갈 채비를 한다. 밖으로 나와 목장갑을 양손에 끼고, 멜리사와 올해 함께 심고 가꾼 식물들을 작은 정원에서 뽑아내기 시작한다. 옥수수는 쉽게 빠진다. 내가 특히 관심을 쏟았지만 벌레가 들끓어서 실망이 이만저만이 아니었다. 줄기를 잡아당겨 뿌리에 붙은 흙을 털어낸 다음 옆으로 던져놓는다. 그러고 나서 정원에 방사형으로 뻗어나간 주키니(오이 비슷하게 생긴 서양 호박―옮긴이)로 자리를 옮긴다. 주키니는 수확이 좋았다. 올 여름, 퇴근해서 집에 돌아오면, 씻어서 물기를 닦은 주키니 두세 개가 매일 싱크대 위에 놓여 있었다. 게다가 크기도 컸다. 여름 내내, 멜리사는 속을 넣은 주키니와 주키니 빵 그리고 파르마산치즈를 뿌린 주키니를 만들었다. 우리는 저녁 식사를 하면서 사는 동안 다시는 주키니를 보고 싶지 않다는 농담을 했다. 그러나 어마어마하게 놀라운 속도로 계속 주키니 열매가 달렸다.

이제 서리 때문에 줄기는 바닥에 쓰러져 납작해지고, 죽은 잎은 짓물렀지만, 그래도 뿌리는 여전히 흙을 단단히 움켜쥐고 있다. 나는 모종삽으로 뿌리 주변의 흙을 빙 둘러 판 뒤, 흙을 움켜진 힘을 느슨하게 만들려고 줄기 아래쪽을 잡고 앞뒤로 흔든다. 별 성과가 없다. 그때 현관의 방충망이 쾅 닫히는 소리가 나서 올려다본다. 현관 앞에 처제 레이시가 서 있다. 외투를 입고 자동차 열쇠를 손에 들고 있다. 나를 쳐다본다.

이놈이 죽기 싫은가 봐. 처제가 계단을 내려와 내게 다가오자 내가 말한다.

그냥 놔두면 되잖아요. 그녀가 말한다.

지금 뽑지 않으면 봄에 완전히 난리가 나. 내가 말한다.

다시 땅을 파기 시작한다. 모종삽으로 흙을 떠낸다.

처제는 그렇게 거기 서서 아무 말 없이 땅을 파는 나를 지켜보고 있고, 나는 기분이 묘해진다.

레이시는 얼마 동안 아무 말 없이 조용히 지켜본다. 이윽고 입을 뗀다. 어떻게든 해보세요. 언니는 형부가 필요해요.

처제를 올려다본다. 처제, 내가 뭘 어떻게 해야 하는데? 내가 묻는다.

처제는 가슴께에 팔짱을 끼고 말한다. 모르겠어요. 어떻게든 해보세요. 언니는 신경이 날카로워요. 11월 중순인데 형부가 이렇게 정원에 나와 있잖아요.

나는 자리에서 일어난다. 언니는 나를 벌레 보듯 해. 내가 말한다. 도움이 필요해, 물론. 아마 언니도 도움을 원할 거야. 하지만 내 도움은 절대 원치 않는다고.

허리를 꼿꼿이 세우자, 레이시보다 족히 15센티는 커진다. 그녀가 의심스런 눈초리로 내 왼손에 든 모종삽을 쳐다본다. 이윽고 고개를 들어 내 눈을 쳐다본다. 그녀가 무슨 생각을 하는지 알고 있다. 그러면 안 되는데도 결국 화난 음성으로 대꾸한다.

268

맘대로 해! 맘대로 생각하라고. 네 언니처럼 그렇게 나를 무서워해. 하지만 나는 형이 아니야. 나는 아무 짓도 안 했어.

레이시가 천천히 한 걸음 물러서더니, 또 한 걸음 물러선다. 그녀가 말한다. 어쩌면 그게 문제인지도 모르죠. 아무것도 안 한 거요.

그러고 나서 처제는 몸을 홱 돌려 입구에 세워둔 차로 간다.

처제가 차에 올라타 시동을 걸고 후진하는 걸 지켜본다. 집쪽을 힐끗 쳐다본다. 부엌 창문에 아내 멜리사의 얼굴이 보인 것 같다는 생각을 잠시 한다. 귀신처럼 나를 보고 있다고. 하지만 그건 유리창에 비친 반영일 뿐이다.

✳

아버지는 식사를 아주 조금 한다. 며칠째 씻지도 않고, 심지어 옷을 갈아입을 생각도 않고 하루 종일 파자마와 목욕가운을 걸친 채 발을 질질 끌고 다닌다. 어머니와 달리 아버지는 형이 한 일에 대한 일말의 책임이 자신에게 있다고 생각한다. 숭배에 대해 사람들이 부모님을 비난하기 전부터 그런 생각을 했다.

어떤 일이 상당히 자주 반복되면, 게다가 충분한 확신을 가지고 있다면, 진실인지 아닌지는 더 이상 중요하지 않게 느껴진다. 그냥 진실이 되는 것이다. 그래서 아버지는 오랜 시간 동안 파자마와 목욕가운 차림으로 앉아서 아무 일도 하지 않는다. 책이나 잡지를 스르륵 넘겨보기는 한다. 가끔씩 창밖을 힐끔거리기도 하고.

며칠째 아버지가 침대에서 일어나지를 않는다.

어머니는 다시 외출하기 시작했다. 간단히 장을 보기도 하고 미장원에 가서 머리 손질을 받기도 한다. 한번은 크리비지 모임에 갔었는데, 다시는 가지 않겠다고 한다.

잎이 모두 떨어져 나무가 헐벗자, 부모님 댁 앞마당에 나뭇잎이 두껍게 쌓인다. 밝은 주황색과 빨강 그리고 노랑이었던 나뭇잎들이 얼마 동안 나뒹굴더니, 비가 온 뒤 썩기 시작하면서 점차 모두 똑같은 짙은 갈색으로 바뀌어간다. 부모님 댁 집 모서리에 붙인 비닐 외장재 한 쪽이 전부터 뜬다 싶더니, 11월 바람에 나풀거리며 찰싹찰싹 외벽을 쳤다. 일주일 전, 누군가가 2층 창문에 돌을 던졌으나 판유리를 아직 갈지 않았다. 찬바람을 막기 위해 내가 합판을 잘라 구멍 부분만 막아놓았다. 그런데 어느 누구도, 나도 어머니도 아버지도, 누가 왜 그런 짓을 했는지에 대해서는 한마디도 하지 않았다. 나는 할로윈 분위기에 여전히 들떠 말썽거리를 찾아다니는 장난꾸러기들 짓일 거라고 생각하고 싶다.

✳

늦은 밤, 멜리사가 또 악몽을 꾼다. 집 안에서 들리는 소리라고는 그녀가 훌쩍이며 우는 소리뿐이다. 나는 몸을 움직인다. 소파에서 일어나 아내가 있는 침실로 간다. 침대로 가서 조심스럽게 아내 옆에 앉는다. 은은한 달빛이 창문으로 스며들고 있지만 방 안은 캄캄하다. 그래도 아내의 땀에 젖은 머리카락이 두껍게 엉켜 얼굴에 들러붙은 것이 보인다. 두 손가락으로 부드럽게 아내의 머리를 쓸어 넘긴다.

리사. 아내에게 말한다. 자기야, 괜찮아. 아무 일 없어.

내가 말한다. 나야, 리사. 바뀐 건 하나도 없어, 여보. 언제나처럼 똑같은 나라고.

일어나봐. 내가 말한다. 어서, 리사. 눈을 떠, 여보.

아내는 눈을 뜨지 않는다. 그러나 울음은 멈췄다. 잠결에 머리를 내 허벅지에 벤다. 그녀 머리에 내 손을 가져간다. 창문을 통해 달빛을 비추는 달을 바라본다. 시계의 시침을 보는 느낌이다. 나는 움직이지 않으려고 조심조심한다.

✳

형의 재판은 겨우 나흘간 열렸다. 정신이상이라는 이유로 무죄판결을 받고 오거스타에 있는 주립정신병원에 보내졌다. 마을 사람들 대부분이 곧 그들의 일상으로 돌아갔고 형에 대해서나 형이 한 짓에 대해 잊어버렸다. 그러나 사람들은 나를 볼 때마다 두 눈이 번쩍였다. 그들은 나를 보고 그때의 사건을 떠올렸다.

✳

겨울이 왔다. 첫눈이 내려 부모님 댁 앞마당을 갈색에서 순수한 흰색으로 바꿔놓았다. 고맙게도 그런 상태가 꽤 유지되었다. 나풀거렸던 외장재는 여전히 들떠 있고, 2층의 유리창에는 아직도 구멍이 나 있지만, 그나마 눈 덕분에 그리 나빠 보이진 않는다.

어머니는 이번 겨울에 플로리다에 갈 계획을 세웠다. 멀리 다른 동네에 가서 여행사 직원을 만났고, 팜비치에 있는 부동산 중개인에게 전화를 걸었다. 매일 아침, 어머니는 아버지를 닦달해 샤워를 하고 깨끗한 옥스퍼드천 셔츠와 바지를 입고 신발을 신도록 했다. 더 이상 부모님을 위해 장을 보거나 심부름할 필요가 없어졌다. 어머니는 다시 이런저런 일들을 하기 시작했다. 고개를 빳빳이 들고 등을 꼿꼿이 세우고 여기저기 다녔다.

✳

얼마 전부터 나는 멜리사와 침대에서 함께 잔다. 어느 날 밤, 멜리사가 내게 관계를 갖자고 제안했다.

진심이야? 내가 묻는다.

그런 것 같아. 아내가 말한다. 해봐야겠어. 알아야 할 게 있어.

나는 옆으로 돌아누워 아내의 얼굴을 마주본다. 아내의 맨 어깨에 손을 얹는다. 내 손길에 그녀가 발동이 걸리는 게 느껴진다. 내가 위로 올라가자 아내가 키스를 한다. 빠르고 격

렬하게 계속해서 입을 맞춘다. 아내의 몸이 떨린다. 내 손이 아내의 얼굴을 감싼다. 아내의 뺨이 젖어 있다. 아내가 키스를 하면서 쏟은 눈물이 내 손등을 타고 내린다.

잠시 뒤 우리는 각자 침대 가장자리에 누웠다.

여보, 아주버님은 어떻게 그런 짓을 할 수 있었을까? 아내가 묻는다. 여전히 약간 울먹이는 목소리다. 그렇게 불쌍한 여자들한테 말이야.

✻

부모님이 떠났다. 떠나기 전 문단속하는 걸 도왔고, 부모님은 3일 전에 팜비치에 있는 콘도로 떠났다.

멜리사도 떠났다. 북쪽 프레스크 섬에 있는 장인어른 댁으로 갔다. 그곳에서 4월까지 눈에 갇혀 안전하게 지낼 것이다. 아내는 언젠가 다시 돌아오겠다고 말했다. 이게 끝이 아니야. 아내가 말했다. 그냥 잠시 떠날 필요가 있어.

오늘 밤, 나는 눈보라를 뚫고 오거스타로 향한다. 날씨 때문에 주간도로의 제한속도가 70킬로로 떨어졌다. 전조등 불빛을 받아 반짝이는 커다란 눈송이들이 앞을 가려 멀리 내다

볼 수가 없다. 그래서 32킬로 거리를 거의 한 시간이나 걸려 가고 있다.

형을 보러 가는 길이다. 할 일이 있다. 형의 죄 때문에 나와 멜리사 그리고 부모님과 형이 짊어진 짐을 더는 일이다. 그 일을 위해 블랙잭을 챙겼다. 할아버지에게서 받은 또 하나의 선물이다. 흠집 난 가죽으로 싼, 소시지 모양의 철제 곤봉이다. 할아버지는 육군 헌병이었을 당시 이 곤봉으로 소란을 피우는 미군들 머리통을 여럿 깨트렸다. 블랙잭은 치명적이라서 오랜 세월 불법으로 규정되었지만, 나는 기념품으로 간직해왔다. 그런데 이제 쓸데가 생겼다.

또 형한테 볼일이 있다. 물어볼 것이 있다. 궁금한 것이 있다. 며칠 전, 부모님이 떠난 빈집에 돌아와 소파에 앉아 고개를 뒤로 젖히고 잠깐 졸았다. 몽롱한 상태에서 어떤 기억이 떠올랐다. 예닐곱 살 즈음 된 소년인 내가 어린 시절 살던 집 근처에 있는 버려진 소방서 뒤편, 풀이 무성한 들판에 있었다. 나보다 나이도 많고 힘도 센 녀석과 장난삼아 시작한 레슬링 경기가 갑자기 심각한 싸움으로 바뀌었다. 녀석이 위에 올라타고 있어서 나는 꼼짝할 수 없었다. 날카롭게 부러진 갈대 끝이 셔츠를 뚫고 등을 찌르는 게 느껴졌다. 녀석은

한 손으로 내 어깨를 누른 채 다른 손으로 연신 얼굴을 두들
겼다. 주먹질이 서툴러 허우적거렸지만, 어쨌든 입술에 피가
날 만큼 센 주먹이었다. 나는 몸을 비틀며 녀석을 밀치려 했
으나, 가슴에 올라탄 녀석을 밀어낼 수는 없었다. 그래서 나
는 소리 내어 울었다. 그것만이 내게 남은 유일한 길이자 그
나이 많은 녀석이 막을 수 없는 유일한 방법이었지만, 무서움
에 벌벌 떨면서도 나는 수치심을 느꼈다.

그때였다. 녀석보다 덩치도 훨씬 더 크고 힘도 더 센 우리
형이 갑자기 어디선가 나타났다. 형은 큰 손을 들어 다섯 손
가락으로 녀석의 머리를 움켜쥐고 녀석을 끌어내렸다. 얼마
동안 녀석은 비명을 지르며 아픔 때문에 눈을 찡그렸다. 녀
석은 보이지 않는 형의 손목을 잡으려고 허공에서 두 손을 허
우적댔다. 이윽고 형이 다른 손을 꽉 쥐고 녀석의 코를 한 방
먹이니 그가 울음을 뚝 그쳤다. 마치 물 풍선이 터진 것처럼
녀석의 얼굴에서 피가 뿜어져 나왔다. 녀석은 드러누웠고 형
은 그의 가슴에 올라탔다. 이제 녀석은 울면서 살려달라고
애원하는 신세가 되었고, 형은 누구 목소리인지 알 수 없는
목소리로 무시무시한 말들을 계속해서 내뱉었다. 보고 있던
내가 무서움에 떨 정도로 형이 녀석을 심하게 때렸지만, 내가

비명을 지르며 옷자락을 잡아당길 때까지도 때리는 것을 멈추지 않았지만, 그때나 지금이나 그렇게 덩치 크고 힘 센 형이 있다는 게, 믿음직스럽고 헌신적인 형이 있다는 게 내심 기쁘고 자랑스러웠다.

하지만 소파에서 졸다가 멜리사도 떠나고 부모님도 떠난 텅 빈집에서 눈을 떴을 때, 나는 그것이 그냥 꿈인지 아니면 오래전에 진짜 있었던 일인지 분간할 수가 없었다. 분간할 수 없다는 사실이 왠지 거슬렸다. 며칠이 지났는데도 실제인지 꿈인지 알 수 없는 그 일이 계속 떠올랐다. 점점 더 강렬해지고 선명해지면서 점점 더 신경에 거슬려, 마침내 오늘 오후 형을 직접 만나 이 일을 기억하냐고 물어보기로 마음을 먹었다.

나는 조심스럽게 고속도로를 빠져나와 정신병원 표지판을 따라간다. 거리가 텅 비었다. 커다란 주황색 제설기들만 지나다니면서 도로 양 옆으로 눈을 쓸어내고, 지나간 자리에 모래를 뿌리고 있다. 신호등이 모두 노란색으로 깜빡인다. 나는 가속페달이나 브레이크를 밟지 않고 계속해서 신호등을 지나친다.

병원은 도로에서 약 200미터 들어간 곳에 있다. 갓길에 차를 세우고 차에서 내려 부지를 내려다본다. 놀랍게도 벽이 없다. 철조망을 단 울타리도 없다. 이 거리에서 보니, 2년제 소규모 대학의 캠퍼스로 착각하기 십상이다. 벽돌 건물이 여섯 동 아니 일곱 동 있다. 주황색 조명이 건물을 환히 비추고 있다. 창문이 여러 개 있지만 대부분 어둡고, 여기저기 몇 군데에서만 불빛이 새어 나온다. 픽업트럭 한 대가 주도로에서 병원까지 이어지는 길고 좁은 진입로에 쌓인 눈을 치우고 있다.

나는 담뱃불을 붙인다. 세찬 바람이 불어 눈발이 더 거세졌다. 눈보라 때문에 두 눈을 가늘게 뜬다. 담배를 피우면서 병원과 그 뒤에 시커멓게 얼어붙은 강을 바라본다.

그때 들판 위에서 뜨거운 열기를 내뿜던 해가 기억난다. 그리고 그 나이 많은 녀석이 나를 때리느라 마구 움직일 때, 마치 일식이 일어나듯 그 녀석 얼굴이 해를 가렸다 비켰다 하던 것이 떠오른다.

한 손가락으로 허공에 담배를 튕기고 다시 차에 오른다. 시계를 본다. 15분 뒤면 면회시간이 시작된다. 차를 몰아 병원 진입로로 들어선다. 천천히 차를 몰자, 픽업트럭이 뿌린 모래가 타이어 아래서 뽀드득 소리를 낸다. 차가 들어오는 것을 본 트럭 운전수가 지나가도록 길을 내준다.

정문으로 이어진 표지판을 따라가 차를 주차하고 자동문을 통과해 안으로 들어간다. 자동문이 등 뒤에서 쉬익 소리를 내며 미끄러지듯 닫히며, 바람과 눈을 막는다. 입구는 조용한 데다 놀랍게도 따뜻하다. 군청색 제복을 입은 경비원이 두꺼운 유리판 뒤에서 책상에 앉아 별 관심 없이 나를 쳐다본다.

경비원에게 다가가 유리판에 붙은 스피커에 대고 형을 만나러 왔다고 말한다.

여기 환자이신가요? 경비원이 묻는다.

네. 내가 말한다.

이름이요?

그에게 형의 이름을 말한다. 그는 고개를 끄덕이고 나서, 클립보드와 펜 한 자루를 서랍에 담아 유리판 너머로 밀어 넣는다.

양식을 작성하세요. 그가 말한다. 그가 자기 뒤에 있는 시계를 돌아다본다. 들어가시려면 10분 기다리셔야 해요.

나는 고개를 끄덕이고 벽에 붙여 쭉 늘어놓은 의자들 중 하나에 앉는다. 클립보드의 서류양식에는 내 개인 정보와 환자와의 관계 그리고 면회 이유를 적는 칸이 있다. 또한 내가 다치거나 죽을 경우, 병원에 아무런 책임도 묻지 않는다는 조항도 있다. 세 번이나 서명하면서 나는 혼자 빙그레 웃는다.

클립보드와 펜을 가지고 접수처로 가서 서랍에 넣어 다시 경비원에게 건네준다. 그는 클립보드를 꺼내, 쳐다보지도 않고 옆에 내려놓는다. 펜은 서랍에서 꺼내지 않았다. 나는 두 손을 바지 주머니에 찔러 넣고, 살짝 기침을 한다.

2분이요. 경비원이 나를 보지도 않고 말한다.

베짱이 천여 마리가 고음으로 미친 듯이 울던 것이 기억난다. 입안에서 뒤섞인 피 맛과 흙 맛이 떠오른다.

2분을 기다린다. 2분이 지나자, 경비원이 책상 아래로 손을 내리고 내 쪽에서는 보이지 않게 가려진 단추를 누른다. 내 오른쪽에 있는 문에서 시끄러운 전자음이 울린다. 경비원이 내게 문을 열라고 신호를 보내서, 나는 그렇게 한다. 경비원이 가는 길을 일러주는 동안, 나는 문이 닫혀서 잠기지 않도록 문을 잡고 있으려고 문턱에 서 있다. 경비원의 설명이 끝나고 문을 통과한다.

복도를 따라 끝까지 가세요. 그가 말한다. 2층 환자들은 자유롭게 돌아다니도록 허가받았어요. 말을 시키는 환자가 있을 수 있어요. 추잡한 얘기나 위협적인 얘기를 하는 환자도 있을 겁니다. 그냥 무시하세요. 냄새가 고약할 거예요. 옷을 이상하게 입었거나, 일부만 걸친 환자도 있을 거예요. 위험해 보이는 환자도 있고요. 겁먹지 마세요. 해를 끼치진 않으니까요. 계속 쭉 걸어가세요. 무슨 일이 있어도 멈추시면 안 돼요. 하지만 절대, 절대 뛰지 마세요. 복도 끝에 도착하면 엘리베이터가 있을 거예요. 그걸 타고 7층으로 가세요. 엘리베이터 문이 닫히면 안이 캄캄할 거예요. 올라가면서 무너질 것 같은 느낌이 들지도 몰라요. 그래도 걱정하지 마세요. 폐소공포증이 있으시다면, 정신을 바짝 차리세요. 7층까지 얼마 안 걸리니까요. 엘리베이터가 멈추고 문이 열리면, 왼쪽으로 돌아서 복도를 따라 간호사 대기실까지 가세요. 거기 환자들도 걱정하실 것 없어요. 그 층 환자들은 모두 각방에 가두고 24시간 감시하니까요.

나는 경비원의 지시사항을 따랐다. 7층 간호사 대기실에 도착하자, 빳빳이 풀을 먹인 흰색 간호복을 입은 호리호리한 남자가 서류를 몇 개 더 내민다.

셔츠 어깨가 찢어졌던 것이 기억난다. 흙 위로 반쯤 나온 돌에 허리 부분이 눌렸던 것도 기억난다.

이 환자가 형이에요? 완성된 서류를 넘기자 남자가 묻는다.

네. 내가 말한다.

아휴, 이 환자 다루기가 얼마나 힘들다고요. 남자가 내게 말한다. 그 환자 다룰 수 있는 직원이 한 명 있는데, 한 일주일 못 나올 거예요.

어디 갔는데요? 사실 관심도 없으면서 내가 묻는다.

어제 저희가 환자분을 목욕시키려고 데리고 나왔거든요. 남자가 말한다. 아침 식사 배달하는 수레 옆을 지나는데 형님이 글쎄 거기 있던 무거운 플라스틱 커피포트를 집어 들고는 우리 직원 입을 내리쳤어요. 코가 두 군데나 부러졌죠.

남자는 웃으며 고개를 설레설레 젓는다. 나는 뭐라고 해야 할지 몰라서 아무 말도 않는다.

눈물이 그렁그렁 맺혔다가 주르륵 흐르던 것이 기억난다. 뜨거운 태양 아래 들판에서 베짱이 천여 마리가 일제히 울어대고 부러진 얇은 갈대와 튀어나온 바위에 찔리고 눌리는 동안, 입안에서 피와 흙이 뒤범벅이 된 채, 내가 얼마나 울었던지, 무서움에 떨면서 얼마나 창피해했는지 떠오른다.

어쨌든 말입니다. 남자가 따라오라고 손짓하면서 말한다. 그래서 형님을 여기 격리 병실에 수용했어요. 환자 자신한테나 다른 환자들에게 위험하니까요. 그리고 어쩔 수 없이 약물을 주입했어요. 그러니 별 대화는 기대하지 마세요.

남자가 복도 끝에 있는 마지막 문 앞에 멈춰 선다. 견고한 문에는 창문이 하나도 없다. 사람의 눈높이에 미닫이 문이 달린 투입구가 있을 뿐이다. 남자가 문을 세 번 두드리고 형의 이름을 부른 뒤, 내가 면회 왔음을 알린다. 열쇠 구멍에 열쇠를 밀어 넣고, 두 번에 나눠 돌린다. 자물쇠 안의 날름쇠가 돌아가면서 육중한 금속의 철그렁 소리가 복도에 울려 퍼진다. 이윽고 문이 열렸다.

들어가세요. 남자가 말한다. 걱정 마세요. 환자는 꼼짝 못하게 해놓았으니까요. 그리고 제가 지켜볼 겁니다. 남자는 자기가 한 말이 무슨 뜻인지 알려주려고 눈높이에 있는 작은 미닫이 문을 연다.

걱정하지 않는다고 말할까 하는 생각이 든다. 비록 형이 돌이킬 수 없이 끔찍하게 미친 것이 분명하지만, 형이 무슨 짓을 저질렀건, 그래도 여전히 저 사람은 우리 형이다. 하지만 다른 사람들과 마찬가지로, 저 남자 역시 이해하지 못할 거다. 그래서 나는 그냥 고개를 끄덕이고 방 안으로 들어가 등 뒤에서 문이 닫히는 소리를 듣는다.

그 녀석 뒤에서 태양을 가리며 떠오르던 형의 거대한 실루엣이 기억난다. 마치 나를 구하러 지상에 내려온, 복수심에 불타는 신처럼 맹렬한 기세였다. 형이 그 녀석을 때리면서 계속해서 반복했던 말이 갑자기 기억난다. 살고 죽고는 나한테 달려 있어. 아무도 내 손아귀에서 못 벗어나!

하지만 형과 함께 있는 지금, 어찌된 일인지 그것이 진짜인지 단지 상상일 뿐인지는 더 이상 중요하게 여겨지지 않는다. 갑자기 몸이 뜨거워지면서 기운이 빠진다. 아무것도 의미가 없다.

아, 내가 여기에 온 또 다른 목적이 있었지. 기운이 다 빠지기 전에 끝내는 것이 상책이다. 마음을 다잡는다.

재킷 주머니에 손을 넣자 안에 단단한 곤봉이 만져진다.

형 주려고 뭘 좀 가져왔어. 형에게 말한다. 말하면서 나는 웃지 않는다.

주머니에서 손을 빼면서 블랙잭도 함께 꺼낸다. 등 뒤로 잠긴 문 저편에서 남자의 소리가 들린다. 그는 누군가가 그의 배를 주먹으로 때리기라도 하는 것 같은 소리를 낸다. 문을 쾅쾅 두드린다. 그러나 나는 전혀 신경 쓰지 않는다. 남자가 미친 듯이 뭐라고 지껄인다. 당황한 그는 헛손질을 해가며 열쇠를 짤랑거린다. 그러나 이미 때는 너무 늦어버렸다.

...epherds and will hold them accountable for my flock. I
...move them from tending the flock so that the shepherds
...o longer feed themselves. I will rescue my flock from
...nouths, and it will no longer be food for them.

...or this is what the Sovereign LORD says: I myself
...earch for my sheep and look after them.

...s a shepherd looks after his scattered flock when he is
...hem, so will I look after my sheep. I will rescue them
...all the places where they were scattered on a day of
... and darkness.

...will bring them out from the nations and gather them
...he countries, and I will bring them into their own land.
...pasture them on the mountains of Israel, in the ravines
...all the settlements in the land.

...will tend them in a good pasture, and the mountain
...s of Israel will be their grazing land. There they will lie
...in good grazing land, and there they will feed in a rich
...r on the mountains of Israel.

...myself will tend my sheep and have them lie down,
...es the Sovereign LORD.

...will search for the lost and bring back the strays. I will
...p the injured and strengthen the weak, but the sleek
...e strong I will destroy. I will shepherd the flock with

As for you, my flock, this is what the Sovereign
...D says: I will judge between one sheep and another,
...tween rams and goats.

...it not enough for you to feed on the good pasture? Must
...so trample the rest of your pasture with your feet? Is
...enough for you to drink clear water? Must you also
... the rest with your feet?

...ot my flock feed on what you have trampled and drink
...ou have muddied with your feet?

...Therefore this is what the Sovereign LORD says to
...See, I myself will judge between the fat sheep and the
...eep.

...cause you shove with flank and shoulder, butting all the
...sheep with your horns until you have driven them away,
...ill save my flock, and they will no longer be plundered.
...judge between one sheep and another.

...will place over them one shepherd, my servant David,
...will tend them; he will tend them and be their shepherd.
...he LORD will be their God, and my servant David
...prince among them. I the LORD have spoken.

...I will make a covenant of peace with them and rid the
...f wild beasts so that they may live in the desert and
...n the forests in safety.

...will bless them and the places surrounding my hill. I

blessing.

27 The trees of the field will yield their fruit and th...
will yield its crops; the people will be secure in th...
They will know that I am the LORD, when I...
bars of their yoke and rescue them from the hands...
who enslaved them.

28 They will no longer be plundered by the nations,...
wild animals devour them. They will live in safety...
one will make them afraid.

29 I will provide for them a land renowned for its cr...
they will no longer be victims of famine in the land or...
scorn of the nations.

30 Then they will know that I, the LORD their...
with them and that they, the house of Israel, are m...
declares the Sovereign LORD.

31 You my sheep, the sheep of my pasture, are peop...
am your God, declares the Sovereign LORD.' "

1 The word of the LORD came to me:

2 'Son of man, set your face against Mount Seir;...
against it

3 and say: 'This is what the Sovereign LORD...
am against you, Mount Seir, and I will stretch out...
against you and make you a desolate waste.

4 I will turn your towns into ruins and you will be...
Then you will know that I am the LORD.

5 " 'Because you harbored an ancient hostility and...
the Israelites over to the sword at the time of their...
the time their punishment reached its climax,

6 therefore as surely as I live, declares the S...
LORD, I will give you over to bloodshed and it w...
you. Since you did not hate bloodshed, bloodshed will pu...

will make Mount Seir a desola...
and cut off from it all who come an...
8 I will fill your mountains with...
those killed by the sword will fall...
hills and in your valleys and in all

ravines. 9 I will make you desolate forever; you...
will not be inhabited. Then you will know that I...
LORD.

10 " 'Because you have said, "These two nati...
countries will be ours and we will take possession o...
even though I the LORD was there,

11 therefore as surely as I live, declares the S...
LORD, I will treat you in accordance with the a...
jealousy you showed in your hatred of them and I w...
myself known among them when I judge you.

12 Then you will know that I the LORD have...
the contemptible things you have said against the m...

퇴각

나는 또 세이르 산을 황무지와 불모지로 만들어, 오가는 사
람이 없게 하겠다. 그 땅의 산들을 살해된 자들로 채우겠다.
네 언덕과 골짜기, 그리고 네 모든 시냇가에서는 칼로 살해
된 자들이 쓰러질 것이다. 나는 너를 영원히 황무지로 만들
겠다. 다시는 너의 성읍들에 사람이 살지 않을 것이다. 그제
야 너희는 내가 주님임을 알게 될 것이다.
—에제키엘서 35장 7-9절

아놀드는 해병에서 명예제대를 한 것도 그렇다고 불명예제대를 한 것도 아니다. 끊임없는 대포 폭격 속에서 군인, 민간인 할 것 없이 모두 필사적으로 도망가기 위해 서로를 공격하는 상황이라서, 특별히 공식적인 절차를 밟거나 서류 작업을 처리하거나 기념식을 치를 시간이 없었다. 가장 정확히 표현하자면, 아놀드의 해병대 이탈은 강제 퇴출이라 할 수 있을 것이다. 그는 그냥 소총을 내려놓고 군복을 내던진 뒤, 부서진 벽돌과 깨진 유리를 밟으며 폭격으로 대낮처럼 환한 밤에 멕시코시티로 도망쳤다. 아놀드는 탈영으로 처벌받게 되리라고 생각하지 않았다. 그런 건 없을 게 분명하기 때문이었다. 저항 자체가 불가능한 진화심리학군의 최종 공격 앞에서, 결집이니 위엄이니 하는 가식은 이미 벗어던져졌다. 아놀드는 어떤 중장이 길 한복판에서 옷을 훌딱 벗고 시체가 입었던 피 묻은 옷을 뺏어 입는 것을 목격했다. 그의 음흉하고 겁먹은 표정은 결코 장교답다고 할 수 없었다. 그 후 아놀드는

288

야전 장비들을 모두 버리고 8년간 보지 못한 집을 향해, 북쪽으로 이동했다.

여정은 험난했다. 시동이 꺼져 멈췄거나 전소된 차량들과 빨리 가기 위해 피난민들이 버린 살림살이들, 돼지를 앞세우고 어린아이들을 끌고 가는 멕시코의 시골 사람들, 그리고 이미 죽었거나 죽어가는 사람들로 도로란 도로는 꽉 차 있었다. 아놀드는 허벅지 깊숙이 박힌 포탄 파편 때문에 절뚝거리면서 갓길로 이동했다. 통증과 갈증 그리고 죽음의 공포보다 어머니를 다시는 못 보고 죽을지 모른다는 공포로 인한 절망감이 몰아닥쳐 발길을 재촉했다. 어머니 셀리아는 아놀드가 포스트모던 인류학군 해병대에 입대하겠다고 했을 때, 욕설을 퍼부었다. 아놀드가 아버지와 포옹을 하고 집을 나서기 위해 가방을 맸을 때, 부엌 바닥에 침을 뱉었다. 그리고 아버지의 편지에 따르면 현재 셀리아는 그녀의 어머니가 죽기 전 앓았던 치매를 똑같이 앓고 있다고 했다.

사람을 잃는 게 한순간이면 좋을 텐데, 아놀드. 아버지가 최근 보낸 편지엔 이렇게 적혀 있었다. *어떤 상황에서도 그걸 받아들이기는 쉽지 않지. 하지만 시간을 질질 끄는 것은 너무 가혹한 일이야. 뭐든지 정해진 때가 있고, 그 시기가 지*

나면 그 사람도 가야지. 그리고 남은 사람들에게는 시간이 충분히 필요해. 생생한 아픈 기억뿐만 아니라, 상실의 비통함만으로도 충분히 힘드니까. 지금 난 네 엄마를 조금씩 잃어가고 있구나. 기억이 하나둘 사라지고 있단다.

이 소식에 아놀드는 마음이 심란했다. 어머니가 편찮았기 때문이기도 하지만, 멕시코에서 지낸 지난 8년의 기억들이 한때는 사진처럼 명확했으나 이제는 천천히 희미해지기 시작했기 때문이었다. 우선 아놀드는 가족들의 얼굴을 떠올릴 수 없게 되었음을 깨달았다. 그는 자리에 앉아 두 눈을 감고, 어머니를 생각하곤 했다. 어머니가 쓰던 천연 향수의 달콤한 캐모마일 향이나 어머니의 웃음소리에 집중해보곤 했다. 그러나 어떤 것도 결코 떠오르지 않았다. 그는 다른 사람들도 떠올려봤다. 아버지, 친구들, 이전 선생님들. 그러나 기껏해야 물밑에서 올려다보는 것처럼, 머릿속에 흐릿하고 희미한 그림만 그릴 수 있었다.

특히 이 상황이 그에게 더 괴로웠던 것은 그가 해병대의 심문관이었기 때문이었다. 그의 기억이나 그가 심문했던 진화심리학군 포로들의 기억 모두 아놀드의 업무였다. 업무를 성공적으로 해내기 위해서는 머릿속에 기록한 심문 내용 중 특정 주제에 대한 내용을 기억해 며칠 전 또는 몇 주 전에 했던 비슷한 질문에 대한 대답과 비교하여, 상황에 따라 그때그때 질문을 수정해 진실을 캐낼 수 있도록 정확히 기억할 뿐만 아니라 재빨리 기억을 떠올릴 필요가 있었다. 하지만 시간이 지나면서 먼 과거의 기억들이 희미해졌다. 가족이 섬으로 이주했을 때 그가 몇 살이었는지, 고등학교 때 홀딱 빠졌었던 여자애의 이름이 무엇이었는지 기억이 희미했다. 뭔지 모르는 무엇인가가 단기기억 창고에 저장해둔 그의 정보를 집어삼키기 시작했다. 그래서 갑자기 군데군데 지워질 기억에 대비하기 위해 심문 내용을 녹음하기 시작했지만, 어쨌든 그는 심문자로서 쓸모없게 되었다.

그게 그렇게 중요한 건 아니었다. 이즈음 진화심리학군의 봉쇄가 해병대의 전투 능력을 옥죄였다가 결국 완전히 무력화시켰기 때문이다. 음식도 연료도 탄환도 승리할 가능성도 없었다. 이 전쟁은 패한 전쟁이었다. 그것은 죽음처럼 명백하고 피할 수 없는 것이어서, 제아무리 믿을 만하고 시의적절한 정보가 많다고 해도 그러한 사실을 바꾸지 못했다. 그래서 아놀드는 다른 사람들과 마찬가지로 전쟁터에서 도망쳤다. 아놀드는 진화심리학 군대가 멕시코 북쪽에 포격을 퍼부어 메뚜기 떼가 지나간 듯 초토화시키기 전에 집에 도착하기를 바라는 마음은 다른 피난민이나 자신이나 똑같을 것이라고 생각했다.

멕시코시티에서 멀어질수록, 도망치는 사람들 수가 줄어들었다. 그 대신, 동이 트면서 줄지어 죽어 있는 사람들이 늘어났다. 시체로 뒤덮인 도로는 도저히 지나갈 수 없는 지경이었다. 수백 명, 아니 수천 명이나 되는 사람들과 동물들, 개와 염소 닭, 그리고 심지어 아르마딜로까지 납작하게 짓눌려 사막의 태양 아래 빳빳해져 있었다. 얼마 동안은 갓길로만 다녀야 했다. 그러나 거기까지 시체 더미들이 쌓이기 시작하자 결국 어쩔 수 없이 시체 더미를 타고 넘어가야 했다. 가파른 산속 오솔길에선 그들의 발과 팔, 그리고 목을 잡고 올라갔다.

시체를 타고 오르는 것은 여간 힘든 일이 아니었다. 아놀드는 피로와 갈증 그리고 배고픔과 다리를 움직일 때마다 느껴지는 뜨겁고 날카로운 통증에서 정신을 딴 데로 돌리기 위해, 어머니 생각을 했다. 잘 되진 않았지만, 처음엔 마음의 눈으로 어머니를 그려보려고 했다. 그리고 그 모습을 또렷이 기억하려고 애썼다. 그래야 그가 집에 도착했을 때 만날 사람이 단지 그의 어머니를 닮은 낯선 이가 아니라 예전의 그 어머니일 테고, 또 그래야 그의 이야기를 어머니가 들을 수 있을 테니 말이다.

그가 계획한 어머니와의 재회는 기쁨에 넘쳐 눈물을 글썽이는 그런 것이 아니었다. 여전히 어머니를 사랑했지만, 시간과 거리 때문에 그 사랑은 희미해지고 추상적으로 변했다. 반면에 어머니에 대한 그의 분노는 실질적이며 직접적인 것으로, 그가 해병대에 입대한 이후로 지금까지 계속 커져왔다. 그는 이제 어머니의 노여움을 사지 않기 위해 할 말을 꾹 참고 있는 예민한 십대가 아니라, 전쟁 포로의 손톱을 뽑거나 갈고리 같은 깨진 유리를 억지로 먹이고 나서 20분 후에 아무런 어려움 없이 깊이 잠들 수 있는 그런 사람이었다. 다시 말해 어떤 누구와도 동등하게 맞설 수 있는 그런 사람이었다.

하지만 아놀드는 어머니에게 묵은 원한을 갚을 기회가 없을지도 모른다고 생각하기 시작했다. 정오가 다가오면서 해가 중천에 뜨자, 두 다리의 힘이 빠진 아놀드는 시체 더미로 이루어진 언덕의 꼭대기 근처에서 쓰러졌다. 등을 대고 눕기 위해 몸을 돌리는 데 꼬박 1분간이나 노력했다. 아놀드는 숨을 헐떡이며, 피부병으로 생긴 곰보자국이 있는 죽은 염소의 엉덩이를 베고 누운 뒤, 해를 가리려고 한 팔을 두 눈 위에 올렸다. 그는 지칠 대로 지친 근육을 움직이기 위해 기운을 내려고 애써 정신을 가다듬었다. 몇 년 전, 그가 여전히 개인의 의지가 최고라는 신념을 바탕에 둔 포스트모던 인류학의 교리들을 믿었을 당시라면, 그러한 신념만으로도 두 발로 일어서려고 몸부림칠 수 있었을 것이다. 하지만 이제 그의 믿음은 멕시코시티의 방어선처럼 산산이 깨져 흩어졌다. 음식도 물도 신념도 가능성도 없었다.

우레 같은 폭탄과 박격포 소리가 더 이상 들리지 않을 정도로 아놀드는 전쟁터에서 멀리 벗어났다. 가끔씩 들리는 독수리 떼의 즐거운 비명을 제외하고 사막의 아침은 고요했다. 그렇게 한참을 시체 더미 위에 누워 있다가 아래에 깔린 툭 튀어나온 온갖 물체들, 무릎과 팔꿈치 그리고 발톱과 발굽에 등이 배겨서 통증이 느껴질 무렵, 아놀드는 멀리서 우르릉거리는 소리가 천둥처럼 들리는 것을 알아차렸다. 처음엔 아주 희미해서 자신이 그런 소리를 들었는지 확신이 가지 않았지만, 소리를 내는 무언가가 천천히 다가오면서 소리가 조금씩 커졌다. 마침내 아놀드는 그것이 탱크 무한궤도의 덜커덕거리는 소리임을 알 수 있었다. 눈을 뜨자 공병용 장갑 불도저가 보였다. 앞쪽에 쟁기 모양의 장치가 장착된 슈와츠코프

전차가 자신을 향해 길 한가운데로 다가오고 있었다. 불도저에 밀린 시체들이 뺏뺏한 팔다리를 허우적거리며 건조기에 든 옷들처럼 마구 뒤엉켜 옆으로 넘어갔다. 아놀드가 한 팔을 들어 힘없이 흔들자, 전차가 엔진을 공회전하면서 약 6미터 앞에서 멈춰 섰다.

다른 상황이었더라면 회전포탑에서 고개를 내민 크리스피를 보고 훨씬 더 놀랐을지 모른다. 예를 들어 아놀드의 정신 상태가 훨씬 말짱했다거나, 또는 크리스피가 한 번도 운전해 본 적 없는 슈와츠코프 전차를 탈주용으로 훔치는 아주 정신 나간 미치광이라는 명성이 자자하지 않았다면 말이다. 그러나 그 상황에서, 크리스피가 전차를 타고 내려와 시체 더미 위를 달려 자신이 누워 있는 곳으로 다가오는 것을 보는 아놀드의 얼굴에는 약간의 불신만이 스쳐 지나갔다.

"아놀드!" 크리스피가 아놀드의 한 팔을 자신의 어깨에 걸어 그를 일으키면서 말했다. "너, 산 사람이 보여도 무조건 밀고 나간다는 내 방침을 이번 한 번만은 예외로 하기로 했다는 걸 알아줬으면 좋겠어."

아놀드가 입천장에서 혀를 떼는 데 잠시 시간이 걸렸다. "영광이군." 간신히 입을 뗐다. "하지만 너한테 만약 물이 없다면, 차라리 나를 치고 갔더라면 좋았겠다고 생각할 거야."

"걱정 말라고. 걱정 마!" 크리스피가 말했다. 그는 아놀드를 전차 위에 살짝 걸쳐놓은 뒤 쭈그려 앉아서 두 손으로 아놀드의 엉덩이를 밀어 올렸다. "그리 올라가." 그가 말했다. 마지못해 아놀드는 두 발을 차서 발을 디딜만한 곳을 찾았다. 크리스피가 아래서 밀어 올려준 덕분에, 몸을 날려 회전 포탑에 매달릴 수 있었다. 열린 해치로 안이 내려다보였다. 여섯 쌍의 눈이 아놀드를 올려다보았다. 왜인지는 몰라도 크리스피는 좁은 탱크 안에 개 세 마리, 돼지 한 마리, 염소 한마리 그리고 그가 페페라고 부르는 부리가 두꺼운 앵무새 한마리까지 태우고 있었다.

"저 동물들은 뭐야?" 아놀드는 자신의 옆으로 요란스럽게 올라오는 크리스피에게 물었다.

"나 잘 알잖아." 크리스피가 말했다. "내가 사람은 별로 안좋아해도 동물은 사랑하는 거."

아놀드는 그를 잘 알았다. 포로들에게서 정보를 뽑아내기 위해 성냥이나 담배, 심한 경우에는 벌겋게 달군 철이나 라이터에 주입하는 액체를 사용하는 크리스피만의 독특한 심문 방식에 관한 별명까지 지어줄 정도로 그를 잘 알았다.

"전차를 어떻게 구했는지 물어도 될까?" 아놀드가 말했다.

"묻지 않는 게 좋아." 크리스피가 말했다.

"그럼 물은?"

크리스피가 고개를 가로저었다. "알고 싶지 않을걸. 훨씬 더 소름끼치거든."

"내 말은, 물 좀 마실 수 있느냐고."

"오, 그럼, 그럼. 물론이지." 크리스피는 해치 안으로 사라지더니 잠시 후 갤런 크기의 플라스틱 병을 들고 나타났다. 아직 뚜껑을 따지 않은 물통이었다. "너는 여기 위에서 가야 해." 그가 말했다. "아래는 공간이 넓지 않아."

아놀드는 물통의 마개를 열어 재빨리 마셨다. 꿀꺽꿀꺽 들이켜자 흘러넘친 물이 턱과 목을 따라 흘러내려가 셔츠를 적셨다.

"이봐!" 크리스피가 안에서 소리쳤다. "아껴 마셔. 아놀드, 널 좋아하지만, 내 물 흘리지 말라고."

크리스피의 말과 그 말 뒤에 숨은 위협을 강조하듯이 염소가 매애 하고 울었다. 아놀드는 손등으로 입을 훔쳤다. 물통의 뚜껑을 닫고 해치를 통해 물통을 내려보냈다.

"잘 잡아." 크리스피가 말했다. "이놈을 어떻게 운전하는지 아직 정확히 몰라."

전차가 요동치며 앞으로 나아갔다. 아놀드는 뒤로 벌렁 나자빠질 뻔했으나, 해치 가장자리를 잡고 겨우 버틸 수 있었다. 터빈이 돌아가면서 시체들이 다시 옆으로 밀려 나갔고, 아놀드는 졸기 편안한 자세를 찾으려 애를 썼다.

그들은 오후 내내 북쪽을 향해 굴러갔다. 마침내 시체 더미를 벗어나자 속도가 붙었다. 크리스피는 개들에게 주려고 시체에서 팔 하나를 잘라내기 위해 한 번 멈췄다.("개들이 눈을 동그랗게 뜨고 염소를 마치 햄 샌드위치처럼 쳐다보고 있어.") 그리고 길거리에서 햇볕을 쬐고 있는 거북이를 줍기 위해 또 한 번 멈춰 섰다. 속도가 여전히 느리긴 했지만 그리고 자신의 가학적인 성격을 드러낼 공적인 기회와 군율이 없어 더 이상 미친 짓을 제어할 수 없는 크리스피를 경계하고 있지만, 아놀드는 이동 거리가 늘어날 때마다 좀 더 낙관적이 돼갔다. 텍사스에 도착하기까지 이제 얼마 남지 않았다. 그곳에 도착하면 크리스피에게 작별인사를 하고 아놀드는 귀향길에 오를 수 있을 것이다.

땅거미가 지고 크리스피가 덜덜거리며 전차를 세운 뒤 내부에 있던 동물들을 한 마리씩 건네자 아놀드의 낙관적이던 마음은 수그러들었다.

"오늘 밤은 여기서 머물 거야." 크리스피가 해치에서 몸을 빼며 말했다. "내일 아침 일찍 움직이자고."

크리스피와 함께 있는 시간이 길어지면 길어질수록, 좋지 않은 일이 일어날 가능성과 집에 돌아가 어머니와 묵은 감정을 청산하는 것이 어려워질 가능성이 더 커진다는 사실에도 불구하고, 아놀드는 크리스피에게 반대하지 않았다. 그가 밤새 여기서 머물 것이라고 하면 그냥 그런 것이었다. 그가 보여주는 위태위태한 호의를 위험으로 몰고 가, 나쁜 일을 앞당기는 짓을 하지 않는 것이 현명해 보였다.

크리스피가 불쾌함을 느끼지 않도록 하기 위해 지나치게 신경 쓰던 아놀드는 다리에 상처가 났음에도 모닥불을 피우기 위해 나뭇가지나 덤불을 주워 모으려고 애썼다.

"부담 갖지 마." 크리스피가 아놀드에게 말했다. "가서 물이나 더 마셔. 너는 지금 새끼 고양이처럼 약해. 불은 나 혼자서도 피울 수 있어."

물론 크리스피는 혼자서 할 수 있었다. 아놀드는 다행이라고 생각했다. 불을 지폈을 즈음 산들바람이 낮의 열기를 이미 산으로 모두 날려 보내, 아놀드가 몇 시간 전에 상상했던 것보다 날이 더 추워졌기 때문이었다. 이런 추위에 아놀드는 고향이 떠올랐다. 그러나 메인 주의 몹시 추운 겨울을 몇 번이나 직접 경험했다기보다 그에 대한 기사만을 읽은 듯이, 또다시 기억은 희미해져서 손에 잡히지 않았다. 거북이를 제외하고 전차에서 풀어놓자마자 뿔뿔이 흩어졌던 동물들이 모닥불의 따뜻함과 빛에 이끌려 여기저기서 몰려들었다.

크리스피는 땅바닥에 책상다리를 하고 앉아, 케이바 나이프로 가느다란 고기를 구웠다. 옆에 엎드린 개들이 고기가 나이프 끝에서 지글지글거리는 것을 넋을 잃고 쳐다보았다. 크리스피가 한 조각을 건넸을 때, 아놀드는 그게 무슨 고기인지 묻지 않았다. 배가 너무 고팠기 때문에, 입증된 동물 애호가이자 인간 혐오자이며 사이코패스인 크리스피에게 자신의 의심을 내비치지 않았다.

"그래, 넌 어디로 갈 거야?" 크리스피가 입안 가득 고기를 씹으며 물었다.

"집으로." 아놀드가 대답했다. "북쪽으로. 북쪽 끝으로 갈 거야. 네가 가려는 그 어떤 곳보다 더 먼 북쪽으로."

"글쎄, 지리적으로 어디로 갈지에 대해서는, 난 사실 계획이 없어. 돌아갈 집도 없고. 그저 내가 미친 짓을 중단할 수 있게 국경을 넘고 싶어."

어리둥절해진 아놀드는 아무 말도 하지 않았다.

크리스피는 케이바 나이프 날 끝에 걸린 고깃덩이를 뜯으며 말했다. "왜, 내가 미쳤다는 걸 내가 모를까 봐? 사람들 말은 사실이 아니야. 미친 사람은 자신이 미친 줄 알아. 그리고 거기서 벗어나는 건 불가능해. 아침, 낮, 밤 할 것 없이 미쳐 있지. 미친 짓하고 또 미친 짓을 해. 심지어 꿈도 미친 꿈만 꿔. 하지만 이제 그럴 날도 얼마 안 남았어."

"무슨 소린지 모르겠어." 아놀드가 말했다.

"이봐!" 크리스피가 말했다. "내 비위 맞추려 들지 마, 아놀드. 알았어? 내가 좀 모자랄지 모른다는 생각, 한 번도 안 해본 것처럼 굴지 말라고."

"그런 거 아냐, 크리스피……."

"그리고 젠체하지도 마, 알았어? 이 똘똘아! 너 정신병원에 입원할 만한 짓 하는 거 내가 다 봤으니까, 잊지 말라고."

아놀드가 신념을 가지고 심문관으로서의 의무를 실행에 옮겼을 뿐 그 일에 어떤 즐거움도 느끼지 않았던 반면, 크리스피는 전쟁 포로의 눈앞에 성냥개비를 내놓거나 또는 그들의 발바닥에 불꽃을 갖다 댈 때면 자랑하듯이 자주 딱딱하게 발

기되곤 했고, 그것을 숨기려고 하지 않았다. 이런 점이 두 사람의 차이라고 아놀드는 생각했다.

"네가 무슨 생각하는지 알아." 크리스피가 말했다. "너랑 나랑 다르다고 생각하지? 너는 그저 의무를 다하는 착실한 군인이고, 나는 돈 안 받고라도 그 짓을 했을 거라고 생각하지? 제길, 내가 그런 특권을 얻으려고 돈이라도 지불했을 것 같아?" 크리스피가 연골 일부를 개들에게 던져주고는 또 다른 기다란 고기를 나이프에 끼웠다. "글쎄, 네 말도 일부분맞아. 그럼 내 질문에 대답해봐. 너 맨 처음 심문한 뒤 잠 잘 잤어?"

"못 잤지." 아놀드가 말했다. "이틀 동안."

"거봐. 그런데 지금은 어때? 죽은 아기처럼 잘 자잖아. 내 말 맞지?" 크리스피는 모닥불 너머로 아놀드를 쳐다보며 미소 지었다. "아놀드, 전쟁터에 보냈던 아들이 돌아가면 네 엄마가 얼굴을 알아볼까?"

아놀드는 그의 화를 돋우는 것이 정확히 무엇인지 알 수가 없었다. 크리스피가 맞는 말을 했기 때문일까 아니면 자신의 엄마를 이 이야기에 끌어들였기 때문이었을까? "자기가 낳은 더럽고 부패한 개 같은 놈을 네 엄마는 알아보기나 할까?" 크리스피가 물었다.

"우와? 안 그래?" 크리스피가 큰 소리로 웃었다. "내 말이 그거야. 미친놈한테 싸움이나 걸고 있잖아." 크리스피는 고기가 다 익었는지 살펴본 뒤, 둘로 쪼개 절반은 아놀드에게 건넸다.

"우린 그렇게 다르지 않아. 너랑 나랑은."

"내가 말하려던 건 그게 아니야." 아놀드가 말했다. "네가 말을 막지만 않았으면……."

"무슨 뜻이야?"

"나는 제기랄, 네가 무지렁이 촌놈이란 걸 알아, 크리스피. 내 말은 국경을 넘어 북쪽으로 간다고 어떻게 현실을 갑자기 바꿀 수 있다는 건지 이해가 안 된다는 뜻이었어."

크리스피는 아놀드가 농담을 하는 건지 아니면 진담을 하는 건지 알아보려고 애쓰는 듯, 그의 얼굴을 찬찬히 살폈다. "너, 정말 몰라?"

"뭘 말이야?"

"그렇다면 이 옷은 얼마나 입었어?"

"8년쯤."

"고향에 있는 사람들과 연락은 해봤어?"

"외딴 섬에 부모님 두 분만 사셔." 아놀드가 말했다. "지금 연락이 안 닿아."

"에이 제길, 옴브레(인마)!" 크리스피가 말했다. "한 단어야. 두 음절이고. 나노기술 말이야!"

"그건 네 음절이잖아." 아놀드가 말했다.

"아무렴 어때. 지금 난 원자 크기의 로봇을 이야기하는 거야. 우리 몸을 병들게 하는 원인을 찾아 치유하도록 프로그래밍된 로봇 말이야. 암이 있으면 종양을 찾아내 죽일 거야. 애초에 없었으면 하는 나쁜 기억들이 있다면, 그 기억을 저장한 뇌세포를 찾아내 깨끗이 치워줄 거야. 그리고 제정신이 아니라면 그냥 몇 가지만 조절하면 돼. 나쁜 DNA 유전자 가닥들을 대충 수선하고, 신경전달물질을 깨끗하게 빡빡 문질러 씻는 거야. 그러면 필요한 기억들도 제거되지. 갑자기 모든 게 뒤바뀌는 거라고. 응용분야는 무한정 많아. 이해하냐?"

아놀드가 소리 내어 웃었다. "너, 내가 생각했던 것보다 더 미쳤구나."

"입은 그렇게 말하고 있지만 네 눈은 다른 얘기를 하는데? 너도 구미가 당기잖아. 너 역시 고치고 싶은 것을 생각하고 있어. 왜 아니겠어? 안 그러면 그게 미친 거지."

아놀드는 잠시 동안 아무 말도 하지 않았다. 이윽고 그가 물었다. "기억을 복구할 수도 있을까?"

"그건 몰라." 크리스피가 말했다. "난 전문가가 아니니까. 하지만 효과가 있는지 알기 위해 어떻게 작용하는지까지 알 필요는 없잖아."

크리스피가 바지 자락에 나이프를 깨끗이 닦아 칼집에 넣은 뒤, 흙바닥에 내려놓았다. "이봐, 말할 필요도 없지만, 오늘 정말 힘든 하루였어. 난 이제 잘 거야. 그러니 얘기는 그만하자고, 괜찮지?"

2분도 안돼, 크리스피는 코를 골기 시작했다. 더 이상 받아먹을 것이 없다는 것을 깨달은 개들은 앞발에 머리를 얹고 눈을 감았다. 아놀드는 부츠로 엉성하나마 베개를 만들어 벴다. 몸이 녹초가 되어 열에 들뜬 아놀드는 계속해서 나노기술에 대해 생각했다. 추위에 기절하기 전엔 잠들기 틀렸다는 생각이 들 정도로, 오랜 시간 잠을 이루지 못했다.

동트기 전, 크리스피가 발로 아놀드를 깨웠다. "정신 차리고 일어나, 아미고(친구)!" 그가 말했다. 크리스피는 두 눈을 동그랗게 뜨고 신경질적으로 웃고 있었다.

"저 소리 들려? 폭발음이야. 망할 놈의 진화심리학군들, 빠르게 움직이고 있어."

아놀드는 남쪽으로 귀를 쫑긋 세우고 귀를 기울였다. 미풍에 산쑥(북미 서부 사막에 사는 식물—옮긴이)이 바스락거리는 소리 이외에는 아무것도 들리지 않았다.

크리스피가 동물들을 탱크에 싣고 있었다. "염소 못 봤어?" 그가 물었다.

"난 아무것도 못 봤어. 내내 자고 있었잖아."

크리스피가 의심 어린 눈초리로 아놀드를 쳐다보았다. "정말이야?"

아놀드는 경계하는 마음으로 화를 누그러뜨리며 "염소가 어디 있는지 난 몰라."라며 침착하게 말했다.

"이 녀석이 딴 데로 간 모양이네." 크리스피가 말했다. 그는 탱크 위로 올라가 해치 안으로 들어갔다. "할 수 없지. 시간이 없어. 그냥 가자고."

크리스피는 아놀드가 회전포탑에 자리를 잡기도 전에 서둘러 탱크를 출발시켰다. 그들은 몇 시간 동안 속도를 줄이거나 멈추지 않고 계속 길을 따라 돌진했다. 터빈이 끽끽 돌아가는 가운데, 탱크가 기우뚱거리며 앞으로 나아갔다. 아놀드는 떨어지지 않기 위해 해치 테두리를 세게 붙들고 있어서,

손가락의 감각이 무뎌져갔다.

오후 늦게 그들은 마침내 콜롬비아와 미국 텍사스 주를 잇는 콜롬비아 연대 다리에 도착했다. 그러나 다리는 파괴돼 있었다. 폭발 때문에 원래 높이의 절반으로 동강 난 콘크리트 기둥들만 남아 있었다. 잘려 나간 기둥들은 마치 부러진 석순처럼 리오그란데 강 수면 위로 돌출돼 있었다. 강 맞은편에는 텍사스 주의 국경 도시 보카부이트레가 보였다. 불법 거주 건물들은 온통 회갈색이었고 거리는 더러웠다.

"에이, 빌어먹을." 크리스피가 탱크 밖으로 기어 나오면서 말했다. "다리는 누가 날려버린 거야?"

"저기 안내문이 있어." 아놀드가 가리키며 말했다.

강둑 가장자리에 커다란 흰색 플래카드가 걸려 있었다. 영어와 스페인어, 베트남어 그리고 중국어로 같은 내용의 메시지가 적혀 있었다.

친애하는 진화심리학군 여러분
그리고 그 밖의 다른 관계자 여러분

부디 이번 전쟁과 그로 인한 파괴와 인명 손실, 그리고 전반적인 불행에 대한 우리의 심심한 사과를 받아들여 주십시오. 비록 늦은 감이 있지만, 한 나라를 대표해서, 우리는 이 모든 철학적 논쟁이 상당히 어리석은 일이라고 결론지었습니다. 따라서 우리는 이 분쟁에서 우리의 역할을 중단하고 애초에 일어났던 일을 잊기 위해 포괄적이며 임상적으로 입증된 대책을 강구하기로 결심했습니다. 같은 이유로, 우리는 여러분의 위대한 국민들의 자비로움을 신뢰하며, 우리 나라를 침략해 도시를 파괴하고 우리의 가족들을 죽이지 말 것을 요청합니다. 다시 한 번 우리의 심심한 사과와 간절한 바람을 저버리지 않기를 부탁드립니다.

—미합중국 정부 및 시민 일동

"제길, 대체 저게 뭐야?" 크리스피가 말했다.

"정말 내가 생각했던 대로군." 아놀드가 말했다.

크리스피는 허공에 대고 주먹을 날렸다. "어떻게 여길 건너가지?"

"이봐, 진정해." 아놀드가 말했다. "방법이 있을 거야."

크리스피가 아놀드의 서츠를 움켜쥐며 말했다. "나한테 진정하라는 말 하지 마. 오늘 아침 포탄 소리 들었잖아. 저들이 우리 뒤에 바짝 따라붙었다고. 지금 이럴 시간이 없어."

"알았어." 아놀드가 크리스피의 화를 달래려고 두 손을 들어 올렸다. "좋아. 그렇다면 아무래도 헤엄쳐야 할 것 같은데."

크리스피가 움켜쥐었던 손을 놓으며 아놀드를 밀쳤다. "안 돼." 그가 말했다. "말도 안 돼. 동물들은 어떡하라고. 탱크 타고 간다."

"뭐? 크리스피, 탱크는 가라앉을 거야."

"그렇게 깊지 않아. 바위가 튀어나온 거 보이지. 저기. 그리고 저기."

아놀드가 보기에 그 '바위'라는 것은 파괴된 다리의 잔해가 확실했다. 수면 아래에 그 잔해들이 얼마나 높이 쌓였는지 분간하는 것은 불가능했다. 그러나 크리스피는 제정신이 아닌 데다가 위험하기 때문에 아놀드는 아무 말도 하지 않았다.

크리스피가 도로 탱크 위로 기어 올라갔다. "너도 가려면 어서 타." 그가 말했다.

아놀드는 이 계획이 맘에 들지 않았다. 그러나 부상당한 한쪽 다리로 헤엄쳐서 건널 가능성은 훨씬 더 희박해 보였다.

그가 회전포탑에 기어오르자, 크리스피가 탱크를 움직여 강둑 너머로 전진했다. 강에 다가가자, 수면 아래로 강 가장자리에서 약 9미터 정도까지 완만한 경사면이 뻗어 있는 것이 눈에 보였다. 그러나 그 너머에는 어두운 강물 이외에 아무것도 보이지 않았다.

강둑에 올라선 탱크는 평평한 지면 끝에 도달해 급경사면을 만났다. 탱크의 도저가 폴크스바겐 한 대 규모의 흙덩어리를 퍼낸 것 정도의 경사면이었다. 탱크는 힘차게 전진해, 강물로 첨벙 뛰어들어 갈색 포말이 튀는 파도를 만들었다. 완만한 경사면 위에 서자, 물이 무한궤도 중간밖에 차오르지 않았다.

"봐봐!" 크리스피가 아놀드에게 고함을 질렀다. "하! 내가 뭐랬어. 깊지 않다고 했지?"

대담해진 크리스피는 가속페달을 있는 힘껏 밟았다. 아놀드는 금방이라도 물속으로 뛰어들기 위해 엄지발가락에 힘을 주어 몸을 웅크렸다.

완만한 경사면 끝에서 탱크가 멈춰 섰다. 덩치 큰 기계가 끽끽거리며 위아래로 천천히 흔들리더니, 60톤 강철처럼 물에 가라앉았다.

아놀드는 멀쩡한 한쪽 다리로 탱크를 박차고 나갔으나, 탱크가 가라앉으면서 생긴 빈 공간으로 빨려 들어가는 물살을 피할 수는 없었다. 태양이 사라졌다. 소용돌이치는 거품 구름에 둘러싸인 어둠 속에서, 아놀드는 위로 올라가는 방향을 찾기 위한 감각을 모두 잃었다. 비록 물속이라 소리가 약하긴 했지만 탱크의 무한궤도가 여전히 돌아가면서 덜컥덜컥 소리를 내는 것이 들렸다. 그러나 물속에선 소리가 널리 퍼져 사방에서 들려왔기 때문에, 다음 숨을 쉬기 위해 어디로 가야 할지를 결정하는 데는 전혀 도움이 되지 않았다.

폐가 타들어가 마침내 불꽃이 확 이는 동안 그는 마음을 진정시키려고 애를 썼다. 자연적인 부력이 감각으로는 알 수 없는 것을 알려줄 것이라고 믿으며, 움직이지 않고 가만히 기다렸다. 잠시 후, 몸이 한 방향으로 흘러가는 것이 느껴졌다. 확신이 섰을 때, 그는 손을 허우적거리고 발을 차면서 물줄기를 따라갔다. 어느 순간 수면 위로 나가 공기를 마시게 되리라고 확신했으나, 그가 바라고 기대한 것보다 시간이 더 오래 걸렸다. 그러자 눈앞에 별 모양의 광채가 천천히 폭발하려고 했고 아놀드는 마음이 착 가라앉았다. 갑자기 다시 숨을 들이마시는 것이 그렇게 시급하지 않게 느껴졌다. 애써 이 상황에서 벗어나는 데 집중하고 있었으나, 그러는 동안에도 마음은 그의 몸과 함께 어디론가 흘러가 어머니에 대한 생각에 다다랐다. 어떻게 동시에 한 사람을 사랑하면서 미워하는 게 가능할까, 아놀드는 궁금해졌다. 바로 그 순간, 머리가 수면을 뚫고 물 밖으로 나왔고, 뇌의 일부분인 파충류의 뇌(뇌간을 의미하며, 호흡, 맥박과 같은 생명 유지 활동을 담당한다—옮긴이)가 공기를 폐 가득 깊게 끌어들였다.

뺨을 찰싹 때리듯, 산소가 아놀드의 정신을 번쩍 들게 했다. 긴박함이 되살아났다. 아놀드는 주위를 둘러보았다. 개 두 마리가 수면 위로 머리를 내밀고 텍사스 쪽 강둑을 향해 헤엄치고 있는 것이 보였다. 아놀드는 개들을 쫓아가려고 해봤지만, 파도가 상당히 세서 한 다리로 물살을 거슬러 헤엄쳐 가기란 역부족이었다. 그는 개들을 불렀다. 그들은 계속 멀어져갔다. 아놀드는 다시 개들을 불렀다. 이번에는 한 마리가 천천히 큰 반원을 그리며 아놀드에게 다가왔다.

개는 다가와 몸을 부비고, 꼬리를 잡도록 허락했다. 네 다리를 위아래로 움직이면서 다시 반원을 그려 방향을 틀더니, 코를 뭍으로 향해 아놀드를 끌고 헤엄쳐갔다. 아놀드는 다른 손을 저어 도우려고 했으나, 개는 튼튼했고 전혀 지쳐 보이지 않았다. 곧이어, 그들은 텍사스 땅을 밟았다. 물에 흠뻑 젖은 채 녹초가 되었지만, 살아 있었다.

아놀드는 등을 대고 누웠다. "잘했어!" 개에게 이야기했지만 어떤 특별한 교감이 형성된 것은 아닌 듯했다. 개는 이미 다른 개와 합류해 보카부이트레로 달려가고 있었다. 아놀드를 한번 돌아보지도 않고, 앞으로 나아가면서 냄새를 맡고 흔적을 남겼다.

크리스피의 모습은 보이지 않았다. 강은 다시 햇볕에 반짝거리며 느릿느릿 흘러갔다. 방금 전 남자와 돼지, 개, 거북이 그리고 전투탱크를 죽음으로 몰고 갔다는 걸 보여주는 흔적은 전혀 없었다. 아놀드는 강을 바라보며 기다렸다. 그는 크리스피가 떠오르는 걸 보고 싶은 것인지 아닌지 확신이 서지 않았다. 그러나 시간이 지나면서 그가 희망하는 것이 무엇이든 상관없다는 것을 깨달았다. 그리고 앵무새 페페의 생기 없는 몸이 수면에 떠올라 양 날개가 꺾인 채 위아래로 출렁거리는 것을 보았을 때, 아놀드는 몸을 뒤척여 두 발로 일어서서 절뚝거리며 보카부이트레를 향해 갔다.

멕시코를 지나오면서 보았던 사막의 작은 공동체들처럼 이 마을도 텅 비었을 것이라고 예상했으나, 놀랍게도 마을에는 사람들이 있었다. 죽은 잔디를 깎거나 우편함을 점검하거나, 또는 낡은 자동차를 수리하느라 기름얼룩이 진 진입로 도로에 누워 있었다. 절뚝거리는 아놀드가 물을 뚝뚝 흘리며 지나가자, 몇몇 사람들이 곁눈질로 그를 쳐다보았다. 아놀드는 중심가로 보이는 곳으로 갔다. 모퉁이에 잡화점이 하나 있는 네거리가 나타났다.

아놀드는 상점에 들어가, 감자칩과 쿠키 몇 봉지, 소고기 스튜 통조림 두 개 그리고 물병 여러 개를 집어 계산대로 갔다. 포동포동하게 살이 찌고 주근깨가 난 열두 살 가량의 소년이 금전등록기 앞에 앉아 있었다.

"난 돈이 하나도 없어." 아놀드가 말했다.

"그러면 그거 못 가져가요." 소년이 아놀드에게 말했다.

"난 전쟁터에서 막 돌아왔어."

소년은 아놀드를 아무 말 없이 쳐다보더니, 이윽고 등받이 없는 의자를 돌려 입구 쪽을 향해 소리를 질렀다. "칼렌!"

몸매가 서양배 같은 여자가 해바라기가 그려진 티셔츠를 입고 창고에서 나타났다. 여자는 이마에 흘러내린 머리카락을 쓸어 올리며 아놀드에게 미소를 지어 보였다. "무슨 일이니, 티와이?"

"이 사람이 음식을 사는데 돈을 안 내겠대."

"말썽을 피울 생각은 없습니다." 아놀드가 말했다. "아드님에게 제가 한 말은……."

"아, 티와이는 제 아들이 아니에요." 여자는 여전히 싱글거리면서 말했다. "얘는 제 조카예요. 아마 제가 기억하는 바로는요. 저에게 언니가 한 명 있었고, 얘는 그 언니 아들인 게 틀림없어요. 어쨌든 누가 그런 걸 확신할 수 있겠어요?" 여자는 즐거운 듯 웃고는 자신의 손바닥으로 원을 그리며 티와이의 등을 문질렀다. "우리는 상당히 많은 것을 잊어버린 것 같아요."

"어쨌든, 제가 막 멕시코 전투에서 돌아왔다고 조카한테 이야기하는 중이었어요. 그래서 돈이 한 푼도 없다고요."

"전투가 있었다고요? 아무래도 어디선가 상당히 심하게 얻어맞은 모양이군요."

"전쟁 중이에요." 아놀드가 말했다. "저는 지난 8년간 포모군 해병대 소속이었어요."

"게다기 헛소리까지. 머리를 나쳤어요?" 여자는 여전히 웃으면서 계산대를 돌아 나와, 아놀드의 팔에 한 손을 올려놓았다. "위층에 올라가서 잠시 소파에 눕는 게 좋겠어요. 티와이, 이 분을 위층 방에 모시고 가라."

아놀드는 아니라며 뿌리치고 싶었다. 집으로 발걸음을 재촉하고 싶었다. 그러나 단단한 흙바닥이 아닌 부드러운 것 위에서 낮잠을 잔다는 생각이 너무나 매혹적이어서 차마 거절하지 못했다.

티와이는 의자에서 일어났다. "가요." 그가 그렇게 말하고는 입구로 들어갔다. 아놀드는 그를 따라 좁은 계단을 걸어 올라갔다. 다락방에는 '눈에 보이지 않는 뱃살 제거제'라거나 '오줌 냄새를 완전히 없애주는 오줌 청소 세트'라는 상표가 붙은 선적용 상자들이 수백 개 쌓여 있었다. 상자들은 바닥에서 천장까지 세 줄과 네 줄로 쌓여서, 방에는 좁은 통로가 만들어져 있었다.

"칼렌은 계속 이것들을 모두 치워버리겠다고 해요." 티와이가 아놀드에게 말했다. "하지만 안 할 거예요. 반품할 일이 생겼는데 넣을 상자가 없을까 봐 걱정해요. 여기가 거실이에요."

상자들이 빽빽이 쌓여 있어서, 소파에 가기 위해 티와이와 몸을 밀착해야 했다. 아놀드는 부츠를 벗고 소파에 누웠다.

"고맙다, 티와이." 아놀드가 눈을 감으며 말했다. "칼렌에게 고맙다고 전해줘. 몇 시간만 자고 일어나서 떠날 거야."

"아저씨가 오래 있어도 칼렌은 신경 안 써요. 다른 사람들처럼 칼렌도 미쳤어요." 티와이가 말했다. 그는 상자의 상표를 유심히 보는 척하다가, 이윽고 아놀드에게 물었다. "해병대에 있었어요?"

아놀드가 눈을 뜨고 티와이를 쳐다보았다. "넌 전쟁을 기억해?"

"난 전부 다 기억해요." 티와이가 말했다. "사람들이 왔을 때 알약을 혀 밑에 숨겼어요. 그들이 떠나고 전부 뱉어버렸죠." 자신의 단순한 행동을 비웃는 듯 말했지만, 그는 분명 자신이 부린 꾀를 자랑스럽게 여기고 있었다.

"기억이 남은 사람이 또 있니?"

"이 근방에는 없어요." 티와이가 말했다. "제가 아는 사람 중에는 없어요."

아놀드는 잠시 생각한 뒤 말했다. "티와이, 우선 낮잠을 좀 잔 후에 이야기를 해야겠다. 좋지 않은 일에 대해서 말이야. 무서운 일에 대한 거지. 그럴 수 있겠어?"

디와이는 일굴을 찡그렸다. "뭐든지요. 난 하나도 안 무서워요."

"좋아." 아놀드가 말했다. 그는 소년에게 손을 내밀며 말했다. "그건 그렇고 내 이름은 아놀드야."

티와이가 손을 잡고 한 번 흔들더니, 이윽고 손을 놓았다. "이름이 괴상하네요." 그가 말했다.

아놀드는 아이의 말에 웃음이 나오려는 것을 참으며 말했다. "티와이보다는 낫지. 이제 자야겠다."

✳

아놀드가 눈을 떴을 때, 햇빛이 들어와 방 안은 여전히 환했다. 잠시 동안 아놀드는 혼란에 빠졌다. 그는 자신이 한 시간 넘게 곯아떨어졌던 모양이라고 생각했으나, 곧 다음 날 아침임을 깨달았다.

텔레비전 화면에서 한 남자가 물었다. "손톱을 아름답게 꾸미는 것이 여러분의 이름을 쓰는 것만큼 쉽다면 믿으시겠습니까?"

아놀드는 이 질문에 대한 대답을 몰랐다. 다행스럽게도 텔레비전의 남자는 답을 알고 있었다.

"자, 이제 쉽게 꾸미세요." 남자가 말했다. "신상품 네일 대즐 듀오펜으로 말이죠!"

칼렌은 뚱뚱한 몸으로 입구 양 옆에 빽빽이 쌓아둔 상자들 틈을 비집고 나왔다. "깼어요? 하도 오래 자기에, 영영 안 깨는 줄 알았어요."

포탄 파편이 박힌 다리에 압박이 느껴졌다. 내려다보니 거즈와 흰색 테이프가 허벅지를 감싸고 있었다.

"저기, 미안해요." 칼렌이 말했다. "소파에 피를 흘리고 있어서. 당신이 치렀다던 그 싸움에서 다친 건가 봐요. 분명히 말하지만, 전 당신 바지 벗기고 싶지 않았어요." 이 말을 하면서 여자는 킥킥거리며 한 손으로 입을 가렸다. "그래서 최선을 다해 붕대를 감았어요."

"아, 예, 괜찮습니다." 아놀드가 말했다. 그는 자리에서 일어나 눈을 비볐다. "감사합니다."

칼렌은 재빨리 화제를 바꾸었다. "우에보스 란체로스(멕시코식 계란과 토마토 요리—옮긴이)를 만들고 있는데." 그녀가 말했다. "몇 분만 더 있으면 돼요. 텔레비전 보고 싶으면 거기 상자 위에 리모컨 있어요."

칼렌이 부엌으로 다시 사라졌다. 아놀드는 채널을 이리저리 옮기면서 뉴스 채널을 찾아보았으나, 광고들을 제외하고 다른 것은 없었다.

셰프 헨리라는 남자가 나와 '공중에서 파인애플을 두 동강 낼 만큼 날카로운 칼'을 선전했다.

어떤 여자는 매일 찌뿌드드한 몸이 이제 지겹지 않느냐고 묻고, 돌처럼 단단한 복근에 대해 진지하게 생각해볼 준비가 됐는지 물었다.

또 다른 여자는 사람은 평균적으로 내장에 5에서 10파운드의 유독 물질을 갖고 있는데, 내장을 깨끗이 씻어낼 방법이 있다는 정보를 알려주었다.

"아침 식사 다 됐어요." 칼렌이 부엌에서 소리쳤다.

아놀드는 자신을 위해 식탁에 마련된 자리를 보았다. 티와이는 기둥처럼 쌓아놓은 상자들 옆에 앉아서 말없이 계란과 살사를 포크로 찍어 입안에 넣고 있었다. 아놀드와 티와이가 아침 식사를 하는 동안, 칼렌은 가스레인지 앞에서 왔다 갔다 하면서 프라이팬과 양념통들을 무심코 만지작거렸다.

"어때요?" 아놀드가 식사를 거의 끝마쳤을 즈음 여자가 물었다.

"아주 맛있어요." 아놀드가 말했다.

"전에는 이 살사 만드느라 한 시간이나 걸렸었는데, 지금은 이 매직불릿 야채 다지기가 있어서 5분이면 다 끝나요. 대단

해요."

"구세주가 따로 없군요." 아놀드가 말했다.

칼렌이 앞치마를 벗었다. "나는 아래층에 내려가서 상점 문을 열어야 해요. 당신이 준비되면 의사 선생님한테 데려가라고 티와이한테 부탁해뒀어요."

"잘됐네요." 의사를 만날 생각이 없었지만, 아놀드는 일단 그렇게 말했다. "고마워요, 칼렌."

"둘 다 말썽 피우지 마요." 칼렌은 두 사람에게 한쪽 눈을 찡긋거리고 나서 아래층으로 내려갔다.

"자, 티와이." 아놀드가 입을 닦고 접시를 앞으로 밀어놓으면서 말했다. "내가 하고 싶은 이야기를 하자."

"그래요."

"듣기 좋게 꾸며서 이야기할 시간이 없어. 내 얘기 들을 마음의 준비, 정말 됐니?"

"난 애가 아니에요." 티와이가 말했다. "내 자신은 내가 돌봐요."

아놀드는 소년의 얼굴을 찬찬히 살펴보았다. "좋아." 그가 말했다. "이야기할게. 우리는 이곳을 떠나야 해. 오늘 당장. 그렇지 않으면 모두 죽게 돼."

"전쟁 때문이군요." 티와이가 말했다.

"그래. 전쟁 때문에. 우리가 졌어. 저들이 곧 우리를 죽이러 올 거야. 아주 간단해."

"칼렌은 가지 않을 거예요."

"어째서?"

"여기 사람들 모두 가지 않을걸요." 티와이가 말했다. "아무도 아저씨 말을 듣지 않을 거예요. 말했잖아요. 다 제정신이 아니에요. 사람들은 아무것도 기억 못해요. 우리보고 미쳤다고 할 거예요."

"칼렌은 틀림없이 뭔가를 기억할 거야, 티와이. 어쨌든 자신이 네 이모라는 걸 알잖아."

"이모 아니에요." 티와이가 말했다. "우리 엄마예요."

8년 동안의 전투를 통해 아놀드는 자신이 영원히 놀라지 않는 사람이 되었다고 믿었으나, 정신이 아찔해졌다.

"그럼 아버지는?" 아놀드가 물었다.

"돌아가셨어요. 해병대에 입대하셔서 괌이란 곳으로 가셨다가, 다시는 돌아오지 않으셨죠." 티와이가 말했다.

"엄마는 아버지를 전혀 기억 못해?"

티와이가 포크로 남은 살사에 줄을 그었다. "가끔 이유도 없이 엄마가 속상해할 때가 있어요. 침실에서 창밖을 내다보며 우는 걸 봤어요. 하지만 정말 우는 건 아니었어요. 엄마는 여전히 미소를 짓고 있었는데, 뺨에 눈물이 흘러내렸어요. 왜 그러느냐고 물었죠. 엄마는 왜 그런지 모르겠다면서, 걱정 말라고 했어요. 그냥 그렇게 가끔 슬퍼요. 왜인지는 몰라도."

"티와이." 아놀드가 말했다. "우리와 함께 가자고 어머니를 설득해야 해."

"해보세요. 하지만 안 될 거예요."

"말처럼 그렇게 무심한 애는 아닌 것 같은데." 아놀드가 말했다. "만약 그런 거라면, 그럼 안 돼."

티와이가 아놀드를 빤히 쳐다보았다. "엄마가 나를 기억하는 것보다 아버지를 잊는 편이 나아요." 그가 말했다. "뭐, 아무튼 그래요."

소년의 말이 아놀드의 마음을 울렸다. "좋아." 아놀드가 말했다. "칼렌에게는 내가 말해볼게. 하지만 네가 해줄 일이 있어. 자동차 있지?"

"밖에 트럭 못 봤어요?"

"트럭? 좋아. 잘됐다. 너는 내려가서 칼렌한테 위층으로 올라오라고 해. 가게는 네가 보겠다고 하고."

"알았어요."

"그리고 주유기 앞에 트럭을 대. 운전할 줄 알지? 그럼 연료를 가득 채워봐. 그러고 나서 가게에서 음식과 물을 챙겨."

"운전할 줄 알아요."

"잘됐다." 아놀드가 말했다. "자, 움직여. 곧 내려갈 테니까."

티와이가 아래층으로 내려갔다. 기다리던 아놀드는 머리 위로 높이 날아가는 제트기에서 무전기의 타다닥거리는 소리가 들린다고 생각했다. 부엌 창문을 활짝 열고, 창문 밖으로 몸을 빼 하늘을 올려다보았다. 하늘은 높고 청명했으나, 수증기 꼬리 같은 것은 보이지 않았다.

아놀드가 전쟁 경험이 없었다면, 아마도 상상이라고 치부해버렸을 터였다.

칼렌이 반쯤 넋이 나간 듯한 부드러운 미소를 지으며 부엌에 들어섰다. "티와이 말이 절 보자고 했다면서요."

"그래요." 아놀드가 말했다. "앉아서 얘기하죠, 우리. 괜찮으시다면 몇 가지 물어보고 싶은데요."

두 사람은 부엌 식탁에 서로 마주 보고 앉았다.

"남편 기억나요, 칼렌?" 아놀드가 물었다.

칼렌의 얼굴에 미소가 더 크게 번졌다. "전 결혼한 적이 없는데요."

"분명히 결혼했어요. 남편은 전사했고요."

"가엾어라." 칼렌이 말했다. "당신 정말 몸이 안 좋군요. 의사 선생님한테 가봐야겠어요."

"칼렌." 아놀드가 말했다. "당신 마음속의 일부는 제 말이 사실이라는 것을 알고 있을 겁니다."

칼렌이 식탁에서 벌떡 일어나더니 말했다. "나는 거실에 가서 텔레비전이나 볼래요."

아놀드는 거리를 두고 그녀를 뒤쫓아 갔다. 칼렌은 박스 사이의 좁은 길을 비집고 들어가 소파에 비스듬히 누워 리모컨을 텔레비전 방향으로 조종했다. 로보 잔디깎이의 장점을 설명하는 어떤 여자의 목소리 위로, 아놀드는 다시 한 번 머리 위를 지나는 제트기의 엔진 소리를 들었다. 이번에는 틀림없었다.

"날 봐요, 칼렌." 그가 말했다. "남편이 있다는 것도 알고, 티와이가 당신 아들이라는 것도 알잖아요."

비록 미소는 그대로였지만, 칼렌의 두 눈은 촉촉이 젖어들었다. "저거 있으면 좋겠다." 칼렌이 텔레비전을 가리키며 말했다. "잡초가 나날이 자라는데 깎을 시간이 없단 말이야."

"칼렌, 제발요. 내 말을 들어요." 아놀드가 말했다. "사람들이 우리를 죽이러 오고 있어요. 지금 당장 떠나야 해요."

"아뇨. 나는 여기 있을래요." 칼렌이 말했다. "두 사람이 가서 재미있게 놀아요."

아놀드가 손을 뻗어 그녀의 손목을 움켜쥐었다. "말싸움할 시간이 없어요." 그가 말했다.

칼렌이 몸을 기울였다. 잠시 동안 아놀드는 칼렌이 굴복도 저항도 하지 않고 순순히 따라올 거라고 생각했다. 그러나 그때 칼렌이 아놀드의 주먹 쥔 손을, 손가락 마디에서 살점이 떨어져나갈 정도로 세게 물었다. 아놀드는 몸을 뺐고, 칼렌은 도로 소파에 길게 누웠다. 여전히 웃고 있었으나, 이번에는 붉은 얼룩이 얼굴에 길게 나 있었다.

멀리서 일어난 폭발의 굉음이 건물을 흔들었다. 텔레비전이 먹통이 되면서, 악취 제거제의 여러 가지 사용법을 설명하던 남자가 홀연히 사라졌다.

"이런, 천둥이 치잖아." 칼렌이 말했다. "오랫동안 천둥이 치지 않았는데. 비가 안 와서 가물었었는데, 비가 오려나 보네. 잘됐어."

326

아놀드는 다친 손을 가슴에 꼭 쥔 채, 칼렌이 피범벅이 된 턱 아래 두 주먹을 괴고 몸을 둥그렇게 웅크리는 것을 지켜보았다. 여전히 미소를 지은 채, 소리도 그림도 없는 텔레비전을 쳐다보고 있었다. 갑자기 오래전부터 품고 있던 슬픔이 느껴졌다. 칼렌에 대한 것도, 티와이에 대한 것도 아니었다. 그렇다고 티와이가 곧 엄마를 잃을 것이라는 것 때문도 아니었다. 자신이 엄마를 어떻게 잃었는지에 대한 생각 때문에 슬펐다.

또 다시 연속적으로 폭탄이 터지면서 발밑의 바닥이 흔들렸다. 아놀드는 칼렌을 두고 부엌을 지나 아래층으로 달려 내려갔다. 밖에는 주유기 옆에 세워둔 트럭이 공회전 중이었다. 티와이가 보조석에 앉아, 앞면 유리 너머로 마을 도처에서 십여 개의 불길이 일고 검은 연기 기둥이 서는 것을 침착하게 바라보고 있었다.

아놀드가 운전석 문을 열고 차에 올라탔다.

"거봐요, 내가 뭐랬어요." 티와이가 여전히 하늘을 올려다보며 말했다.

"그래." 아놀드가 말했다. 아놀드는 트럭의 기어를 넣고, 북쪽이 아닌 서쪽을 향했다. 폭탄과 불길 그리고 거리에서,

세상이 파괴되고 있다는 걸 전혀 모르고 걸어가는 사람들 사이를 뚫고 차를 몰았다. 그렇게 보카부이트레가 마침내 지평선 끝에서 모습을 감추자, 티와이가 몸을 들썩이지 않고 마치 늙은 사람처럼 조용히 울기 시작했다. 두 사람 모두 아무 말도 하지 않았다.

작가의 말

평소에 나는 상황을 약간 과장되게 전달할 수 있는 단어들을 찾는 편이다. 그러나 안타깝게도 이 책을 쓰는 데 도움을 주신 분들께 감사의 마음을 전하기 위한 단어들이 충분치 않은 것 같다. 그렇다고 공짜 의료 서비스를 제공했다간 법에 저촉될 테니 그럴 수도 없고, 요리 솜씨도 이미 녹슬어버려서 감사의 마음을 표현할 길은 이 방법밖에 없는 듯싶다.

누가 뭐래도 문학 에이전트들 중 헤비급 챔피언이라 할 만한 사이먼 립스카에게 진심으로 고마운 마음을 전한다. 매일 또는 적어도 2주에 한 번씩 내가 그의 유일한 고객이 아닐까 하는 생각이 들 정도로, 지칠 줄 모르는 응원과 격려를 내게 보내주었다. 또한 니키 퍼러와 댄 라카를 비롯해, 참고 기다리면서 내 뒤를 봐준 라이터스 하우스의 모든 직원들에게 감사 인사를 드린다.

편집자 몰리 스턴에게도 고마운 마음 전한다. 빨리 결과를 내라고 재촉하기 위해 소몰이용 막대기로 나를 때리고 싶었을 텐데도, 몰리는 오히려 친절하게도 그 손으로 내가 더 좋은 책을 쓰도록 이끌어주었다. 또한 알레산드라 루사디와 로라 티스델을 비롯해 보이지 않은 곳에서 힘써준 바이킹 출판사 직원들에게 감사의 마음을 전한다. 책 표지에 그들의 이름이 올라가지는 않겠지만, 내가 누리는 성공의 큰 부분이 그들의 공이라고 주장할 권리가 그들에게 있다.

조트로프 공동연구회의 친구들에게도 감사의 말을 전한다. 그들은 모두 재능 있는 작가들이며 나의 든든한 후원자이다. 이 모임에서 나는 작가로서 첫 발을 내딛었고, 이 책의 상당 부분도 이곳에서 탄생했다.

마지막으로 내 가족들과 친구들에게 특별히 더 큰 감사의 마음을 전한다. 내가 어떤 성과도 내지 못했을 때 그들은 단 한 번도 의심의 목소리를 낸 적이 없다. 또한 내가 지금 성과를 냈다고 호들갑 떨지도 않는다. 특히 고마운 분들 중에 아버지 론 커리와 어머니 바바라 커리를 빼놓을 수 없다. 두 분은 엄청난 인내심으로 터무니없이 긴 시간 동안 엄청난 일들을 참고 견디셨다. 두 분에게 마땅히 돌아가야 할 공로를 지면으로 표현하기에는 턱없이 부족하다.

옮긴이의 말

신의 죽음을 전제로 이야기를 꾸려갈 수 있는 신인 소설가가 과연 몇 명이나 될까? 이제 겨우 두 번째 소설을 세상에 내놓으면서, 론 커리 Jr.은 '신이 죽었다'라고 외치는 무척 도발적이고 용감한 소설 창작을 감행했다. 뭐든지 진지하게 바라보는 편인 내가 이 책(원제: 'God is Dead')을 받아 들고 심히 전전긍긍했던 것과는 달리, 오히려 작가인 론 커리 Jr.은 어느 인터뷰에서 '재미'로 이 소설을 썼다고 소회를 밝혔다. 그리고 소설가에게 주어진 '상상의 자유로움'을 특권의식으로 여기며, 신인답게 배짱 좋게 맘껏 상상의 나래를 펼쳤다.

론 커리 Jr.은 인터뷰에서 이 소설을 쓰는 데 영감을 준 것은 니체의 실존주의적 명제 '신은 죽었다'가 아니었다고 설명한다. (나도 그랬지만 제목만 보고 많은 이들이 그럴 것이라고 추측을 했던 모양이다.) 그는 오히려 도스토옙스키의 소설 『카라마조프가의 형제들』에서 '신이 없다면 모든 것이 허용된다.'라는 어느 등장인물의 주장이 이 소설의 단초였다고 한다. 그는 '신이 죽었다면 정말 모든 것이 허용될까?' 라는 질문을 품고 작가적 상상력을 동원해 이야기를 써내려간 것이다.

비록 가톨릭 집안에서 자랐으나 자신은 '무신론자'라고 밝힌 작가는 이 소설에서 과연 신이 존재하느냐 존재하지 않느냐와 같은 신학적 논쟁이나, 또는 권선징악, 인과응보와 같은 윤리적인 문제를 다루기보다는 인간의 본성에 초점을 맞춰 다양한 인간상을 보여주고 있다. 마치 누구에게나 존재하지만 발현되기도 하고 또는 발현되지 않기도 하는 암 유발 유전자처럼, 누구나 갖고 있으나 극복할 수도 또는 그것에 굴복할 수도 있는 폭력과 탐욕, 기대와 좌절 그리고 광기가 우리의 삶을 어디로 이끄는지 생생하게 그려내고 있다.

그 혼란 속에서도 피어나는 인간 특유의 '영적 목마름'은 어린아이 숭배라는 우스꽝스러운 종교의 등장을 낳기도 한다. 작가는 인터뷰에서 자신은 비록 무신론자이지만 그 역시 '영적 목마름'이 있고, 그 갈증을 해소시켜 줄 해답을 아직 찾지 못했다고 한다. 그러면서 또 다른 신(기독교적 하느님이 아닌 다른 신)의 존재를 인정하지 않는 한 이 영적인 목마름을 해소할 수 있을지 의심스럽다고까지 덧붙인다.

『신이 죽었다』는 단순히 재미로만 읽기에는 충분히 도발적이고 진지하며, 무겁게만 바라보기엔 재치와 기발함이 돋보이는 소설이다. 이 소설이 세상을 더 나은 곳으로 만들 것 같으냐는 질문에, 작가는 "그랬으면 좋겠다. 그러나 내 단편소설 하나가 세상에 영향을 주리라고 기대할 만큼 어리석지는 않다."고 말한다. "단지 최고의 소설을 읽으면서 내가 경험했던 몰입의 순간과 읽음으로써 내가 좀 더 나아졌다는 기분을, 독자들이 내 소설을 읽으면서 똑같이 느낄 수 있기를 감히 바란다."고 덧붙인다.

　고등학교 졸업 후 꿈도 야망도 없이 술 마실 돈을 벌기 위해 허드렛일을 하며 잡부로 게으르게 살았다는 론 커리 Jr.은 진지하게 글을 쓰기 시작하면서, 글 쓸 시간과 에너지를 확보하기 위해 허드렛일을 계속 하고 있다고 인터뷰에서 밝혔다. 그가 제도나 관습에 얽매이지 않고, 용감하게 상상력을 마음껏 발휘하여 앞으로도 유쾌하고 발랄하며 지적이고 도발적인 이야기들로 우리 곁을 찾아오길 기다려본다.